意林

公元787年，唐封疆大吏马总集诸子精华，编著成《意林》一书6卷，流传至今

意林：始于公元787年，距今1200余年

U0797754

意林®轻文库

青春最美，梦想出发

中国式好看轻小说优鲜品牌

意林轻文库

绘梦古风系列 058

十二花信·霓裳风华录

折纸戏

鸢尾篇①

YUANWEI PIAN ZHEZHIXI

朝生 著

吉林摄影出版社

·长春·

图书在版编目（CIP）数据

十二花信·霓裳风华录. 鸢尾篇：折纸戏. ①／朝生著. -- 长春：吉林摄影出版社, 2019.1

（意林·轻文库. 绘梦古风系列）

ISBN 978-7-5498-3928-5

Ⅰ. ①十… Ⅱ. ①朝… Ⅲ. ①长篇小说—中国—当代 Ⅳ. ①I247.5

中国版本图书馆CIP数据核字(2018)第287306号

十二花信·霓裳风华录 鸢尾篇：折纸戏①

SHI'ER HUAXIN·NICHANG FENGHUA LU YUANWEI PIAN : ZHEZHIXI ①

著　者	朝　生
出 版 人	孙洪军
总 策 划	安　雅　张　星
责任编辑	王维夏
图书统筹	夏耳耳
特约编辑	张玉玲
绘　图	长　乐
书籍装帧	袁　萌
图书设计	刘　静
开　本	700mm×1000mm 1/16
字　数	330千字
印　张	13
版　次	2019年1月第1版
印　次	2019年1月第1次印刷

出　版	吉林摄影出版社
发　行	吉林摄影出版社
地　址	长春市泰来街1825号 邮编：130062
电　话	总编办：0431-86012616 发行科：0431-86012602
网　址	www.jlsycbs.net
经　销	全国各地新华书店
印　刷	晟德（天津）印刷有限公司

书　号　ISBN 978-7-5498-3928-5　　**定价**：28.80元

目录

楔子

花之主：云渺渺

花之信：鸢尾花

花之语：光明、自由、优雅纯洁

花之质：热情洋溢、坚韧顽强

花之引：先帝暴毙，死因成谜，帝师慕容晏却在这个关键时刻离奇失踪。摄政王宋之游拥立幼帝登基，举国重金悬赏通缉慕容晏，却无人知晓慕容晏的行踪。

云渺渺是一个初涉江湖的纸戏师，为了高额赏金，她拉着师父前往京华城寻找先帝死因和帝师失踪之谜，不承想，刚入京城，便和师父走失。

在寻找师父的过程中，她遇见了“一画值千金”的大画师白晏，白晏才华横溢，有着天人之姿，就是行为举止有些怪异，他主动提出帮她画师父的画像，交换条件是帮他找回失去的记忆。

此外，先有“一根筋”的小侯爷非要拜她为师，再有皇城富商华家二小姐华棠和摄政王宋之游争相拉拢她，令她陷入两难境地。

师父还未找到，先帝暴毙之谜也没有破解，帝师的身份更是扑朔迷离。

在白晏多次无意识的赴死下，云渺渺终于发现，这个繁华热闹的京华城，处处暗藏杀机。究竟是谁在背后操控着一切，操控着白晏的生死？而她能否凭借自己的技能，化解即将到来的危机？

第一章

皇城寻赏

一

大徵嘉宝元年，秋高气爽。皇城脚下的天竺葵灼灼烂漫，正是赏花的好时节。

京都最繁华的朱雀大街旁，一个穿着鹅黄衣裳的少女正靠着说书先生的摊子打盹，一长串钱环腰三圈，非常惹眼。阳光洒在她的小脸上，瞧得见几分俏丽。

她没心没肺的师父周九问居然为了一顿叫花鸡把她丢在了偌大的京华城，而这一丢就是整整七天！

几日的奔波让云渺渺筋疲力尽，抱着一堆笔墨简陋的寻人启事，睡得直流口水。

梦里神游太虚的云渺渺总算见到了朝思暮想的师父周九问，梦里的周九问正啃着喷香的鸡腿，见她便是一笑。

“来啊，渺渺，尝尝这鸡。”

这梦忒真实，云渺渺的口水都要流下来了。她捧着周九问丢来的大鸡腿张口一啃，谁知大鸡腿一变，成了一张轻飘飘的白纸。

周九问笑得前仰后合，手指一捻，白纸又变成了鸡腿。

“你个小家伙还说定能成为比我厉害的纸戏师呢，这点儿把戏都看不出来，哈哈哈。”

云渺渺很生气，气血上涌，便去抢周九问手里的真鸡腿，谁知脑袋一痛，一阵“丁零当啷”，她瞬间清醒过来。

光天化日之下，云渺渺在梦中一时冲动，就这样掀了人家说书先生的摊子。

“话说这帝师慕容晏，貌比潘安，十二拜相乃当世奇才也，可惜一念之错，手刃先帝，成了乱臣贼子……哎哟！”

说书先生被云渺渺一惊，惊堂木一抖直直砸到了自己的脚。

云渺渺见情况不妙，将寻人启事一卷，猫着腰打算开溜。谁知刚看准人群中一个空隙，便被一个白色的颀长身影挡住了。

眼看着说书先生摩拳擦掌朝自己过来了，云渺渺豁出去将那白衣人的大腿一抱，像牛皮糖似的粘住了。随后将手心的纸粉往脸上一抹，头一垂，不出声了。

这纸粉乃是师父特制的，遇水便会变色，离水又会变成普通的白色粉末。云渺渺酝酿着眼泪，等到说书先生伸手拉扯时，突然抬头，引得围观的人群倒吸一口凉气。

只见云渺渺一双杏眼盈着泪光：“我乃家中独苗，娘亲过世的时候让我来京都治病，诸位行行好，可不能见死不救啊，小女子他日定当报答各位恩公！”

“天……天花啊！”

不知哪个眼尖胆小的先喊了一声，原本热热闹闹的说书摊子瞬间变得冷冷清清。说书先生也顾不上找云渺渺赔偿，连滚带爬地卷了铺盖溜了。

“你打算如何报答你的恩公？”被抱着的人语气虽然不善，声音却如玉碎般动听。

云渺渺心下一怔，抬头便看见一个俊朗的下巴。

白晏轻启唇齿，盯着云渺渺“嗖嗖”放冷箭：“哪有像你这般生龙活虎的天花病人？”

言罢，他还顺手在云渺渺的脸上捏了一把，看着手指上的粉屑，啧啧道：“果真是把戏，不过奇了，这红粉揩下来居然变成了白的，你倒是有些本事。”

云渺渺捂着脸，彻底呆了。

她云渺渺在甲子村“横行霸道”活到十六岁，今天居然被人这么理所当然地吃了豆腐！

这个能说会道的少年完全没有察觉到僵直的少女，仿佛研究什么新奇事物般地打量云渺渺。他自言自语着，又在云渺渺的脸上揩了一把，小心翼翼地将粉屑装进随身携带的瓶子里。

这种新奇的粉末说不定可以制成变色墨汁，那他的画作定能卖到更高的价钱。

没错，他就是京都第一画师白晏。虽然之前他曾在城郊桃花渡溺水受伤，昏迷了些时日，甚至连自己叫什么都不记得了，但恰逢救他的老伯是个画痴，正好知晓他的身份。老伯告诉他，他是一画值千金的大画师白晏。

不过据说白晏从前行事低调，往往见画不见人，所以名头虽然响亮，真正见过他的人却没有几个，这让白晏对老伯的话半信半疑。

但塞翁失马，焉知非福，现在的他觉得灵感飙升，挥挥笔就能再造一幅旷世奇画。

灵感来了可不等人，心满意足的白晏握拳在手掌上一敲，急忙拎了袍子，飞也似的没了踪影。

云渺渺望着这来去如风的英俊背影，憋着的一口怒气总算号了出来。

“非礼啊！”

云渺渺实在很郁闷，京都这个地方太奇怪了，她在碧邙山甲子村有吃有穿，还有一堆爱看戏法的小孩子吹捧着，不知道比待在京都强多少。

可为什么要自讨苦吃呢？

"还不是鬼迷了心窍……"她看着红墙上贴着的告示叹气。

那告示上白纸黑字写得清清楚楚，谁要是能抓到杀害先帝的凶手慕容晏，赏金十万两。其中，"十万两"几个字还被朱笔圈了出来，格外醒目，格外诱人。

正是这十万两，将见钱眼开的云渺渺和师父周九问从甲子村骗了来。

这事儿还得从她的身世说起。用师父的话说，云渺渺的父母欠了他十万两黄金，她自小便被父母送来给周师父抵债。只可惜她那可怜的父母在她三岁时就双双辞世，所以她连父母姓甚名谁都不知道。偏偏她不厚道的师父发了话，要想知道自己的身世，必须先拿十万两黄金来换。

因为这番原委，云渺渺自小便十分贪财抠门。为了省钱，日子是掐紧口袋过；只要有钱赚，闲事是不遗余力地管。

云渺渺出神间，两个大汉停在了告示前，看着赏金眼里冒光，一看也是被骗来京华城的愣头青。

"可这帝师长啥样都没画出来……上哪儿抓人去？"一个壮汉观察到重点，抓耳挠腮道。

"而且，据说这帝师行事低调得很，见过他真容的人都没几个，这可怎么找？"

可不是，帝师慕容晏据说长得太好看，寻常画师一则不敢画，二则也画不出来。用无忧公主的话说："帝师风华绝代，谁若是画不好，砍脑袋！"

公主要砍脑袋，大家自然缩了脑袋当乌龟。先帝的死因虽然重要，自己的脑袋更重要。

得了，案子查不成，现在连温饱也成了问题，云渺渺开始后悔没听师父的话，她叹了口气，又在红墙上贴了几张寻人启事。

"何人在此搞破坏？"一群禁卫军阔步而来，看到拿糨糊桶糊墙的云渺渺，佩刀"噌"地拔了一半。

师父告诉过自己，天子脚下多忌讳，行走江湖千万不要惹吃官粮的主。于是云渺渺一个激灵，"噔"地踩上糨糊桶，两手一撑翻上墙头缩了起来。

深色的枝叶遮住了云渺渺娇小的身影，向晚的霞光将树叶染得闪闪发亮，和她黄色的衣衫一融，恰好眯了人眼。

墙头下传来一个大舌头禁卫军的声音："人呢？野猫都跑不了这么快。"

云渺渺扒着墙，手心都出了汗。

若不是她画寻人启事没了纸，她定再折化几个障眼的小东西脱身。可方才为了摆平说书先生，她已经将剩下的最后一点儿纸屑都用上了。

她堂堂纸戏大师周九问的关门弟子，居然沦落到这般田地。

禁卫军扯下云渺渺的寻人启事，读出声来："周九问，碧邙山甲子村人士……才高八斗善纸戏，好吃鸡……嗨，兄弟你瞧瞧，这年头臭折纸的居然都能才高八斗了。"

云渺渺愤愤不平，说起师父周九问，她可是十分佩服，多亏了师父一双折纸化物的巧手，她三岁便能骑"大龙"，七岁便能去"月宫捉白兔"，寻常人家的孩子想要摘的星星月亮，对她来说不过是幼时玩腻的把戏。

纸戏术乃世间最高深的学问之一，但师父从小便教导她，纸戏之法威力巨大，切不可轻易施展，免得被坏人窃取，助纣为虐。

于是纸戏师们都是低调行事，云渺渺活了十几年，还从未见过师父以外的第二个纸戏师。

所以说师父是"臭折纸的"，她绝不能忍。

尊师重道的云渺渺很冲动，往下一跳，抢了禁军大哥手里的寻人启事。她圆脸一沉，语气铿锵有力："这位大哥此言差矣，纸戏之法虽说冷门了点儿，却是瑰宝！是无价的手艺！是……"

"是……是那个糊墙的丫头！"

一个矮胖的禁卫军一声号，响起一片整齐划一的抽刀声。

云渺渺脖子上一凉，听到禁卫军头领严肃的声音："大胆刁民，报上名来！没有官府备案，何人准你私自张贴告示的？"

云渺渺苦笑着掐了掐自己胳膊上的肉："官差大人，您看我孤身一人流落京都，饿得面黄肌瘦，寻个亲而已，您就网开一面……"

"哼，先帝驾崩，帝师失踪。混入京城捞赏金的人多了去了，说是寻亲，谁知道你安没安好心？我等秉公行事，你若是自诩清白，就烦请衙门走一趟！"

云渺渺觉得脖子上的大刀又往前抵了抵，想来这道官府的门槛必须要跨一跨了。

天色沉落时，云渺渺总算从衙门出来了。只不过，是被扔出来的。她拍了拍衣衫，站起身，屁股跌得生痛，可比起屁股，她觉得自己的心更痛。

手指点上腰间的钱串，从左到右，点着点着，云渺渺要哭了。

天杀的，居然少了五十钱！

她攒了几个月才攒到五十钱，今天罚款，全赔出去了。

云渺渺的贪财抠门在甲子村是出了名的，到京城就是来赚赏金的，谁想今天一趟，简直要了她的小命。

师父没找到，查案也毫无头绪，简直运背。云渺渺强忍着眼泪，将剩下的铜板细细穿好，小心翼翼地系回腰上。她一动，腰间仍是丁零零的，只不过钱串从三圈变成了两圈。

不过就算这么惨，师父要找，赏金也要！她云渺渺，从哪里倒下就能从哪里爬起来！

行，今天住个好店，泡个花瓣澡，否极泰来！

二

翌日，晴空万里，是个艳阳高照的好日子。

云渺渺早早梳洗打扮好，留恋不已地看了一眼豪华客房，给自己鼓了鼓气，出了客栈。

虽然要找师父，不过现在盘缠渐空，当务之急还是要赚钱养活自己。云渺渺决定，今天要挑个人多热闹的地方搭台子，变点儿戏法，把昨天赔的钱全部赚回来。

她从寻人启事中匀了几张新纸出来，裁成各种样子，她有信心今天能赚得盆满钵满。虽然只是三脚猫纸戏术，但骗骗吃瓜群众还是绰绰有余的。

只要……不碰见昨天那个人。

云渺渺想起白晏来依旧心有余悸，寻常人看见天花跑都来不及，他非但不跑……还敢摸。

不是傻，就是缺筋少弦。

想着京华城这么大，也不可能冤家路窄，云渺渺安了安自己的心，走在街上不由得哼起了小曲。

今日的朱雀大街还是热闹非凡，人潮涌动。

本来按照大徵历法，皇帝驾崩应该举国哀悼，满城缟素三月。但因为身体一贯健朗的先帝陆雍暴毙宫中，死因成谜，摄政王宋之游在拥立年幼的新帝继位后便下令彻查此案，所以全城都在通缉恰好在这个关键时刻失踪的帝师慕容晏。

这帝师有点儿倒霉，虽然没有直接的证据指明他就是凶手，但是一失踪，就有了做贼心虚的意味。

云渺渺竖着耳朵搜集消息，据说到目前为止，来京城查案的人还没有一个能进入皇宫。

从朱雀大街遥遥望去，皇宫拥长门气势巍峨，宫门紧闭，一列列禁军在城楼上巡逻，严整肃穆，宫内宫外完全是冰火两重天。

云渺渺正望着拥长门出神，突然间感觉有人狠狠地撞了一下自己，再一摸腰间，荷包不见了。那荷包里装着她新拆下来的五十钱盘缠，她心下一慌，朝着撞人的那道影子便追了上去。

“小贼，你给我站住！”

云渺渺在后面追，谁知那道白色的影子跑得飞快，几个闪身，就钻进人群中消失不见了。

云渺渺气喘吁吁地拨开人群，脑袋一痛撞上一个背影。还没来得及摸摸撞疼的额头，便发现一双软靴旁，躺着她空空如也的荷包。

此地正是水边，被撞的是位公子，一转身便带来一阵清淡的檀香。他的语气拿捏得恰好，温文尔雅却让人脊背一凉："姑娘没事吧？"

"没……"

还剩半个字没说出口，云渺渺便看清了眼前这个人的长相。他勾着嘴角微微笑着，凤眸星目里却含着不悦的怒气。

终于，那有一搭没一搭勾着的嘴角颤抖了半晌，也没了笑意。

云渺渺看着眼前的人，额角起了细密的汗。

不是冤家不聚头，云渺渺和白晏几乎同时出声。

"小骗子！"

"小……"云渺渺慢了半拍，还剩个"贼"字没吐出来，就感受到围观群众投来的嫌弃目光。

云渺渺咬咬牙，向白晏抖抖已经瘪了的钱包："小贼，还我钱来，不许抵赖！"

白晏很头疼，就因为他长了张无可挑剔的脸，最近又恰好健忘，这几天用各种把戏来献殷勤的姑娘太多了。有向他讨画的，有给他送花的，有邀他泛舟游船的，却没有一个是像眼前这个牛皮糖又是碰瓷又是诬陷的。

手段很新奇，可以，成功引起了他的注意。

"小骗子，你叫什么名字？"

"啊？"

白晏瞥了一眼云渺渺手上捏着的荷包，上面绣着一个小巧精致的"渺"字。

"啧，有首诗写得好，'渺渺兮予怀，望美人兮天一方'。"白晏嫌弃道，"现在的好名字，真是阿猫阿狗都能叫了。"

云渺渺无言以对。

这人，嘴巴真是讨厌。

白晏见云渺渺一脸气愤，以为她还有其他把戏，等了半晌却不见云渺渺吱声，顿时没了兴趣。

"我……我看见偷我钱的小贼穿着白衣裳，跑到这里就不见了，肯定是你。"云渺渺其实也没底气，但如果不是他，一来说不通，二来……损失可怎么办？

一想到短短两天的时间就丢了一百钱，云渺渺的心都碎了。

"有证据吗？"白晏挑眉一笑，"我白晏一向大度，你要是缺钱我可以送你一幅画，怎么都比你的荷包值钱，不过若是没有证据就诬陷人，哼！"

白晏？

云渺渺一愣，该不会是京华城中那个只闻其名不见其人的大名鼎鼎的画师白晏吧？据说他有无数倾慕者，名气跟那个每次一出门就收获鲜花瓜果无数的帝师慕容晏有得一拼。

她正思索着，就见那个自称白晏的男子将袍子一撩，露出一块明晃晃的令牌，上面写着什么她没看清，但她记得，昨天的禁军腰间就每人别了一块明晃晃的令牌。

行，云渺渺屈服了，缓言道："那送我一幅画吧。"

"凭什么？"

云渺渺无话可说。

"你诬蔑我堂堂一个禁军为小贼，这不是小罪名。走吧，本官网开一面让你少受点儿皮肉之苦。"白晏拿腔捏调，拉过云渺渺就要去报官。

人在家中坐，祸从天上来。云渺渺心太累了，她不过就是贪心那十万两的赏金来了京城，现在师父丢了，慕容晏没找着，反倒落在了这个能说会道的白晏手里。

苦差啊，太苦了。

云渺渺有些委屈："你不是一向大度吗？"

"也有偶尔不大度的时候。"白晏笑里藏刀，"比如现在。"

见云渺渺抿着嘴一副委屈巴巴的模样，白晏乐了。他的腰上不过是一块寻常腰牌，想寻机逗逗她，谁知道这姑娘这么好骗。

云渺渺心下很乱，手指摩挲着昨日新备的几张白纸，脑子转得飞快。

怎么办？不然……不然变只老鼠吓唬吓唬他？可如果他不怕老鼠怎么办？要不变条蛇？对，就变条蛇好了！

云渺渺拈着一截长纸头，默念几句符咒，趁白晏不备，突然挣脱开来。

"呀！看蛇。"

白晏只见一道白光朝自己飞来，直取胸口。他避之不及，只觉得锐锋剖开了胸口，一个踉跄，跌倒在地。

云渺渺哪顾得上回头，仿佛脱了笼的兔子，两步便没了踪影。

见白晏跌倒，人群一阵骚乱，忙七手八脚地将他扶起来，问他伤到了哪里。

只见这位俊俏的公子只是面色煞白，身上并无大碍。

白晏捂着胸口，怎么也不敢相信看似温暾怕事的云渺渺居然敢对自己痛下杀手。可奇怪的是，方才他明明看到云渺渺掷来的一柄飞刀刺伤了自己，身上却没有任何伤口。

但慌乱的心悸和真切的痛感依旧证明一切是发生过的。

这种似曾相识的感觉让白晏记起了他前几日昏迷的时候。那时，他仿佛做了一场混沌而恐慌的梦，梦里有漫无边际的深水，他溺在水中，想要求生，却有一个声音不断蛊惑他，让他去赴死。

他一度丧失了求生的欲望，未承想自己极其幸运，在河道旁被人救起，救人的老伯说他一身酒气，怕是在夜宴饮酒的时候跌进了河中。他的肋下有一条横贯的伤口，失血极多。老伯说应该是被湍流中的乱石划伤的，可他觉得那更像刀伤。

只是关于坠河前的一切他都不记得了。

白晏无意识地用手指抚摸自己肋间的伤痕，一个薄脆的东西引起了他的注意，原来是一截纸片。纸片剪裁精致，有锋有刃，俨然是一柄小刀的模样。

他望着云渺渺逃走的方向眉心微锁。

这个几次三番接近自己的姑娘，绝对没有想象中那么简单。

他有预感，这个姑娘可能跟自己丢失的记忆有关。

云渺渺这几日都闭门不出，她向店小二打听过，据说朱雀大街上前日死了人，那人是个长得不错的白衣公子，许多少女的芳心都因此碎了一地。

云渺渺望着月亮发愁，头发这两天都让她抓掉了一大把。

不会是被蛇咬死了吧？

不对不对，师父明明告诉过她，她根基尚浅，他教给她的纸戏术不过是障眼法，吓吓人罢了。

难道是……被吓死了？

云渺渺快要哭了，那白晏看着怼天怼地的样子，怎么就这么不经吓呢？虽然她觉得白晏死了的传言只能信一半，但还是忍不住心虚。

她来京华城后闯的祸是越来越大了，扰乱市容不说，现在还有可能草菅了一条人命。

一想到自己即将被五花大绑丢入大牢，云渺渺不禁打了个寒战。

“不行，我得把这些有隐患的纸头清理掉……”云渺渺自言自语着打开包袱，一副悔过自新的模样，可没过多久她就又凌乱了，“咦？我的‘飞刀’呢？”

她把包袱翻了个底朝天都没有翻到飞刀，反而发现了那条本该扔给白晏的“小蛇”。

完了完了……

师父说过，纸戏术虽是障眼法，但是作用的强弱仍在于被施术者的意志是否坚定，意志不坚定者往往会走不出迷障，从而受困于眼前的假象，此时便危险了。

如此看来，白晏如果是个怕死的胆小鬼，完全有可能吓死自己，就算当场吓不死，中刀的自我暗示也可能疼死自己。

云渺渺一夜无眠，终于把一双杏眼愁成了两颗桃子。

三

第二天清早。

街市上还没有什么行人，云渺渺偷偷摸摸地扒着客栈的门往外看，将一条街望了个遍也没有发现通缉自己的告示，想着白晏或许没有死，总算安了心。

师父找不到，盘缠即将用完，今天她决定冒险去拥长门碰碰运气，看能不能混进宫去查先帝驾崩的案子。

拿到抓捕慕容晏的十万两赏金，是她的最后一搏。

因为连闯了几次祸，云渺渺觉得接下来必须要谨小慎微一些。于是给自己列了几条外出的要求：

一、出门戴面纱；

二、配把小弯刀防抢防盗，顺便壮胆；

三、换个发型，换个心情。

没过多久，一名戴着面纱，牵着枣红小马的红衣少女走在朱雀大街上，她一边慢悠悠地走着，一边打量着四周的店铺。清晨开张的店铺很少，却有一家叫作“颜如玉”的店外早早布置起了各色鲜花，金色的牌匾在阳光下熠熠生辉。

门上张贴的仕女图巧笑倩兮，乃一顶一的美人，瞬间吸引了云渺渺的目光。

“美容修仪，包君满意。”云渺渺默念一遍，忙不迭地拴了马，奔向店内。

她大大咧咧地往梳妆镜前一坐，拿出一张小像冲发愣的老板娘微笑：“烦请老板照着这幅画像帮我梳个妆，只要做得像，价钱好商量。”

那张小像上画着一个意气风发的骑马女子，长发束起，面容姣好，眉宇间透着几分英气。

这位骑马的女子便是当今武林盟主徐朝风的独女——红绡郡主。

云渺渺闭着眼任凭老板娘在自己的脸上涂脂抹粉，心里的小算盘打得噼啪作响。

半个时辰后，云渺渺焕然一新地出现在朱雀大街上。

红衣艳艳的姑娘牵着一匹枣红马儿在京城大道上招摇而过，所到之处行人纷纷驻足打量。

等到了拥长门前，云渺渺停下脚步，铆足劲儿端出一副气势逼人的样子。果然，拥长门的卫兵一看到她的装扮便惊讶出声：“是红绡郡主！”

传言红绡郡主是出了名的冷艳寡言，曾和京中六扇门合作抓捕了不少江洋大盗和臭名昭著的恶人。只不过红绡郡主素来独来独往，押解逃犯收监后便会立即离开，做事从不拖泥带水，所以见过红绡郡主真容的人没有几个。

云渺渺正是看中了红绡郡主不接地气这点，果然，唬住人了！

眼看着云渺渺面纱之下的脸得意得快要绷不住了，人群中突然爆发出一阵惊呼。

“是十四王爷！”

戴着镶银面具的十四王爷缓身向前，他长身玉立，虽然半张面具覆住了他的额角，玉管似的鼻梁和潋滟的凤目却难掩天资。

这个非常俊美的男子让云渺渺莫名有种熟悉的感觉。

十四王爷愣了一会儿，走上前来，停在了云渺渺身边。他的身量足足比云渺渺高了两头，云渺渺的气势顿时被压了下去。

“本王为先帝驾崩之事前来，求见小陛下，烦请统领通报。”

十四王爷口中的小陛下正是前不久被摄政王宋之游扶持上位的五岁小儿陆阿蛮。五岁的小孩儿正是满地乱跑的年纪……禁军统领怕是脑子不好了才会帮他通报。

“我也是来查案的，还望统领行个方便。”云渺渺不甘示弱，也向前一步道。

禁军统领李望是个心直口快的粗人，看着眼前的红绡郡主和十四王爷乐了。他非但没通报开门，反而打趣起他们二人来：“怎么，你们二位闹别扭啦？怎么今天跟不认识似的？”

闻言，云渺渺一头雾水，难道她应该认识眼前这个十四王爷吗？

她做事向来谨慎，考虑周到，唯独就是不爱吃瓜听八卦，所以根本不知道这十四王爷正是红绡郡主青梅竹马的心上人。

十四王爷看着云渺渺一脸茫然的样子，对李望道：“前日郡主生辰本王大意忘了，现下郡主怕是在跟本王闹脾气，见笑。”

言罢，那位十四王爷突然将面具揭起一角，转过身冲云渺渺轻轻一笑。

居……居然是白晏！

云渺渺又惊又喜又发愁，喜的是白晏果然没被她吓死，愁的是不知他假扮的十四王爷到底是敌是友。

白晏不给云渺渺思考的机会，突然将她的身子一揽，云渺渺便撞进一袭檀香之中，头顶也被一个下巴突然抵住。

白晏故作宠溺的声音从头顶传来：“小郡主不生气了可好？先帝驾崩本王甚是难过呢，查案要紧，对不对呀？”

白晏的话腻味得让云渺渺打了个寒战。这个人，怎么能这么酸？

云渺渺觉得自己的牙都要被酸掉了，可还要捂着脸迅速挂上一副小鸟依人的娇羞：“好，我不气了，还是查案要紧呢。”

毕竟白晏的话她是听懂了的，眼下这种情况，若想进入皇宫，就得假装和白晏是一对。

李望无语。

郎才女貌，天生一对。这很对吃瓜群众的胃口，纷纷附和查案要紧。

云渺渺心下一喜，觉得有戏，却没想到“唰”的一道刀光切到眼前，将她和白晏分开。

年过三十还在打光棍的李望看着腻歪的两个人很生气，他冷着脸，凶狠道：“拥长禁地都给我严肃，要想查案，就比试比试，本领高者，入皇宫！”

云渺渺心想，娶不着媳妇儿的人果然伤不起。

白晏却继续戳李望的痛处，望着“红绡郡主”深情道：“本王堂堂七尺男儿，怎么能与女子动手？更何况是小郡主，今日……就让小郡主进宫吧。”

云渺渺一喜：“对对，让我进去吧。”

李望的脸彻底黑了，将拥长门的锁销狠狠一插，语气更臭：“今日看二位形迹可疑，甚是不顺眼，末将奉旨看守拥长门，容不得闪失，还望二位见谅。”

李望言罢便不理人了，自顾自地将头盔一拍，又钻进了门楼。

云渺渺万万没想到自己花了大价钱想要混入皇宫的计划会以失败告终，一时间气得心口疼。若不是这个半路出来捣乱的白晏，她肯定已经在宫中蹦跶了。

白晏却似乎心情很好，拉着云渺渺走街串巷，拐了几个弯到了一处僻静之所。

避开耳目后的白晏伸手将面具一揭，冲云渺渺道：“小骗子，总算又见到你了。”

他说“总算”，好像这些日子一直等着她似的。云渺渺不明白，这天下居然还有人会在吃了亏后乐呵呵地跟自己打招呼，不是傻得冒泡，就是不怀好意。

云渺渺觉得白晏更像后者，若不是他方才在拥长门和自己一唱一和，她绝对要逃跑，离他越远越好。

果然，白晏根本不是傻得冒泡，分明就是不怀好意。

“看你这模样，怕是不知道‘欺君之罪’四个字如何写吧？幸亏你没进皇宫，那可是吃人不吐骨头的地方。”

“你假扮十四王爷，不也是欺君之罪？”云渺渺不服气，犟道，“你也没能进宫，得意什么？”

白晏突然俯下身子在云渺渺的耳边轻声说：“我本来就不打算进宫，我还有事情要问你，所以我更不想让你进宫。”

白晏早就做足了功课，知道拥长门的守门统领李望年过三十还未娶妻，平日最烦看见你侬我侬的桥段。所以他在看见偷偷摸摸易容成红绡郡主的云渺渺时，就心生一计要搅乱她的计划。

假扮十四王爷和红绡郡主秀恩爱，果然惹怒了李望，这段时日，云渺渺别想再混入皇宫了。

云渺渺气得跳脚：“你这人怎么这么讨厌！朱雀大街这么宽，你干吗偏偏跟我挤？”

白晏不答话，手指在襟前轻轻一拈，将一截纸头在云渺渺眼前晃了晃。

云渺渺脊背一凉，那纸不过一寸来长，有锋有刃，正是飞刀的模样。她认得，这就是当日她折化出的误伤白晏的飞刀。

白晏摩挲着纸刀尖锐的刀锋，低头沉吟，垂睫的模样仿佛心事重重：“这折纸化物的本领我曾在野史奇谈上见过，没想到世间真的有纸戏师，虽然……是个坑蒙拐骗的小丫头。”

不待云渺渺搭腔，他又展开一张画工拙劣的人物像，正是云渺渺前些日子四处张贴的寻人启事。

“你的师父周九问，也是纸戏师吧？”白晏问罢，望着画卷挑毛病，“不过，你确定画成这样，你师父不会把你逐出师门？”

那画上的周九问，眉毛眼睛挤在一处，胡须占了大半张脸，说丑……还真是丑。

云渺渺自己也不忍心看了，扶额道：“我要是有钱请画师，也不会自己画了。”

“我帮你画。”白晏说。

云渺渺难以置信地揉了揉耳朵，方才是白晏说要帮她画师父吗？

“我可以帮你画师父，找师父。不过……作为交换，你要像上次一样，重新幻化纸刀交给我。”白晏道，“另外，如果你找到了师父，务必告诉我，我有事情想要请教他。”

听起来好像没什么毛病，正巧她混不进皇宫，那眼下最大的事情就是找师父了，这次有了白晏画的寻人启事，准保惟妙惟肖，她也可以一贴了事，顺便寻个短工在京城等师父。

想明白这些，云渺渺拉起白晏的手自顾自地击了一掌：“一言为定！”

“不过，等到你将一百张寻人启事画好了，我再用纸戏化了纸刀给你。”这一次，云渺渺精明了些，补充道，“一手交画一手交货。”

白晏一笑，算作同意，将面具又扣在脸上飞也似的走了。

“三天后，到城郊的梅芳小院来取，我住在那里。”

云渺渺很开心，虽然没能进皇宫，但这三天，她能够安心赚钱了，等再攒些钱，她的腰链又可以穿上万钱，变成三圈长了。

走路丁零作响的声音，回忆起来都很美妙啊！

三天后，赚钱大计进行得十分顺利的云渺渺抱着一盒桃酥，如约出现在城郊梅芳小院前，她听隔壁钓鱼的老伯说，梅芳小院已经荒废了好些年，前些日子突然出现一个帅气的公子，将梅芳小院洒扫干净，重新成了小院的主人。

那帅气的公子，不出意料正是白晏。

“姑娘认识那位公子？那位公子看起来无亲无故的，闭门不出三天了，老叟还担心他出了什么事情，姑娘快去看看吧。”

云渺渺听完老伯的话忙往梅香小院跑去，门扉的灰尘有段时间没有清理了，她将门推开往里瞧去：“白晏？”

白晏伏在案几上睡着了，脸颊泛着病态的薄红，旁边散落着各式各样的画纸，上面画的正是云渺渺的师父周九问。那鼻子，那眼睛，简直像师父脸上抹了颜料，脑袋印在画上的一样。

她不过就说了师父的几个特征，白晏居然画得这么像，难怪他是京城第一画师，不不，说他是大徵第一画师都不为过。

云渺渺开心极了，放下桃酥，抱着画纸开心地转圈，却不小心将膝盖磕在凳子上，疼得她龇牙咧嘴。

这番动静吵醒了白晏，他半睁开蒙眬的睡眼，嗓音比寻常更低沉：“满意吗？满意的话就快把纸刀给我。”

“好好好，这就给你。”云渺渺拿出纸刀，神神秘秘地端了碗水来，将纸刀置于碗上。

只见水波荡漾，那寸长的纸刀竟然化成一柄精致的飞刀，锋利的刀锋上闪过一道寒光。

白晏盯着云渺渺，眼睛倏然睁大。

纸戏术变化万千，当真是世间奇术。

白晏接过飞刀问道：“渺渺姑娘，恕我好奇，上次形势紧急，你幻化飞刀时并没有端了水来，今日为何？”

“谁说上次没有水？我们就是在水岸边遇见的。”云渺渺笃定道，“这是老祖宗传下来的规矩，没有为什么！”

半晌，白晏沉吟道：“小骗子，我可以信你吗？”

云渺渺迟疑了一下：“嗯？”

白晏拿起一块桃酥眯起眼，似乎组织语言耗费了不少心神：“我是京城第一画师白晏，却也不是白晏；没有多少人认得我，除你以外我也不认得别人；我知道我应该是忘记了一些重要的事情，现在只有一个办法能让我想起来，你说，我可以信你吗？”

云渺渺听得云里雾里：“什……什么法子？”

白晏闭上眼，沉声道：“纸戏术是不是……罢了，现在也没有别的办法。”

末了，他又补充道：“前些日子，城郊有人似乎看到了一个爱吃叫花鸡的老人，不知是不是你的师父，你快去看看吧。”

云渺渺听从白晏的建议，连忙抱了画像离开，然后在城郊东头贴了几张寻人启事。果然，因为画工精湛，不一会儿便吸引了不少看客。

有人对着白晏的画指指点点道：“这画工真是妙啊！怕是能媲美那帝师慕容晏了，我们京城除了两位公子，居然还有这样的人物？”

所谓的两位公子，正是十二拜相的帝师慕容晏——晏公子，和前兵部尚书，现辅佐幼帝登基的摄政王宋之游——游公子。两个人都是世无其二的天之骄子，虽然政见相左，但只要在京城谈起，就是众人唏嘘羡慕的对象。

“别瞎说，慕容晏现在是逃犯，你不想要脑袋啦？不过晏公子行事低调，咱谁都没见过公子的长相，不然那十万两黄金……嘿嘿。”

云渺渺听着众人的议论，一合掌，突然有了点子。

她一直苦于没有慕容晏的画像无法断案，既然白晏如此厉害，又是京城人士，说不定见过慕容晏，让他来画一幅慕容晏的画像，岂不是有如神助？

有了新计划，云渺渺很是激动，连忙买了一些肉菜向梅芳小院的方向跑来。她决定拉白晏入伙，她的手艺在甲子村是远近闻名的，当初师父就是被她的一锅小鸡炖蘑菇收买来京城查案的，她有信心，自己也能收买白晏。

一路阳光尾随，风景极好，云渺渺在脑海里不断规划着未来，开心程度达到巅峰。

推开梅芳小院的门扉，她几步蹦进院中，高声道：“白晏！今天我做好菜……”

还有半句话哽在喉头，手中的肉菜“吧嗒”一声滚落一地。

她看见，白晏倒在房前，她刚才幻化出的飞刀，直挺挺地插在他的心上……

第二章 有友来焉

一

暖风拂过，向晚的梅芳小院树影婆娑，晃动不停，云渺渺的心也跟着不停跳动。白晏躺在地上，胸膛平静，似乎没了生气。

云渺渺彻底慌了神，上前两步却不敢扶起白晏。她记得师父讲过，刀伤若伤及要害是不能轻易搬动伤者的。

“白晏，你撑住啊！我去找人帮忙！”

用师父告诉云渺渺的话来推断，纸刀是不会真的伤人的，可是痛感和真实的刀伤别无二致，所以根本无法确定白晏如今是好是坏。

虽然朱雀大街上他逃过了一次，可是第二次中刀能不能毫发无损却仍无定数。

云渺渺很着急，气喘吁吁地跑到门外，正巧看见方才钓鱼的老伯。

“不得了了，老伯你快去找个大夫来，有人受伤了！”

“咦？”老伯搁下装鱼的篮子，“谁受伤了？不会是梅芳小院里的那位公子吧？好端端的怎么受伤了？伤着哪里了？”

“不好说，他应该没有外伤，是内伤，快……快帮我找下大夫吧！”

老伯不急不忙，伸长脖子往院子里看，疑惑道：“没有人啊！谁受伤了？”

云渺渺回过身，发现院子里已经没了白晏的身影。

她顿时呆住了：“明明……刚才还在呢！这是怎么回事？”

老伯重新背起鱼篮，抖了抖蓑衣无奈道：“小姑娘还不如我一个老头子眼神好使，光天化日的，我们这小城郊，还能来个大内高手把人搬走了不成？定是你看错了。”

老伯渐渐走远了，只留下云渺渺在院子里踱步。突然，“吱呀”一声，院中后屋的窗户落了下来，一个影子应声一闪，快速溜出了窗外。

“站住！谁在那儿？”

云渺渺连忙追了上去，发现地上落了一块桃酥，周遭有不少碎屑。沿着碎屑寻踪，她看到一名灰头土脸的碧衣少女猫在墙下，嘴里塞满桃酥，两只眼睛瞪得浑圆，一眨不眨地看着她。

云渺渺倒吸一口凉气，第一反应就是，白晏的失踪跟这个女子有关，不然，她怎么会无缘无故出现在这里？

仿佛看出了云渺渺的怀疑，那碧衣少女不住地挥手，眼神躲躲闪闪，一直瞥院中的水缸，口中含糊不清：“我……我就只偷吃了几块桃酥，其他的什么都没拿，别……别抓我去报官。”

“你说，我如何信你？”云渺渺听出了端倪，一揉鼻子，装出一副江湖混混的模样，“除非有人帮你做证，谁看见你方才只拿了几块桃酥？”

“你！你大不了来搜我身！”那碧衣少女倒也硬气，抹干净脸，豁出去般“噌”地站了起来。

云渺渺这才发现那碧衣少女身量和自己一般高，脸颊白净清秀，只是先天残缺，微微跛脚，她的身形摇摇晃晃，神情倒是大义凛然。除了望向水缸的眼里透露出几分心虚。

“我不搜你身，我只需看看水缸后面藏着什么就行了。”云渺渺捡起一块石头，狡黠一笑，“不会刚好藏了我要找的人吧？”

怕云渺渺要找白晏，时绿更紧张了，云渺渺却不给她反应的时间，挥手便将大石头砸了过去。

水缸应声碎裂，缸里的水哗啦啦流了一地，一同滚出来的还有一道玄色的影子，那影子湿漉漉的，连声“哎哟”着抱头鼠窜，简直狼狈。

果然有问题。

看着云渺渺似笑非笑的神情，那人勉强立直了身子，朝她拱了拱手，唯诺心虚的声音传来：“哎，这位姑娘眼力过人，于某……于某便不再藏着了。”

玄衣青年抬起头，两条眉因为纠结拧在一起，落在他清俊的脸上，说不出的滑稽。

“我于有杭保证，时绿姑娘就只吃了几块桃酥，绝无盗窃之心。”言罢，他讪讪一笑，“还有……姑娘要找的白公子，正在于某这里。”

夜色飒飒，月上梢头。

云渺渺听了半晌总算知道了这两位私闯民宅的“小贼”是何来历。

那碧衣少女唤作时绿，和云渺渺年纪相仿，本是南泽郡郡丞嫡女，却因为先天一只跛脚，耽误了好姻缘。好不容易在前些日子才勉强订下一门婚事，可时绿一看，自己要嫁的人是个十足的草包，于是一赌气，孤身一人逃了婚。闺阁女子何曾出过远门，于是一路狼狈，总算摸爬到了京城，遇到一同来京城寻亲的于有杭。两个人肚子太饿，却囊中羞涩，于是有了云渺渺方才撞见的那一幕。

说到寻亲的于有杭，更是令人唏嘘，因为他要找的人，正是此时倒在榻上昏迷不醒的白晏。

“既然是白晏认识的人，你为什么要偷偷摸摸地把他藏起来，还弄得自己一身狼狈？”云渺渺知道是场误会也有些不好意思，向于有杭递了块桃酥，“说吧，你找白晏有什么事？”

于有杭听她说话的语气，感到有些不爽，却还是道明了自己的来意。

“我们长乐白家只有这么一个宝贝公子，从小根骨弱，身子虚，一直是夫人用药喂着才勉强长到这么大。这不，一个月一次，我千里迢迢跑来就是为了给小公子送药，看见你这个来历不明的丫头鬼鬼祟祟的，我才把公子藏起来，免得遭毒手。后来看你忧心公子，不像是坏人，我才决定现身相见……”

于有杭望着榻上躺着的白晏，声音微微哽咽：“我们这宝贝公子，放着逍遥自在的长乐不待，偏要跑到京城来受罪，还几次三番受人惊吓，如何叫人不心疼？我身为管家，如何向夫人交代啊？”

于有杭说这话的时候眼神倏然转向云渺渺，哀怨中带了一丝凉意。云渺渺想起白晏两次被纸刀误伤，只能讪讪微笑。

这个于有杭看上去清俊沉稳，只是一谈起白晏少爷就变成一副婆婆妈妈的幽怨模样。

云渺渺赔笑着岔开话题：“于管家你方才看过了，白晏现在气息平稳，也没有内伤，应该用不了多久就能醒来。”

于有杭频频叹气：“我们公子受凉发烧也不知是为了谁？若不是你那一百张寻人画像，他如何会过劳？如何会伏案而睡？如何能受凉？真不知道公子看上你哪一点了……而且，我就不信公子脑袋被门夹了会插自己一刀，虽说那是纸戏术变的，最终也没伤着公子。但，肯定是你迷惑了公子……”

于有杭越说越离奇，云渺渺喝着茶，猛然一噎，喷了出来。

于有杭这张嘴足以颠倒黑白，偷星换月，云渺渺算是怕了。

时绿在一旁看不过，便劝于有杭道：“有杭哥哥，你少说两句吧，等公子醒来问问他不就清楚了？”

“哼，也只能如此了。”

于有杭坐到白晏的榻边照看他，手指探了探脉，神色大变，连忙将白晏的衣衫解开。

一条横贯下肋的伤疤就这样暴露在众人眼前，那伤疤表面上看宛若游丝，实则极深。

云渺渺也惊了，她记得白晏偶然提起过，自己前些日子夜宴坠河，身上被暗石划破，留了伤。可眼前这横贯的伤疤，怎么看都更像是刀剑之伤。

于有杭也看出了端倪，手指轻拂在白晏的伤口上，沉声道："怎么回事？"

云渺渺发觉于有杭周身的气息跟方才明显不一样了，带着说不出的冷意。时绿也惊呼出声，似乎认出了什么。

"我爹跟我讲过，这种极其精细的刀伤世间只有昆吾割玉刀能做到，刀长一尺，切玉如切泥，留下的伤痕恰如游丝，却极其致命。只是，昆吾刀据说早年就献给了天子，那……"时绿不敢往下说了，蓦然噤声。

白晏好端端一个舞文弄墨的画师，跟朝廷无冤无仇，谁会没事儿拿着昆吾刀这种神刃跟他比画？就算得罪了朝中权贵，大可随便定下一个罪名将他打入大牢，或者更省力一点儿，直接找一个刺客将他悄悄抹了脖子，估计谁也不知道。这般大动干戈，委实有些诡异。

云渺渺左思右想也想不出个所以然，撑着脸叹息道："无论怎样，活着就好。"

话飘到了于有杭的耳朵里，他神色微动，正想搭腔，却听见云渺渺后半句话飘来。

"白晏要是有个三长两短就太可惜了，这么一张世间难得的脸，画的画还能赚那么多钱，放在家里就是一棵羡煞旁人的摇钱树啊……"

于有杭无语。

时绿初来乍到，难得遇见年龄相仿的女孩，很想和云渺渺处好关系，于是也搭腔道："是呀，白公子芝兰玉树，可不就是一棵很值钱的树？"然后，她就看到于有杭微沉着的脸，一紧张，开始词不达意地乱说一通，"啊，当然有杭哥哥也是芝兰玉树，医术无双，妙手回春，悬壶济世，人美心善……"

于有杭心想这马屁都拍到马腿上了。

梅芳小院好久没有如此热闹了，你一言我一语，漫漫长夜转眼便过去了。

二

翌日清晨。

于有杭赶了大早说要去山中寻些草药来为白晏疗伤，一晃就没影了，云渺渺和时绿则留下来照看白晏。白晏的烧退了下去，整个人呼吸平顺，似乎有醒转的迹象。

于有杭叮嘱了半炷香的时间才依依不舍地离开小院。云渺渺揉着额角，冲时绿道："这个于管家也太啰唆了吧。"

时绿微微一笑："这证明有杭哥哥牵挂白公子啊，想来，白公子一定是对他极为重要的人。"

云渺渺看着于有杭留在桌上的药方，拈起一角，发现药方上写着"蛇胆"二字。

"极为重要吗？我看于管家胆子那么小，说不定是去城里买蛇胆了。"

这边云渺渺话音刚落，那边正在深林中采药的于有杭身后便攀上了一条毒蟒。

那毒蟒说大也不大，不过成年男子手臂粗细，此时正攀在一棵树上，缓慢地垂下花脑袋，冲于有杭的脖颈吐着蛇芯子。

"这白芍可让我好找。"于有杭长吁一口气，用药铲利落地将白芍的枝叶砍下，反手将根抛入背后的药筐中。

忽而，他觉得胳膊一凉，那条花皮蟒蛇不知什么时候缠上了他的臂膀，毒牙寒光一现，眼看着就要刺向他的脖颈。

于有杭神色微微一变，却没有料想中的慌张呼号。他飞快地将胳膊一抖，生生错开自己的肩关节，让毒蟒扑了个空。

毒蟒扑空之下失了力，于有杭顺势将胳膊一甩，狠狠掐住毒蟒的七寸，手起刀落间，那毒蟒已然成了死物。

"好在我反应快，这京城的蟒蛇比长乐郡的生猛不少。"

于有杭踩着蛇，一手扶肩将关节归位，利落潇洒的身手和前一天在水缸后狼狈躲避的于管家判若两人，冷厉干脆，没有一丝唯诺胆怯。

"小晏啊，你可是又欠了我一条命。"于有杭微微勾起嘴角，随手将死蟒甩入药筐，"这么好的蛇胆给你入药，你小子可要快点儿好起来，告诉我你到底经历了什么事情。"

天色泛出昏黄，于有杭走下山时，市集已经散得差不多了，他还有一味伏地需要去医馆炮制。街上三两行人立在告示前，指指点点不知说些什么，只有依稀的"帝师慕容晏"几个字从风中传来。

于有杭的眸色倏然一沉，三步并作两步挤开人群，走到告示前。眼睛落在告示上一行行扫去，仿佛心湖中落入一块大石，激起千层浪来。

最后一行字笔墨浓厚，透着十足杀意。

逆臣慕容晏弑帝逃亡，提其头领赏者，十万两。

于有杭呼吸一窒，仿若置身冰窟。

黄昏隐去，檐间飞过几只孤燕，梅芳小院里升起缕缕炊烟，风中挟来一丝饭香。于有杭推开门，便见时绿笑意盈盈地迎上来。

“有杭哥哥，采药可还顺利？”

于有杭囫囵一应，仿佛心事重重。

“呀，渺渺你快来看，这药筐里居然有这么大一条蟒蛇！”

云渺渺从灶台边探了一下脑袋，随后又掌起勺来，漫不经心道：“于管家，你这蛇买来应该不便宜吧？”

时绿眼睛亮亮地盯着于有杭，于有杭瞥见了，却无心谈论此事，只随口敷衍道：“十两银子吧。”

时绿惊了：“有……有杭哥哥，你怎么突然有这么多钱？”

两个人正是前日囊中羞涩，才会误打误撞摸到白晏暂住的梅芳小院偷吃桃酥。于有杭突然拿出十两银子，着实让人一惊。

偏偏时绿也是个心儿开了七窍的人，琢磨着于有杭的面色和话一想，突然觉得他对自己似乎是生分的，有些伤心。

于有杭没有回答时绿这个问题，只道：“明日我要先带我家公子去治病。”

云渺渺将碗筷端到桌上接话道：“于管家要走了吗？怎么这么快？不是说可以就地医好白公子吗？”

“之前以为只要灌汤药便可，今日看来还需要泡药汤才行，最好能让人脱胎换骨。”

于有杭不明所以的话一落，便率先拿过碗筷，舀了一碗汤：“来来来，先吃饭，我采药可饿了一天，再不填饱肚子怕是要出人命了。”

一桌喷香的饭菜，于有杭却似乎无心下咽，几个人小口扒拉着米饭。果然，第二天天还未亮，于有杭便驾着马车，悄无声息地带着白晏离开了。

等到梅芳小院里的两个姑娘洗漱完推开屋门，发现厢房早已空空如也，甚至连封辞别的信都没有留。

这也太无情了。

这偌大的京城，好不容易认识了两个人，说走便走了，不知去向也不知归期。

云渺渺腹诽着，心底郁郁，不自觉叹了口气。

忽而一只白皙的手拉起自己的衣袖，时绿细细的声音传来：“渺渺，有杭哥哥走了，我在这京城也无亲无故，能不能……能不能跟着你？”

云渺渺心下一喜，面上却不动声色，她轻咳了两声道：“时绿姑娘愿意的话，我自然也没有问题。”

时绿眼睛一亮，喜不自胜地结巴起来：“太好了，那从今往后你就叫我绿儿吧，我爹娘都是这样叫我的。”

“不过……这京城可是一天花一两银子的地方，你可会什么傍身之技？”

“女红行吗？不行的话，那下棋呢？”时绿看着云渺渺，声音越来越轻。

云渺渺眉梢一挑，弯起眸神秘莫测地笑了。

“京城贵胄们可不爱看这些，你听我的，准保我们赚个盆满钵满。”

济济京城内，赫赫王侯居。

京华城是天圆地方的森严构造，鳞次栉比的重楼下道路四通八达，鲜有能够聚集众人的圆形大场地。除了皇城中心的皇家观礼楼奉天阁，便只有华家酒楼逐月居前有一块圆月场地，而这里也成了杂耍艺人们“兵家必争”的宝地。

每月十四日，华家逐月居都会歇业，华家的那位二小姐华棠也会睁一只眼闭一只眼不去理会在门口卖艺的艺人们。于是天时地利的十四日，逐月居门口往往扭打成一片，但无论竞争多么激烈，争喝声总会在黎明时分消匿。

这也是华二小姐定下的不成文的规矩，逐月居迎来第一缕阳光的时候，谁先站上圆月场，今日这场便归谁了。

时绿在逐月居下挤了半晌，愁眉苦脸地转向身后的云渺渺：“这也太难抢了，渺渺你确定我们不换个地方吗？你看，他们大多是有备而来的。”

云渺渺略略扫过前面的几层人墙，只见有身如小山的独耳巨人，有手使花枪的孩童，还有周身铃铛摇响的异域女子。无论哪一个，都是弓着身子做冲刺之态，神情紧张得仿佛面临一场生死大战。

时绿的担心不无道理，这里每一个人各有各的特色和本领，一番比较下来，倒是她二人显得太过平常。

云渺渺踮着脚看了看，给时绿指着道："你看那边那个小少年，他不也是个普通人？"

时绿伸着脖子看去，果然，在人墙的角落，有一个身着青色长袍的小少年负手立在人群外。他面色冷淡，一双粗眉斜飞入鬓，微抿着唇。许是看出他是个好欺负的主，不断有人在他面前插队，不过片刻，那小少年便被挤到了圆月场的外面。可望着前面一堵厚厚的人墙，他只是好脾气地低头掐着手指，不知道在算些什么。

时绿不解地望向云渺渺，云渺渺望着微红的一抹天色，掐着衣袖中的薄纸片紧了神："那个人看上去应是名占卜师。绿儿，先不要管他，拉好我。"

破晓天光乍现的瞬间，云渺渺迅速掷出纸鼠和长鞭。长鞭瞬间缠上了站在最里面的独耳巨人的手臂。正在奔跑的巨人被外力一拉，失去了前排优势，气愤之余将缠在手臂上的长鞭往前一甩，想抓住牵引住自己的云渺渺。

谁知此举正中了云渺渺的计，她借力将自己往空中一送，还未等众人反应过来，便看到一黄一绿两个姑娘站在了圆月场的正中央。

而最前排的其他人，也只是刚刚踩过圆月场的边线。

第一缕天光应景地落在云渺渺身上，她笑盈盈地向巨人大哥拱手："这位大哥，多谢了！"

人群里爆发出一阵哀号，有几个不服气地叫嚣道："这丫头作弊！圆月场从来都是走着进去，哪有脚不点地地从空中飞过去的？简直坏了二小姐的规矩！"

云渺渺仿佛早有准备，向侧方伸出手来，一只机灵的银毛鼠便亲昵地蹿上她的手心。她托着银毛鼠，向众人道："就算二小姐定过必须要用脚走进圆月场的规矩，我们也没坏规矩，我这银鼠，可确实是走进圆月场的。"

果然，仔细看去，一条细细小小的脚印正从圆月场外延伸而来。

众人沉默半晌，还是有三两个抬杠的声音低低传来。

"华二小姐的规矩是定给人的，哪有用一只老鼠占场的？"

"就是，何况老鼠的爪子哪能算作脚？"

那无意间"助纣为虐"的独耳巨人尤其怨愤冲天，缓了半晌总算顺过气，指着云渺渺一声大吼，如落地惊雷："你这个丫头，骗人！"

不知怎的，云渺渺一阵恍惚，想起了之前频频叫自己"小骗子"的白晏。也不知道他的伤怎么样了，到底醒过来没有？

三

那巨人将云渺渺的恍惚当成了挑衅，怒气更盛，大手一挥就向云渺渺砸去。

时绿一声惊呼，情急之下推开了云渺渺，自己却跌倒在地。

云渺渺险险闪身，脑中有了主意，她借机将手心一展，冲银毛鼠喊道："去！咬他的耳朵。"

那银毛鼠还没跑到巨人的眼前，就见那巨人捂着耳朵连连后退，小山似的身体往后一跌，声音高了八度："别……别！鼠爷爷，别咬我耳朵！"

云渺渺扶起时绿，也不将纸鼠召回，只是让那纸鼠立在独耳巨人的鼻尖，问："那你说，我们能不能用这圆月场？"

"能能能！"一人一鼠大眼瞪小眼，那巨人惨呼了几声"能"，便一歪脑袋晕了过去。

一座最吓人的大山说倒就倒了，其他人都噤了声，自认倒霉地三两散去了。

"这丫头会御兽术，不会是扶桑来的吧？"

"难说，扶桑一带都是些邪门的术法，我们还是别惹她为妙。"

时绿起身拍了拍身上的尘土，拉着云渺渺的手臂低声问："渺渺，你不会真是扶桑术士吧？"

云渺渺冲时绿一眨眼，低声道："我哪是会御兽术，这是纸戏术，小把戏而已。喏，你看。"

她说着，悄悄摊开合拢的手掌，那银毛鼠已然化成了纸片。看着时绿好奇的神情，云渺渺轻轻动了动食指上细细的丝线解释道："这小老鼠也叫风鼠，就像风筝一样。只要有风，便能随着纸戏师的牵引一直向前奔跑，快如闪电。正因为是纸做之物，它更是轻盈。我看那人的耳朵有啮痕，像是被鼠类咬的，我猜他一定很怕老鼠。风鼠那样快，他根本来不及细看，所以就被吓破胆了。"

"原来如此，渺渺你可真厉害。"

云渺渺闻言，微微一笑，想到之后二人要搭的擂台，宽慰似的拍了拍时绿的肩膀："等会儿你不要怕，相信我，我不会伤着你。"

时绿点点头，深呼吸几下，踏上木台，任由云渺渺绑手绑脚。

光天化日之下，两个姑娘出门卖艺，一个清秀温雅，一个灵巧俏皮，没过多久就吸引了不少人驻足观看。

云渺渺准备妥当，环顾一圈，发现方才圆月场外的那个占卜少年还在，此时正拢着袖子，蹙眉观望，似乎在忧心什么。

日头渐盛，人群中发出细碎的讨论声，大家纷纷猜测这两个姑娘要干什么。

云渺渺跟着师父卖过许多次艺，眼见时机成熟，便蒙上眼睛，拇指在水缸里轻轻一拈，两手中便突然多出几柄飞刀。

那飞刀精巧无比，刀刃锋利，刀尖在日光下泛着烁烁光华。

蒙眼掷刀，技法高者，人安然无恙；若有失误，则瞬间殒命。

玩的就是心跳。

有些好事者已经率先将赏银掷在匣子里，云渺渺听着钱币落入背匣中的丁零回响，嘴角抑制不住地上扬。

她的四肢都戴上了铃铛，举手投足间铃铛摇动，仿若轻灵动听的伴乐。灵巧如燕的少女穿梭在圆月场上，舞姿翩跹宛若惊鸿。

正当众人都被那灵动的舞姿吸引时，铃铛倏然呈玉碎之声，一只飞刀划过，稳稳地钉在时绿的颈旁。

再一旋足，同时掷出三只飞刀，挑起时绿的裙角和衣袖，钉入木台之中。转眼间，木台上的时绿衣袂舒展，仿若碧落仙子，化蝶而来。

“好！”

喝彩声不绝于耳，随之而来的是更多钱币碰撞的脆响。

这蒙眼掷刀的技艺云渺渺和师父周九问不知演过多少次，早已烂熟于心，只不过每次都是云渺渺当靶子。此番她第一次在众人面前展露身手，听到满堂喝彩自是欢喜异常。

九刀掷出，只余一刀还夹在云渺渺两指间，她做好了吊足众人胃口的准备，几番旋舞，迟迟不肯落刀。

在一角围观的那名少年面色凝重，在云渺渺掷出最后一刀的瞬间突然大喝一声：“不可！”

最后一刀似乎偏了方向，时绿闻声脸色煞白。

眼看飞刀就要刺入时绿的皮肉，云渺渺旋身挡在时绿的身前，正好隔断了众人的视线。她轻轻捂住时绿的眼睛，道了一句：“别去想，没事。”

再转过身，灵巧少女风轻云淡地捏着最后那只飞刀，佯装诧异地冲少年一拱手：“不知这位公子有何见解？为何要打断我二人的表演？”

叶夕观拎起袍子闪身跑进圆月场，夺过云渺渺的飞刀仔细看了半晌，确认上面没有血迹后，眼底的困惑渐深。

他推开云渺渺，去解时绿身上的绳子，谁知解了半天都没解开，便没好气地冲云渺渺道：“你来解。”

还没等云渺渺完全解开绳子，叶夕观便两手一伸，将绑在木台上的时绿抱了下来。

“喂喂喂！你干吗？”

叶夕观不理云渺渺，更不理那套男女授受不亲的祖宗礼法，一手拉过时绿的手腕探脉搏，一手揽过时绿的肩头查看有无伤口。

时绿被绑了半晌，身子发麻，这会儿只能任人摆布，原本苍白的脸颊早已红成一片：“公子，我没事。”

叶夕观看了半晌，并没有发现时绿有任何伤势，眼底的困惑终于连成一片，简直要漫了出来。

他明明观察过，方才凭借风向和角度，这最后一刀必定会飞偏，刺伤这名女子。难道是自己的观测出现了问题？不……肯定是这戏法有古怪。

叶夕观刚想回头质问云渺渺，却被弯着眼打量自己的云渺渺抢了先：“我说，你们俩认识吗？”

叶夕观冷哼一声扭过脑袋，语气很硬：“萍水相逢。”

“那你这是？”

“拔刀相助。”

云渺渺无语。

“啧，我还说是谁来砸场子呢，原来是‘叶一根’。”

“嘘，小点儿声，叶夕观好歹是伯侯府的小侯爷，哪是我们能议论的？”

围观群众因这突然出现的少年搅了局，已然没了兴致，没多久就都道着“没劲”散了。那背匣中的钱币自然也远比料想的少，堪堪覆住了匣底。

人群散尽，劳心劳力抢占的圆月场算是浪费了，云渺渺很生气，却也只能自认倒霉。最后那一刀确实掷偏了，只不过她的飞刀全数是纸戏术所化，被叶夕观一搅局，才将失误瞒了过去。

云渺渺和时绿收拾好背匣正打算离开，却被叶夕观拦了下来。

刚才见他在圆月场外任人插队，还以为是个性格懦弱的玉面公子，现在看来，是玉面罗刹才对。

简直比阎罗王都难缠。

“叶公子，叶小侯爷，我们两个弱女子不过就是想在京城讨个生计，你没必要用侯爷府来压我们吧？”

这难缠的叶夕观正是伯侯府的小侯爷，据说是个纨绔子弟，不理祖宗礼法，不爱圣贤之书，偏爱钻研方略志怪和占卜之术。因为一根筋外加好管闲事，众人谑称其为“叶一根”。

虽然伯阳侯府只是高祖皇帝亲封的寒门侯府，却因为有一块御赐的免罪令牌让皇城贵胄忌惮三分。所以只要不做太过出格的事情，这叶小侯爷就算想螃蟹似的横着走，也没人敢非议一个字。

云渺渺碰上这块硬石头只能好言相劝，却不想叶夕观并不吃这套，不仅扣押了背匣里的所有银子，还把时绿往自己身后一扯，护道：“别跟着她，这个人，古怪。”

说起古怪，眼前这个一根筋的叶夕观可比自己古怪多了吧。

云渺渺抬头望天，努力想让自己冷静。

“小侯爷，渺渺她不是坏人，你相信她吧，她是……是那个什么……”时绿好言相劝道，却因为紧张，一时想不起来云渺渺跟自己说过的话。

“纸戏师。”叶夕观接道，听了时绿的话似乎动容，“让她再变一次，我就信。”

“好，不过……”云渺渺爽快是爽快，小算盘却打得啪啪作响，“我好不容易占了圆月场，今日本来能大赚一笔的，而今错失在圆月场摆擂台的机会，盘缠也不够了，你得重新帮我们找到赚钱的法子。”

叶夕观似乎觉得有道理，沉吟半晌，眉心微蹙：“演戏给人充场面，愿意吗？”

两个姑娘齐齐一愣，不明就里。可看叶夕观讳莫如深、没有商量的表情，云渺渺还是点了点头：“可以……吧。”

第二日，天色微亮，云渺渺和时绿被叶夕观塞入马车，一阵马蹄声响后，那马车便停在一幢香楼前。

香楼雕栏画栋，陈设雅致，空气中弥漫着香薰和脂粉味。若不是香楼素雅端丽，怕是要被云渺渺认成秦楼楚馆。

“小侯爷，我们来这里做什么？”

“麻烦把她们打扮得艳丽些，游公子喜欢绝色。这两个一般般，先凑合下，难为你了。”叶夕观将银子放在妆娘面前，说了这两日来字最多的一句话。

“渺渺，我也要吗？”时绿捏着衣袖犹疑道。

“当然！让叶一根看看什么是真绝色。绿儿，我相信你！”云渺渺声音虽低，语气却是不服气。

一炷香的脂粉乱飞后，妆娘将云渺渺和时绿二人推到叶夕观面前，叶夕观微微翻了下眼皮，复又摆弄起手中的机关盒：“太素了，再浓一些，脸要红，眉要粗，最好唇角加上一颗美人痣。”

妆娘领命，同情地看了云渺渺和时绿一眼。

伯侯府叶小侯爷是个妆痴，审美观简直不忍直视，这一点，皇城尽人皆知。

妆成后的二人还没来得及看一眼镜子中的自己，便被妆娘套起面纱塞进马车。叶夕观随行上车，一边叮嘱道：“游公子出宫巡城乃是大事，到时候见车马来只要抛花掷果就行，万不可为了一睹游公子的玉容唐突了公子，上次便有一个女子因为拦马登车被杖毙，这是前车之鉴，谨记谨记。”

“那游公子可是当今摄政王宋之游？他长得很好看吗？竟然有女子愿意冒险去一睹尊容。”时绿轻声问道。

“不错，大徵有句坊间传语‘晏一游二’。放眼整个大徵国，除了慕容晏，再无人能出其右。”叶夕观冷淡道，“但这也成了问题，以前晏公子巡城总是十里长街相迎，掷果盈车而归。虽然晏公子总是遮面出行，场面之大却十足吓人。游公子此番巡城，自然是不能落后，所以才要雇些人充场面。”

叶夕观回想起慕容晏巡城时那些趋之若鹜的女子，脑仁便是一痛。

花痴真的非常可怕。

“慕容晏当真被那么多人喜欢？天哪，他可真厉害！”

听到时绿的感叹，叶夕观意味不明地看了她一眼：“喜欢他的多是女子，而恨他恨得牙痒痒的都是男子，平民百姓恨他夺了自家女眷的目光，豪门贵胄恨他掩了自个儿门户的光彩。偏偏这慕容晏还是个嘴上不积德的主，除了皇上，朝中其余人等都让他得罪了个干净，所以你们说，此番通缉他，他可还‘有力回天’？”

没想到叶夕观突然谈起慕容晏被通缉之事，云渺渺搭话道：“小侯爷也相信慕容晏弑君吗？”

“十万两赏金放在那儿了，你是愿意信，还是不信？”

第三章 檀郎有二

一

云渺渺一愣，细细想来，自己不正是为了那十万两赏金才来京城查案的吗？所以，冥冥之中她也相信了慕容晏弑君之事。

可是，真的如此吗？一个本就呼风唤雨的帝师，没有改朝换代的把握，怎么会冒险做这种大逆不道的事情呢？

云渺渺正思索着，突然马车一顿，她身子不稳，险些跌了出去。

叶夕观掀开马车帘子，脸色微变。

摄政王宋之游府上的管事燕叔正火急火燎地跑来，燕叔看着肥腻，身手却很敏捷，三步并作两步地跨上马车就要将云渺渺二人往下拽，在外人看来简直一副强抢民女的架势。

“来不及了，来不及了，快下车跟我走！”

叶夕观一副事不关己的模样，跳下马车任由燕叔对两个姑娘又拉又拽。

今日游公子以摄政王的身份第一次巡城，容不得一丝纰漏，想来是宋之游的仪仗车马已经出了拥长门，燕叔才这么着急吧。

叶夕观负着手，见燕叔携着两个姑娘走远了，晨风中微微眯起了眼睛。

若这个云渺渺真的是纸戏师，那摄政王游公子此番巡城怕是有好戏看了。

这边，两个女子被燕叔扯得踉踉跄跄，尤其是先天微跛的时绿更是堪堪摔倒，叫苦不迭。

“燕管家，你慢点儿，我追不上你。”

燕叔却头也不回，说话也很不中听：“摄政王巡城乃大事，耽误不得，要不是小侯爷帮你们揽了这活，谁稀得看你们两个滥竽充数？再叫苦，五十两的赏银别想拿了！”

“五十两？”

云渺渺的眼神倏然放光，愁眉一展，像挂了蜜一般笑道：“好说好说，燕叔，我们才不怕苦呢，是不是绿儿？”

“啊啊，渺渺说得对，没事……我能跟得上！”

见两个姑娘机灵乖巧，燕叔紧蹙的眉心松了松。一阵微风恰好拂起了云渺渺的面纱，一张媒婆脸便撞进了燕叔的眼里。

燕叔浑身的肥肉一颤，迅速将头扭了过去。

太伤眼了……

还以为伯侯府的叶小侯爷真的给自己送了两个绝色美女来，这……这个样子连他都无法接受，更何况自家那雍容华贵的游公子！

燕叔想起找“托儿”的重任，虽然万分纠结，但眼下也没有别的办法了。

眼前这个叫渺渺的姑娘，虽然丑是丑了些，但是个机灵人，把任务交给她，应该出不了什么差错。

于是他将云渺渺拉过来，在她耳边低语了一阵，富态的脸上总算淌出一丝笑意：“若是办得好，再加五十两赏银。”

云渺渺听了这话，顿觉燕叔的形象在她心中上升了一个高度，越看越和蔼可亲！

“渺渺，那个燕叔跟你说了什么呀？”时绿提着花篮悄悄凑上来问。

“等会儿你就知道了。”云渺渺神秘莫测地冲时绿眨眨眼，“一会儿你跟好我就行了，人多，别走散了。”

燕叔交代完毕后就走了，只留下云渺渺和时绿拎着花篮在人潮中穿梭。两个人找了个空隙钻了过去，恰好抢占了前排的位置。

禁军摩肩接踵而来，有序列队，佩在腰侧的金乌刀“唰”的一声脆响，半出刀鞘，将人潮逼退了一些。

拥长门訇然洞开，巍峨的宫门下，数十列高头大马列阵先行，皇家锦月旗在骑兵手中招摇翻飞。一番排场过后，镏金镶珠的摄政王銮驾才姗姗来迟。只见那轩车羽盖华披，车身成斗状，里面布满瓜果和鲜花，空余些位置，是专门用来抛花掷果的。

轩车中的人华衣鲜服，高冠博带，正是权倾朝野的摄政王宋之游。

宋之游握着酒杯向众人遥遥一敬，全场的芳心都被吊到了顶峰。

天老爷，这阵仗！这气质！

几个年龄稍小的富家小姐全然不顾仪态地尖叫出声。还有几个见惯场面的市井美人在人潮外围，声音虽然压低了，可议论的话语仍旧能够听得到。

“晏一游二自是有道理的，这游公子气度虽然轩昂，可还是比不上慕容晏——晏公子。”

“是呀，晏公子何时这般张扬过？都是车马上白帐一罩，裹得严严实实、与世无争，我就喜欢这样谪仙般的人物。”

云渺渺侧耳偷听了半晌，了解到那慕容晏是个极为低调的俊美帝师，很少露脸，所以见过真容的人实在不多。可就是那么寥寥几个人见过，就被称为大徵第一美男子，这是得多好看啊！

云渺渺不由得心驰神往。一阵微风拂过轩车上的檐穗，露出宋之游的真容。众人倒吸一口凉气后，不免有些失望。

的确，宋之游的一身风仪姿态是一顶一的好，可论容貌，他确实略显寻常。两厢比较下，云渺渺觉得白晏都要比他好看许多。

不过他的一颦一笑十分动人，宋之游饮酒覆杯，无意识地冲时绿所站的方向微微一笑，时绿的眼睛便倏然睁大，手指蓦然间扣紧了云渺渺的手腕。

“渺渺，他……他冲我笑了吗？”

“绿儿，快醒醒，轩车过来了，记得丢果子！”云渺渺看到不远处焦急比画的燕叔，使劲儿晃了晃被宋之游迷得神魂颠倒的时绿。

也太没骨气了，若是白晏当时醒着冲她笑一笑，时绿怕不会当场晕过去吧？

“快丢！”

云渺渺一声喊，时绿颤着手将篮筐中的核桃丢了出去，空中悠悠一道弧线，核桃恰好砸中了轩车旁红衣大总管的脑袋。

那核桃云渺渺方才偷偷啃过，比石头都硬。这一砸，直接让大总管“哎哟”一声，从马背上跌了下来。

“鸿公公，当心扭到腰！”

旁边一堆狗腿的朝臣手忙脚乱地围上去，其中一个眼尖的，捡起地上“骨碌碌”滚着的核桃质问道：“奶奶的，哪个不长眼的敢给鸿公公使暗器？”

鸿总管龇牙咧嘴地挺起竹竿似的身体，冲着人群咆哮：“肯定是那个姓燕的肥鸟！我刚才看见他了！”

人群那头的燕叔闻声，立马将脑袋往后缩了缩。

一同缩脑袋的还有时绿。

糟了，惹上贵人了。

宋之游撩起帘子，脸色一点点开始变绿。

云渺渺没记错的话，燕叔正是宋之游府上的管事。这鸿公公气焰也未免太嚣张了，居然在众人面前毫不顾及摄政王的面子，叫骂人家的管家。不是本事大，就是和燕叔结了大仇。

云渺渺觉得两者都有，因为不远处的燕叔正像一条大鲇鱼一般在人群中左扭右扭，试图挤出人堆离开。

“这鸿总管乃是晏公子的人，怎么可能给宋之游留面子？要是他发起飙来，可不好收场喽！”

路人话音刚落，就听鸿公公的尖嗓音冲破云霄：“来人啊，给我逮住那个胖子！”

燕叔闻声，闭眼哀号一声，身子钻得更卖力了。莺莺燕燕被挤倒一堆，场面一度十分混乱。

宋之游的脸色正以肉眼可见的速度变黑。

“住手！”温文尔雅的游公子终于发火了。

鸿公公的身子顿了一瞬，挂起一丝皮肉笑冲宋之游敷衍道：“诺。”

鸿大总管看似温顺乖巧地站在了宋之游的轩车旁，可他手下那些人却一刻没闲着。

眼看着燕叔就要被抓住，云渺渺心下一惊，千钧一发之际朝他身上掷了一张纸片。

一群人将匍匐在地的燕叔围了起来，摩拳擦掌。燕叔忽然觉得脸上被什么东西一罩，瞬间便和自己的皮肤融为一体，就仿佛自己戴上了一张易容的面具。

“敢暗算鸿公公，抬起头来！”

燕叔应声抬起头，却见众人满脸都是古怪诧异的神色。

“怎么是个女的？鸿总管，您老认错人了吧？”宋之游神色松了松，默默将指尖拈着的东西收了回去。

鸿公公闻声双眉一抖，气势汹汹地冲进人群中，众人都自觉地让开一条道。鸿公公看向匍匐在地的人，果真是一名女子，就是有点儿胖，此时正两眼含泪地望着自己，花容失色。

“哎哟，这可唐突了！”鸿公公自知理亏，忙叫左右上前，“快快扶这位夫人起来！”

众人将胖美人扶到人潮外，道了好几声“失礼”方才回去。

燕叔见时机成熟，一抹脸皮，将那张美人皮揭了下来。没想到美人皮一拿下就变成了一张轻飘飘的纸片，他心下虽然奇怪，可想自古以来易容术的方式千奇百怪，许是哪位高人在暗中帮助自己，定了定心，便将纸片一捏，赶忙溜了。

这厢鸿公公摸着后脑勺儿，似乎有些回过味来。

“不对啊，那位夫人怎么好像穿了身男装？”

二

“宋亲王莫要气了，鸿临那个奴才素来对您不满，就想寻机生事，再说了，他和燕叔那点儿破事您还不知道吗？这是又杠上了。”

虽然大徵国人私下都称宋之游为游公子，可放到明面上，他如今可是权柄在握的当朝摄政王，一句敬而尊之的“宋亲王”才是礼数得当的称呼。

和宋之游一车同行的姬玉公主此刻也露了面，为宋之游奉上茶盏，温言道：“是啊，游哥哥，犯不着理这些俗人，你这举世无双的眉一蹙，我的心都吊起来了。”

大徵与大宣素来交好，那姬玉公主乃邻国大宣国的五公主。不久前，宋之游去了趟大宣，回来的时候身边便黏上了这位姬玉公主。刚好两国正在交好的关键时期，宣帝便允了姬玉公主的请求，让姬玉公主以使者的身份出使大徵。

宋之游好被夸，姬玉公主会说话。两个人一拍即合，简直臭味相投。

“是吗？”

果然，宋之游闻言，扶额调整表情，再抬头，又换上风月雍华的微笑：“现在我的状态如何？”

“糟糕，游哥哥一笑，我的心又像兔子似的狂跳。”

宋之游拂了拂发丝，凑近她又问：“这样可会跳得更快些？”

“不不，跳不动了，兔儿被迷死了。”

众人无语。

开了眼，这恐怕是云渺渺活了十六年见过的最自恋和最会吹捧的人了。

宋之游总算心满意足，冲着下巴都快掉了的鸿公公招手道：“鸿临，上马！”

鸿公公懒懒散散地爬上马背道：“诺。”

车马又往前走了几步，停在了奉天阁。肩抗锦月旗的骑兵将奉天阁外环起，就等宋之游的轩车到达。那轩车行驶得慢慢悠悠的，一路抛花掷果，车斗总算盛满了，险险保住了宋亲王的面子。

宋之游踏车前行，云渺渺的心也渐渐提了起来。

燕叔交代给她的任务总算要来了。

宋之游巡城大礼的最后，便是到奉天阁前实现百姓的心愿。到时候，云渺渺要假扮成一名孤苦伶仃的可怜女子，冲开人群，说出自己的故事，让宋之游帮助她重获新生。

不过云渺渺心里有些没底，宋之游爱绝色，所以她方才便用铜钱裁了一张美人皮，想着临时抱佛脚将自己改头换面一番，不承想燕叔出了岔子，她情急之下只好用那新裁的美人皮解围。

可现在这张丑脸，别说宋之游不敢看，她身边已经无形中成了一个怪圈，一米之内，无人敢靠近。

而此时，罪魁祸首叶夕观正抱着手臂在远处的茶楼上看戏。见云渺渺搔头哀叹的模样，手指轻轻一掐，算出什么似的微微笑了。

“有好戏看了。”

鸿公公在奉天阁前轻咳几声，公鸭嗓一号，方圆十里鸦雀无声：“今年摄政王体恤民情，寻一人实现心愿。奉天阁前无论贫贱富贵，谁有难处，皆可禀明。”

一人？这也太少了吧……

说是皆可禀明，能不能有机会说，还要看运气。鸿公公话音刚落，便见人潮拔苗似的踮脚抬头，往天上张望着，恨不得将脖子拉长几寸。

宋之游出现在奉天阁的窗户前，手里拿着一个精致的绣球，正犹豫着往哪边掷才合适。

接到绣球者实现愿望，这是每年京城中人最为期待的活动。往年是做做样子，今年摄政王新掌权，拉拢民众乃是迫在眉睫的事情，想来会不遗余力地实现许愿者的愿望。

云渺渺也努力伸长脖子，她记得燕叔同她讲过，一定要接下这只许愿绣球，因为要树立好宋亲王的形象，这个愿望必须是关系着百姓民生的，万不可让一些投机取巧之辈将这绣球夺了去。

燕叔甚至贴心地连剧本都准备好了。

剧本概括起来很简单：云渺渺扮演的是一个从瘟疫村死里逃生，来京寻亲的可怜孤女，要请求宋亲王帮自己寻找失散多年的兄长。言罢，孤女向宋亲王献上兄长的画像。

宋亲王接过后同情又感慨，连忙指天立誓帮助孤女寻找兄长。结果可巧，那孤女的兄长正是宋亲王的亲卫。最后宋亲王大度地让兄妹回家团圆，一干民众拍手称赞。

燕叔讲的时候，云渺渺听得连连点头，一边接过他递来的“兄长画像”，一边拍着胸脯保证圆满完成任务。

要说云渺渺为何如此有信心，全是因为这个剧本让她很有共鸣，只要将师父换成兄长，这戏就成了。

可惜天不遂人愿，正当实力派演员云渺渺卖力温习剧本时，戏突然被抢了！

抢戏的不是别人，正是看起来人畜无害的时绿姑娘。

不过一转眼的工夫，宋之游的许愿绣球就抛到了时绿的手上，而搞不清状况的时绿正发着怔，左顾右盼地寻找云渺渺。

糟糕！

云渺渺心下一紧，刚想上前去把时绿的绣球抢下来，却被几个大婶七手八脚地隔开了。

"现在的姑娘怎么一个个如狼似虎的？绣球都到人家手上了还去抢。"

"是啊，那句老话怎么说？丑人多作怪。"

云渺渺无语，虽然她今天确实丑了点儿，可她真的是女主角啊！

主角光环黯淡的云渺渺被人群推推搡搡，不一会儿，就被挤到了外围。

一个眉清目秀的侍卫好心隔开人群，将时绿拉了出来。那侍卫虽然身量瘦削，眉宇一挑却是冷厉十足，时绿方才听人叫他"翟将军"，连忙行了个礼。

"这位姑娘，既然接了许愿绣球，你可有什么心愿要讲给宋亲王听？"

鸿公公上前两步，将拂尘一挥，捏着嗓子拖长了调："绣球已接，安静。"

时绿低着头，在原地踟蹰，她根本不知道燕叔和渺渺说了些什么，此刻心下慌乱如麻。就在这时，头顶上落下一个分外好听的声音，语气威严，不容置疑："抬起头来。"

时绿一抬头便撞见了宋之游狭长的桃花眼。宋之游眼波微转，不知在思量什么。旁边的姬玉公主看着时绿发出一声轻嗤："居然长得这般模样。"

墨染似的蚕眉，绯红的脸颊。此刻，一张怯生生的小脸正瞅着高阁上的两个人。

宋之游不知怎么回事，突然轻笑一声。

"眼睛生得不错。"

时绿闻言，倏然一怔，耳根红得似要滴血。

"快说呀，你有什么心愿？"方才的一幕都落入了姬玉公主眼中，她不由得有些不悦。

时绿跪伏在地上，一双肩膀微微颤抖。

远处急得跳脚的云渺渺和茶楼上看戏的叶夕观都屏住了呼吸。

"我是南泽郡人。"

一道流光绕过奉天阁的檐角，照亮了时绿渐渐直起的身影。

"我自小便生得一双跛脚，爹娘每每见到都要哀叹，唯恐耽误小女子姻缘。可是害怕的事情还是发生了，我长到十六岁，上门提亲的人寥寥无几，偶有几个，也多是纨绔子弟。于是……”时绿抬起脸仰望着宋之游，“我逃婚了，我孤身一人来到京城，是想寻找我的心上人，寻找那个不在意我的跛脚，愿与我心意相通的心上人。”

时绿说完，人群中爆发出一阵议论声，偶有几个词从风中飘来，也多是“有辱门第”“世风日下”。

时绿却盯着宋之游，眼睛一眨也不眨。

她不知道眼前这个权倾朝野的宋亲王记不记得她，可她一眼就认出了他。眼前高阁上的人，正是她初来京城遇险时，曾喝退地头蛇的那个神秘公子。

时绿盼望他记得自己，宋之游的眼神却毫无波澜。

“那么，你求的是姻缘？”

时绿一愣，点了点头。

“慢着慢着！她那个绣球是假的，我的才是真的！”云渺渺手捧用纸戏术变化出来的绣球，推开人群，从缝隙中钻了出来。

时间紧迫，这绣球折得十分粗糙，不过宋之游离得远，也看不太清，倒是能让云渺渺打个马虎眼。

云渺渺踮着脚，脸上的脂粉被蹭掉了许多，原本白净灵气的脸庞依稀可见。

“渺渺！”时绿叫出声来。

围观的人交换着眼色，茶楼上的叶夕观也一抿茶盏，兴趣盎然地看着奉天阁前的云渺渺。

云渺渺看着众人的视线都转移到自己身上，总算舒了一口气。

老天爷才知道，为了掰回这场戏，她可是费了老大的劲儿。

“绿儿，都怪你，自己的绣球收好，让宋亲王误会了多不好。”云渺渺嗔怪道。

宋之游缓缓地走到云渺渺的面前，眼神落在她的脸上，微微一讶后又很快恢复如初。

“哼，又来一个妖怪，你又是求什么？”姬玉公主没好气地问。

云渺渺瞬间哭丧着脸，像模像样地背起了台词：“小女子从瘟疫村死里逃生，变成了孤儿，此番来京寻亲，还请宋亲王能帮小女子寻找失散多年的兄长。”

“你兄长叫什么？”

没想到宋之游临时加戏，开始刨根问底，云渺渺一时语塞：“他……他叫阿狗。”

“哦？那你可曾记得，你兄长是何模样？”

嗯嗯，戏路很对，下一步，该掏画像了。

云渺渺将手往袖子里一插，脸上的笑容僵住了。

还找什么，那画像早已被她揉皱，用纸戏术幻化成手里这只皱巴巴的“假绣球”了。

“这位姑娘有何问题？”

“没没，我记得兄长是什么模样。”云渺渺看着宋之游身后的一排亲卫，佯装镇定道，“我的兄长喜欢舞刀弄枪，来京最大的愿望是能够进宫当个禁卫军，我看，他就在……”

她眼珠一转，目光锁定了边上一个瘦削单薄的身影。

“他就在那儿！”

云渺渺不管三七二十一就想上去拉人家，却听闻一声刀响，寒光停在了她的鼻尖。

“你……你再说一遍？”提刀的是个年纪尚轻的小胖子，一身铠甲堪堪绷住他浑圆的身躯，“你再说一遍，我们老大是你什么？”

奉天阁前的一干人等神情都很古怪。宋之游、鸿公公、姬玉公主，还有那个年轻的瘦削的亲卫，全都蹙着眉头，一副难以置信的表情。

“我说……他是我的兄长啊……”云渺渺吞了吞口水，声音越来越小。

“你这个谎话精，我们翟如老大是个女的！老大这么美，你看不出吗？”小胖子暴走了，提着刀满场乱追，想把云渺渺大卸八块。

场面一度十分混乱，茶楼上看戏的叶夕观笑得从椅子上滚了下来。这个云渺渺，果然有趣。这世上还有比一个货真价实，又频频闯祸的纸戏师更有趣的人吗？

叶夕观最不喜欢的就是那些死板沉闷的繁文缛节，反而喜欢那些跳脱的、不合礼数的事物。见到今日的云渺渺，更加坚定了他的决心，他要拜云渺渺为师，将这有趣的纸戏术尽数学来！

三

那小胖子砍了半晌，总算被鸿公公拉扯住了。鸿公公一挥手，那叫嚣的小胖子便被架了下去。

翟如出自将门之后，父亲翟启乃当朝兵马大元帅。她虽然是个女儿身，却是大徵第一大内侍卫，身手好到让许多男子都自愧不如。虽然不曾真正提刀上马、率兵打仗，大家却心照不宣地称她一声“翟将军”。虎父无犬子，这大徵日后的万里疆场，还不是任她翟家人驰骋的？正因如此，翟如在宫中威望颇高，忽然被一个小丫头沾亲带故地胡说一通，怪不得她手下的人要发飙。

“翟家只有我一个晚辈，而我也断然当不成你的兄长，这位姑娘还请慎言。”翟如上前两步扶起云渺渺，姿态虽然客气，语气却很冷硬。

“是是，我认错了，我再看看。”

“罢了。”宋之游打断云渺渺的话，微微一笑，“你们两个，一个求姻缘，一个找兄长，倒是有趣，不过……”他顿了一顿，手心覆上云渺渺手中的绣球，“更有趣的是我这绣球。又歪又丑，像被哪只狗啃过，真是奇怪呢，姑娘说是不是？”

云渺渺闻言，心顿时提到了嗓子眼儿。

天哪，宋之游该不会看出来这是纸戏术变的了吧？

“今日本王巡城，本就是皆大欢喜的盛事，破例允你们两个心愿也未尝不可。”宋之游笑眯眯地将绣球拢入袖中，“不过，今日本王倦了，若要求愿，明日以后再来本王府上吧，渺渺姑娘。”

最后一句话仿佛是特地对云渺渺说的，云渺渺呼吸一窒，讪笑着点了点头。

总觉得，这个宋亲王知道些什么。

宫里的诸位一番阵仗，总算摆驾回去了，奉天阁前不一会儿就只剩下时绿和云渺渺二人。

云渺渺长吁一口气，转向时绿，却发现时绿出神地望着宋之游离去的方向，脸上泛起古怪的红晕。

“绿儿，你是不是喜欢宋亲王？”云渺渺一向心直口快，直接问了出来。

“没没！他那样的人中之龙，怎是我能肖想的？”时绿闻言一惊，连忙摆手，脸却越发红了，“我初来京城时，他微服出游顺手帮了我。他温雅仗义……我感念他的恩情而已。”

“你可别被游公子温文尔雅的表面骗了。”两个人闻声回头，发现叶夕观正向她们走来，一边走一边摇头，“别看游公子笑眯眯的又好说话，朝中上下谁不知道他的雷霆手腕？他摄政之前可是当朝大司马。一个文弱书生居然能让兵部那帮莽汉服服帖帖，你所认识的他不过是冰山一角。”

叶夕观似乎心情很好，和云渺渺二人说话的语气也亲和起来。云渺渺却不理叶夕观的变化，想着自己今天顶着一张丑脸丢了半天的人，火冒三丈。

“小侯爷，我二人今日这张脸，街角的大黄狗见了都嫌弃。”

“是吗？可我看着很好啊！”叶夕观摸摸下巴，眼里一片真诚，“狗又不懂人的审美，你跟狗计较什么？”

云渺渺和时绿被叶小侯爷噎得心服口服。

“你们今日美得宋亲王都注意到了，说明还是很成功的。”叶夕观拍了拍手，像是欣赏自己的杰作一般端详着二人越来越黑的脸，“不过嘛，对我而言，女子要么天生丽质，不施粉黛，要么浓墨重彩，堪比画中佳人。看看你们，不正和那些仕女图中的女子一模一样吗？”

看来，小侯爷的眼疾怕是已经药石无力了。

云渺渺懒得和他争辩，拍拍时绿的肩膀打算早点儿离去。未承想，刚转过身便被叶小侯爷扯住了衣角。

叶小侯爷不但笑得很皮，还很欠打：“云渺渺，我赏你做我师父吧。”

云渺渺无语。

月色偷潜，夜河潺潺。流银从墙角偷偷泻下之时，顺带照亮了一个爬墙的姑娘。那姑娘圆月脸，杏仁眼，正是云渺渺。

此刻的云渺渺已经洗去了白天满身的脂粉，素白的小脸上，一双眉微微蹙起，正神情严肃地等待着什么。

好不容易甩开非要拜自己为师，学习纸戏术的叶夕观，不承想错过了和燕叔约好的取报酬的时间。她的两条腿都快跑断了，谁知到了宋亲王府的后院，连燕叔的影子都找不着。

云渺渺趴在墙头很是惆怅，虽说燕叔是为了避人耳目，掩盖自己买托的事实，但选的这个时间和地点，确实有瓜田李下之嫌。不知道的人，还以为云渺渺是个鬼鬼祟祟的小贼。

在等待的过程中，她困得打起了瞌睡，不知过了多久，她突然被一抹微光扰醒了。

原来是宋王府巡夜的人来了。

那几个巡夜的守卫将灯笼挑得很高，险些照着了趴在墙头偷窥的云渺渺。云渺渺连忙缩起脑袋，却听两个守卫谈起了燕叔。

“你听说了吗？今日鸿总管大庭广众之下要抓燕叔问罪。”

“可不，我听说燕叔与鸿总管惦记着同一个女子，情敌见面那可不得大打出手？”

“你这么一说我想起来了，燕叔今天回来，火急火燎地拿了礼盒就往外跑，不知道是不是给那个女子送去了。”

“准保的！”

云渺渺闻声嘀咕，原来燕叔和鸿总管有这样一番纠葛。若燕叔真的去见心上人了，那今晚的工钱肯定是结不了了。

她失落地叹了口气，跳下宋王府的墙头。

罢了罢了，先回去吧。

京华城的夜分外凉，许是宵禁的缘故，街上的行人很少。河水潺潺流动的声音就在耳畔，云渺渺看着漆黑的水面，想到自己如今孤身一人在京华城，莫名地很想念师父。

突然，一个白色的身影撞向了她。

一阵踉跄，云渺渺刚刚站稳身子，一张俊朗无双的脸便跌入她的眼中。

凤眸星目，身绕檀香。撞她的人，正是白晏。

云渺渺恍神的刹那，白晏便与她擦肩而过。一袭白衣染着最冷的夜色，毫无征兆地掠上石桥，下一秒便是“扑通”一声，直直跌入河中。

云渺渺想也未想，追着那道白色的衣角，也跳入了河中。

她的一颗心悬在了嗓子眼儿，惊慌之余还隐隐作痛。她怕，她太怕了，白晏怎么能在她面前死两回？

她连忙潜入水底，十指紧扣住白晏冰冷的手，才稍微安下心来，却还是不敢大意，连忙浮水，将已经昏迷的白晏拖上岸。

河水湍急，他二人漂流而来，上岸时已经出了主城。郊外竹林的月光雪花似的沾在白晏打湿的发上，冷意却落在云渺渺的心上。

那薄红的唇，玉管似的鼻，再配上一双微闭的凤眸，若不是落魄如此，定叫人认作画中仙。

“白晏，白晏你醒醒！你不要吓我！快睁开眼睛看看我！”

云渺渺拍着白晏的脸颊，慌神之下带了一丝哭腔。她看着白晏的薄唇，狠心憋了一口气，鼓着脸就要给白晏渡气。

哪承想嘴唇还没碰到白晏，她的额头便被一只大手抵住。那手带着真切的温度，手主人微热的气息喷拂在她的脸上。

云渺渺瞪圆了眼睛向上瞟，下一秒便对上白晏半睁的眼睛。

“你压疼我了……”

“我……我……我起来。”

云渺渺面上一红，舌头都打了结。虽然她救人心切，可一个姑娘家将一个男子压在身下，确实不合体统。

她起身，刚想抬手给自己扇扇风，却发现手指动弹不得。低头一看，才发现自己的手跟白晏的手正十指相扣着。最惨的是，人家白晏的手指是松开的，只有她，像个八爪鱼似的紧紧握着人家。

云渺渺连忙甩开白晏的手，一梗脖子，给自己扇风。

没想到扇了半天，鼻尖全是白晏身上淡淡的檀香味，云渺渺更郁闷了，索性站起身来转移话题：“我说，于管家呢？你怎么突然就要去跳河了？说到这个，你上次干吗要插自己一刀？害得我被误会成凶手。唉，你这个人，真是古怪！”

云渺渺连珠炮似的质问完，竹林的空气突然安静下来。

白晏撑起身子淡淡一笑，容色带着疲惫：“我不想死，世间万千风景，人间百种滋味，我都舍不得。”

“可，云渺渺，你相信吗？”

他抬起头来，灼灼目光落在少女的身上。月光隐没在浓云背后，竹林响起飒飒风声，仿佛平地卷起风浪，令人心惊不已。

“有人控制了我，我唯有赴死，不能成活。”

第四章 乌衣巷口

一

翌日清晨，天色微亮。

时绿正揉着惺忪的睡眼，打算打水洗漱，进了堂屋却发现一个俊美的男子正捧着茶盏轻抿，神情泰然。

他虽是素面白衫，眼角眉梢却带了一丝艳色。

刹那间，时绿的脑海中浮现出八个大字。

郎艳独绝，世无其二。

“绿儿，白晏没吓到你吧？”云渺渺端着两碗面条进来，见到时绿打趣道，“怎么样？我就说他比游公子好看。”

“那是自然。”白晏搁下茶盏，冲时绿微微一揖，“时绿姑娘。”

时绿冲白晏一笑，接过云渺渺递来的面条，心里却仍觉得宋之游更风雅可亲一些。

“白公子，有杭哥哥呢？”时绿记挂于有杭，连忙问道。

白晏抬眸，盯着两个姑娘，摊手一笑：“说实话，我不知道。”

“那日他带我出城后并没有走多远，更没回长乐郡，他说他有要事在身，不日就要动身，只能暂时将我安顿在京城以外。”他顿了顿，眉微微蹙起，“于有杭问了我很多问题，确切地说是告诉了很多关于我的事情，可我一件都不记得。”

“他走之前千叮咛万嘱咐让我别再回京华城。我身体初愈，也不便走动，便想是他多心了，谁料到……”白晏的神情突然凝重，“谁料到又是那个声音，蛊惑我出现在京华城中，这一次，是控制我的意识，让我投河自尽。”

“又是那个声音？”云渺渺竖起一根手指，一副恍然大悟的样子，“上次你用我给你的纸刀刺伤自己，也是受那个声音的蛊惑对不对？”

白晏转向云渺渺，眼睛一弯，方才认真的神情荡然无存：“不对，那一次是我自己刺的。”

云渺渺气绝：“骗我的纸刀刺伤自己，你这分明就是借刀杀人，栽赃嫁祸，损我阴德！”

白晏往旁边挪了挪，继续笑眯眯地说：“是你告诉我纸刀不会伤人啊，我这是信你。上次在朱雀大街你误将纸刀丢给我的时候，虽然有切肤之痛，但也蓦然让我回想起了之前的一些事情。若想找回记忆，这可能是唯一的办法。”

云渺渺对白晏的无知很生气，原地跳脚：“谁说纸刀不会伤人？那只是我变的纸刀杀伤力小罢了。师父从不教我更深一层的纸戏术，就是害怕纸戏威力巨大，脱离纸戏师的控制。《史杂》上记载，十五年前大宣兵临大徵城下，大徵士兵只剩三万，却击退了大宣国的二十万精兵，你以为是如何做到的？那是全大徵最顶尖的纸戏师在背后帮忙，独当一面，击退二十万精兵，这种杀伤力，世间罕见。”

白晏反驳道：“那《史杂》是不入流的野史，最爱寻些无从考据的噱头来卖弄，你不会连它都信吧？”

“喂！你！”

云渺渺苦于师父不在身边，不然让师父亲自给眼前这个没有见识的人开开眼。她愤愤地握拳，将时绿拉到身边，神秘道：“绿儿，帮我抓两只老鼠来。”

“渺渺，你要老鼠干什么？再说，我……我哪会捉耗子？”

“不要你会捉，昨晚厨房外面的鼠夹上正好逮住了两只，你帮我拿来就是了。”

白晏闻声，捞面的手僵在半空，嘴角抽了抽。

“我说云渺渺，能让人先吃了这碗面吗？大清早捉老鼠，你要下菜吗？”

云渺渺没有理他，接过时绿递来的两只小老鼠，在白晏面前晃了晃：“等我变完纸戏就给你下菜。”

白晏看着云渺渺手上的老鼠，遭瘟似的跳了三米远。

这人，分明是存心的！

两只小老鼠被关在笼子里，尾巴虽然受伤了，精神却极好，转着眼珠“吱吱”叫着。

云渺渺胸有成竹，拈着一张猫纸问白晏：“你觉得这两只小老鼠打架，谁能赢？”

白晏一脸嫌弃又无奈道：“你赢！”

他饿了很久，太想早点儿结束了，桌上那碗面还能不能让他吃到嘴里了？

云渺渺呵呵道：“敷衍。”

言罢，便将那张猫样的纸头掷向稍小一点儿的老鼠身上，只见那小老鼠身子一弓，纸片便牢牢地附在了它身上。瞬间，那小老鼠便披上猫皮，变大了好几倍，张牙舞爪的样子将另一只小老鼠吓得直哆嗦。

俗话说兵不厌诈，瞧，若是用纸戏折化出百万雄师，可不是能以少胜多，化险为夷？

白晏似乎领会到了云渺渺想要表达的意思，一双眉蹙着，看她一脸得意。他两指一并揪住“猫”，将它提了起来，抖了抖，那狐假虎威的小老鼠便掉在桌子上。他将白纸猫皮随手一抛，不屑道：“小骗子的骗术倒是高明，可这只是障眼法而已，只不过这两只蠢物看不出来罢了。”

“猫……猫……我怕猫……”

白晏的话还没说完，两手僵抱着那栩栩如生的猫皮的时绿终于坚持不住，被吓得一声嘤咛，晕了过去。

时绿这一晕可要紧了，一个时辰也不见转醒，两个人合计着带时绿去京华城中找个医馆瞧瞧。可碍于白晏身份特殊，进城有危险，云渺渺决定先将他化装一番。

云渺渺打小就是散养的，跟着师父讨吃讨喝，十六年来就没拾掇过自己。可她总是自诩很有天赋，一番笔走龙蛇还挺像那么回事，马马虎虎将白晏打扮成了一个女子。

只是在给白晏脑袋上插牡丹花的时候，遭到了拒绝。

“你跟谁学的这种审美？他难不成眼瞎？”

云渺渺手一顿，想起了一本正经的叶夕观。叶夕观让妆娘在她脸上使劲儿扑红抹绿的时候，是这样告诉她的：全京华城风靡一时的浓妆，乃是晏公子引领的风尚。

所以，她耿直地回答道：“慕容晏。”

白晏抱怨的嘴总算停了下来，琢磨着这个答案，一脸嫌弃。

这个慕容晏，简直是眼疾十级！

梳整完毕后，两人总算带着昏迷的时绿进了城。三个人甫一出现在朱雀大街上，就引来众人议论纷纷。

顶着这些好奇的目光，云渺渺和白晏把时绿送进了一个叫作回春堂的医馆。听郎中说时绿只是中暑，没有大碍，两个人悬着的心总算放了下来。

那郎中手下功夫可以，诊脉抓药一气呵成，两个人趁郎中忙着给时绿煎药，便捏着鼻子到外面透气。

云渺渺自幼皮实大胆，看似娇纵惯了、无法无天，唯独吃不得苦药，一吃苦就会哭，这个毛病长大了也没有改掉。

于是，在她被药味闹得泪眼汪汪之余，发现身边一同逃出来的白晏也一样泪眼汪汪。

“你哭什么？”

“你笑什么？”

两个人同时发问，只不过在这个问题上，云渺渺占了便宜。她得了便宜还卖乖：“笑你啊，一个大男人却被药味吓哭了。”

云渺渺算盘打得响，这次白晏无论如何都呛不到自己了，至多一句“你不也哭了”，杀伤力不过指甲盖那么大。

“我现在是女子，有什么不能哭的？”

白晏的理直气壮令云渺渺很是意外。她一时无话，看着白晏的玉面和泪睫，觉得我见犹怜。

好吧……人美就是任性，哭了不仅不娘兮兮的，还挺好看。

云渺渺有些尴尬，人一尴尬就喜欢东张西望，她看着看着，就看到了医馆“回春不二妙手”的招牌，招牌旁边砌着一堵古朴黝黑的墙，墙后古木参天，曲径通幽，里面看着低调，其实是个宰人不眨眼的地方。

她听说过，全京城最牛又最黑的当铺，便是眼前这家连个牌匾都没有的铺子。

因为铺子通体都是庄肃的玄青色，这家铺子也被谑称为“黑店”，而掌柜的正是皇城逐月居的主人华二小姐——华棠。

其实“黑店”不黑，除了墙黑点儿，人家做的是体面生意，只不过这些生意寻常人照顾不起，又发酸，就给人家冠了“黑店”的名头。

华二小姐的主顾不是皇亲国戚就是富甲贵胄，这些人最不缺的就是钱，最爱的就是魏晋名士不计较的风度。他们不仅坦然接受，还将“黑店”二字美而化之，给二小姐的当铺起了个风雅的名字——乌衣巷。

二

云渺渺指着乌衣巷敞开的大门问白晏：“你猜，乌衣巷今天来主顾了没有？”

白晏觉得云渺渺是明知故问。门口的轩车和一众等候的随从，怎么看都是来了大主顾。

果然，不多时，乌衣巷的门口露出一张肥脸，燕叔眯着眼，笑眯眯地将手上的凤头钗对着阳光左照右看，满足地啧啧感叹。

“瞧瞧，这包浆，这雕工，送给眉娘她一定喜欢！”

云渺渺爬宋王府墙头的时候偷听到，燕叔一把年纪了还没有成家，为的就是他口中这个叫作眉娘的神秘女子。

她看着燕叔手上那支熠熠生辉的凤头钗，不由得咽了咽口水。眉娘实在是太有福气了，这金钗少说也得上百两银子，她什么时候才能赚到这么多钱啊？

不过……见到燕叔，她忽然想起，自己还有五十两工钱没讨呢，正巧了。

云渺渺看着燕叔的眼睛倏然发光，正想找他讨要工钱，可还没跨出去两步，衣领便被人揪住了。

白晏指指她的腰间：“面纱给我。”

云渺渺出门没戴面纱，一头雾水地看向自己的腰间才算了然。周围几个公子哥正斜着眼小心翼翼地往白晏身上瞟。她顿时反应过来，偷笑着将白晏的肩膀一按道：“你坐好。”

说着，扯下腰间坠着的长纱，绕着他的耳根环过，利落地在发髻处打了一个结，还贴心地帮他拂了拂肩膀上的长发。

做完这一切，她笑眯眯地说：“好啦，这样他们就看不到白美人了。”

白晏的神情有些古怪：“我从来没有见过你用面纱，今天怎么挂着它？”

云渺渺吸吸鼻涕，爽朗又无害地笑了：“今天风凉，我随手扯了一条擦鼻涕用的。”

白晏身体一僵。

云渺渺却大大咧咧地拍了拍他的肩膀，宽慰似的补充道：“你放心，我还没擦呢。”

白晏皱着眉头，半晌没有说话。过了一会儿，他从怀中扯出一条缀着暗纹，用上好的蜀锦织成的檀香帕子递给她，嫌弃道：“现在该擦了。”

云渺渺狐疑地将檀香帕子往鼻尖一揩，果然，流鼻涕了。

这就丢人了，云渺渺脸上一绿，没想到转头就看见了从乌衣巷大门里跨出来的宋之游。

宋之游换了件暗色的锦袍，平日里束起的发髻今日披散开来，应是微服出巡的装扮，他的一双吊梢桃花眼微眯着，似是兴致颇好。

果不其然，宋之游兴致颇好的“源头”被一众仆役放在红木箱里送上前来。宋之游打开箱子，轻抚着里面的玉枕，他仔细端详着玉枕中那一丝仿若流动的血玉色，眉梢挑了挑。

这是先秦的玉枕，流传百年，几朝百姓也杜撰了一段神乎其神的传说。说玉枕原是骊山山魅珍藏之物，山魅吸食天地精华，日夜吐纳，得以形成此玉枕，被秦王藏纳于阿房宫中。后楚人一炬，阿房宫覆，此枕便流落民间。

传闻枕着此枕睡觉能梦到心中所想，若是真的，倒是个宝物。

宋之游指尖摩挲着玉枕，想着玉枕的来历，眉目微沉，若有所思。

“公子，起驾吗？”

燕叔到底老练，见宋之游沉眸立在乌衣巷的门口，挥手止住了轿夫，低头询问道。

“不急，等等华二小姐。”

乌衣巷本就是华家的门面，但华家产业极多，那位能干的二小姐华棠常常分身乏术，一个月内，乌衣巷的伙计都见不到她几次。可今日不比寻常，这笔大单是摄政王买的，二小姐自是要来了。

云渺渺翘首，想看看那位名冠京华的奇女子华棠是何模样，身后传来白晏的声音。

“打赌吗？”

云渺渺不解：“赌什么？”

白晏微微一笑，也不解释：“我赌你认不出华二小姐。”

云渺渺觉得奇怪，这种豪门显贵不是最讲究排场吗？轿子不是锦缎包簇，就是坠着南珠，谁会认不得？

这样想着，她放下话：“赌就赌，你赌输了怎么办？”

“你怎么不问我赌赢了怎么办？”白晏有些无奈。没等云渺渺回答，便又自顾自道：“如果我赢了，今晚我们就去逐月居。”

“逐月居也太贵了吧，你要是心情好，想请客，不如换个便宜点儿的地方。”

“不，是你请客。”白晏似乎觉得眼前的姑娘太过呆傻了点儿，默默地在她的脑袋上敲了两下，“打赌自然是输的人请客，你放心，我知道你赚了五十两银子，我会省着点儿花的。”

云渺渺无奈。

两个人在乌衣巷对面的树荫里远远坐着，天上的云散了些，温暖的日光倾洒在肩膀上，惹得云渺渺直打哈欠。

宋之游倒是耐性很好，等了半晌没等来华二小姐，也没见蹙眉，容色一如既往地和煦。他不紧不慢地接过旁边小厮递上来的茶盏，拂去茶沫，抿了一口，然后和身旁的小厮闲聊道：“茶是好茶，就是凉了些，喝了凉茶，不知晚上还睡不睡得好。”

宋亲王的话听着有些像兴师问罪，云渺渺心里“咯噔”一下，霎时间困意全无。

摄政王威压在侧，那小厮却好似没有察觉，拢了拢耳边的碎发，露出一段洁白的脖颈。他恭敬地端过宋之游的茶盏，笑意笃定：“今日王爷在乌衣巷得此玉枕，定能好梦不断。”

“哦？”

“关于此枕化梦，倒有一个真实的传闻。前晋有一女子，名唤沈娘，慕色而死葬于灵湖之畔。百年后有一科考落榜的穷后生来此歇足，无意间得了这玉枕，竟能够与沈娘在梦中相识相知。沈娘不愿耽误后生前程，便启发后生掘了自己的墓穴，取出妆奁，里面竟有足金上百两。穷后生得了金子，自知不该辜负沈娘，苦读三载，高中状元，后感念沈娘，终身不娶，成就一段佳话。”

“何以见得这就是好梦？”宋之游轻轻颔首道。

“王爷有所不知，这沈娘所求是色，穷后生一张脸生得是潘安再世，能在亡故百年后与后生在梦中相守，这是好梦成真。穷后生科考落败后求的是翠袖揾泪，志气再振后缺的是真金白银，而这两样，沈娘都给他了，这便也是好梦成真。”小厮毕恭毕敬地一拱手，语气老练，“所以王爷得此玉枕，也能梦见天命之人，万事心想则成。”

不愧是华家的家丁，连个小厮都能说会道。这小厮不去掰扯那前朝虚无缥缈的传说，反而一上来就用一件“所闻真实之事”来吊足人的胃口，倒把这玉枕的功效说得头头是道，令人神往。

云渺渺望着门口端茶递水的小厮，由衷感叹。

白晏却弹了一下她的脑门，道：“别感叹了，这故事一听就是编造来取悦宋王爷的。”

云渺渺吃痛，摸着脑门怒瞪白晏：“你怎么知道是假的？人家都说了是真实之事。”

白晏勾唇，有些无奈：“你多看些坊间的话本就知道了，十之八九都是这种套路。”

“那不就成了欺瞒吗？摄政王有那么好骗吗？”

“说你笨你还不信，有时候人是会心甘情愿受骗的，好听的话谁不爱听呢？不过……”白晏望着乌衣巷沉吟道，“宋之游不是沉溺虚妄之人，买玉枕肯定另有所求，不知他究竟是为了什么……”

不远处，宋之游听了小厮的话，爽朗一笑，心情大好，他抬了抬手：“燕叔，可以了，起轿吧。”

小厮垂手退回到一旁，燕叔连忙上前两步，替宋之游掀开轿帘。

宋之游也不急着进轿，软轿上珠帘晃动，映得他一张脸神色柔和，他向那小厮朗声道：“转告贵府，华二小姐果真是个妙人。”

一语落，那小厮有所感应似的抬起头，也不答，皎白的脸扬着，眉心是一点英气，笑意噙在唇边：“王爷识人识物的眼力，当世再无出其二。”

一来一往应酬得恰好，白晏看着乌衣巷口的两个人，眉梢微微挑起。他回身牵起云渺渺的衣袖，弯唇问道：“认出来了吗？”

“欸？什么？”

看着云渺渺一副不明就里的模样，白晏摇摇头，却也不打算解释。只是指着远处抬来的又一顶软轿，让她看仔细了。

云渺渺看向那顶软轿，语气雀跃起来：“是华二小姐来了吗？”

“那可不是华二小姐，”白晏道，“来的指不定是个大麻烦。”

软轿抬近了，宋之游似乎认出是谁的轿子，命燕叔放下轿帘，长身玉立候在巷口。斜阳笼着他颀长的身影，人是极温润的。

云渺渺看着巷口侧立着的宋之游，怎么也想不到这个人就是叶夕观口中杀伐果决、拥有雷霆手腕的摄政王。

那软轿渐行渐近，眼看就要到乌衣巷门口了，轿子上的人却沉不住气了，连忙命轿夫停下来，一掀珠帘，露出一张令人熟悉的脸庞。

那脸娇俏灵动，是云渺渺前日见过的。

来人正是那日同宋之游巡游的大宣五公主，姬玉公主。

姬玉公主下了轿便提着裙子向宋之游跑来，身后一堆丫鬟追嚷着让她慢点儿，她却置若罔闻，气喘吁吁地立在宋之游面前，一副坦荡的模样。

“游哥哥，这个小厮是个女的，我亲眼看见她换衣服，你不要被她迷惑了！”

原来，姬玉公主一直尾随宋之游，躲在墙角偷听偷看了半日。此番见宋之游与那女扮男装的“小厮”交谈甚欢，所以沉不住气，现了身。

宋之游的唇角微不可察地抽动了一下。

燕叔连忙上前去打圆场：“公主你怎么来啦？近日风大，怕您贵体欠安，公子不是嘱咐您好生休养吗？您要是病了，咱怎么向大宣交代？”

“我没病。”姬玉语气硬邦邦的，可对上宋之游的视线，神色又软了下来，“游哥哥现在是什么身份？我……我就怕他被些不怀好意的女子骗了。”

躲在花木后的云渺渺看着姬玉轻哼一声：“还说没病，我看分明是害了相思病。”

立在宋之游身旁的“小厮”见时机不对，慢慢向后挪，打算瞅准时机，远离这个是非之地。

宋之游似乎也明白那“小厮”的想法，上前两步，俯身逼近姬玉公主，恰好挡住姬玉的视线，让“小厮”瞅准机会溜进乌衣巷。

整个过程云渺渺都看在眼里，她轻呼一声，满面疑怔地转向白晏：“连宋之游都愿意包庇他，那个小厮到底是谁呀？”

“晚上去逐月居，记得再加一壶上好的花雕。” 白晏冲云渺渺眨眨眼，心情大好。他一笑，叶摇风动，云渺渺便没出息地觉得，给他掏腰包也是甘愿的。

“那个小断，便是华二小姐。”

三

“啊？”云渺渺很是吃惊，“可她为什么要女扮男装？”

白晏侧首，指着不远处的几人道：“多少人觊觎华家偌大的家业，华二小姐是个明白人，出门在外自是不能招摇。何况你看看今天来的这两位，华二小姐易容了依旧被揪住不放，若是以女装出现，乌衣巷还不得被大宣的醋坛子给淹了？”

云渺渺顺着白晏手指的方向看去，乌衣巷口正在鸡飞狗跳。

“游哥哥你挡着我了，咦？那个坏女人去哪儿了？”姬玉挥舞着两条胳膊往宋之游身后扑，“让我逮住她，一定要打她五十大板，剪了她的长发，让她再也不能缠着你！”

“公主，你失仪了。”

华棠应是已经脱身走远，宋之游冷冷的声音兜头淋下，浇得姬玉公主一个寒战。她停了下来，抬头看着眼前温文尔雅的人，神色中带了一丝慌张。

宋之游也垂眸盯着总算安静下来的姬玉，许久，倏然一笑。

那笑容将他面上薄薄的冰层融开了，仿佛刚才的冷声只是姬玉的错觉。宋之游与姬玉对视着，手却伸向燕叔：“燕叔，方才我为姬玉公主买的凤头钗呢？”

燕叔一怔，百般不舍地将买给眉娘的凤头钗递给宋之游。

宋之游笑着将凤头钗插在姬玉公主的云鬓上，一拨流苏，钗穗便发出玲珑清脆的声响。

“喜欢吗？”宋之游盯着姬玉问。

姬玉公主抚着头上的金钗，羞红了脸，点点头。

宋之游继续散发着该死的魅力：“本王知道快到公主的生辰了，今日来乌衣巷就是为公主挑这金钗，公主喜欢，本王便知足了。”

“那……那个箱子里是什么？”

宋之游瞥了一眼装着玉枕的红木箱，扯谎也不心虚：“燕叔上年纪了总是睡不好，这玉枕据说安眠效果正好。”

燕叔被抢了凤头钗不说，还被当作挡箭牌，心里早已泪流成河，可他只能强行扯起一抹苦笑：“是是是，都是王爷体恤老奴，考虑周道。”

白晏和云渺渺在一旁唏嘘。

“叶夕观说的真没错，宋之游能当摄政王，万不是表面上温文尔雅的样子。”

“你不是要去找宋之游求愿吗？还敢吗？”

云渺渺哑口无言，看着托腮看热闹的白晏，嘟囔道：“求愿的事情是燕叔找我演的剧本，又不是我自己想去的。若让我求愿，我肯定第一个求他帮我找师父。”

说到师父的问题，她又惆怅了，她已经快一个月没有师父的行踪了，不知道师父过得可好？

总之……她是不好的。云渺渺掐着自己的腰比了比，觉得比初来京华城时又瘦了许多，原先缠腰三圈的铜钱串子，现在都能缠三圈半了。

钱袋渐空，工钱也被燕叔拖欠，云渺渺忍无可忍，见乌衣巷口的一行人马上就要摆驾回府，想也没想就冲了出去，白晏只好百般无奈地跟了上来。

“燕叔，你等等！”

燕叔闻声回头，见到小脸素净可人的云渺渺，居然没认出：“姑娘是哪位？”

云渺渺对着自己的脸比画，放低声音道：“我就是那天宋亲王巡城时的那个姑娘，你还差我五十两工钱。”

燕叔努力对比着记忆中的媒婆脸和眼前的小圆脸，似乎找回了记忆：“我记起来了，当时有两个姑娘，一个是你，一个是……”

他把视线转向白晏，眼底露出一丝惊艳之色，随后又满脸疑窦：“不对啊，另外一个姑娘是个跛脚，身量也远没有这么高。”

云渺渺连忙摆手：“不是他，绿儿在医馆，今天只有我来。”

燕叔和云渺渺的对话惊动了宋之游和姬玉，宋之游倒是一眼就认出了云渺渺，向云渺渺颔首，眼梢微微挑起：“渺渺姑娘今日的打扮倒是适宜很多。”

他再侧首，便看见了云渺渺身边立着的冷霜美人。面纱下看不清那人的表情，只有一双眼剔透分明，仿若寒山坠月，清晰又朦胧，让人看不清情绪，只觉得莫名熟悉。

“公子，您先上轿吧，不然姬玉公主又该……”燕叔见宋之游愣神，在他耳边低声道。

宋之游却置若罔闻，看向云渺渺的眸子微微弯起，他记性极好：“时绿姑娘呢？”

云渺渺抬手指了指旁边的医馆：“绿儿中暑了，我们才将她送进去，过会儿应该就没事了。”

宋之游眯着眼看向空中，虽已立秋，阳光却酷热晃眼，暑气依旧没有消散。他解下随身佩带的消暑香囊，将其递给云渺渺：“这香囊应对时绿姑娘有用，收下吧。”

锦囊是用锦缎绣成，金线绲边，上面缀着吉祥纹，有艾叶与白芷的香气幽幽散出，令人心脾酣畅。

云渺渺感受着身后姬玉公主冷箭般的目光，不知道该不该伸手。一旁的白晏却先行一步接过宋之游的香囊，语气不咸不淡道："多谢了。"

宋之游一怔，仍然不打算放过云渺渺，继续与她搭话："上次在奉天阁前说到求愿的事情，你可有什么要求我的？"

姬玉公主的目光似乎要把云渺渺的脊梁骨剜出一个洞来，云渺渺刚想求宋之游帮她找师父，无奈醋坛子在后，只好讪笑道："王爷亲民爱民，乃大徵之福，陆皇之幸，草民得幸如此，再别无所求。"

她自以为这官腔拿捏得还算可以，哪承想宋之游突然笑出声来："这话我以前也听过，只不过不是讲我的，而是讲慕容晏的。"

"晏一游二"乃是大徵坊间再响亮不过的传言，虽然响亮，终究不是摆在明面上讲的。涉及的两个人，一个是逃亡在外的帝师，一个是权倾朝野的王爷，唐突了哪个都是不小的罪状。

宋之游语毕，在场所有人都噤了声。

巷口乃府宅必经之地，路人三两走来，见到朝中显贵都不约而同地停下脚步，恭敬垂手，等宋之游先行。

"渺渺姑娘觉得，这话用在谁身上更合适一些？"宋之游不急，只是追问道。

"当然是王爷了！"云渺渺闯荡江湖这么多年，马屁拍得十分专业，想也没想就回答道，"我身边许多人都觉得，应该是游一晏二才对。"

白晏的白眼有些藏不住了。

宋之游似乎很满意，点点头，亲切地拍了拍她的肩膀："本王能得百姓赏识，甚是感动。时候不早了，本王政务缠身，下次再虚心向姑娘讨教民心民意。"

他说完，钻进轿子，轿夫正起轿的时候，他又掀开轿帘冲跟在一侧的燕叔嘱咐，声音拿捏得正好，恰能让在场的所有人听到。

"燕叔啊，最近回暑，你让绣娘多绣些消暑香囊分发给百姓，再整顿好府里的下人，做些绿豆汤布施下去。"

"公子放心，保证没问题！"燕叔快步走着，肥硕的身躯随着步子摇摆，高声应道。

旁边的一众百姓闻言，都感恩戴德地冲宋之游的轿子躬身行礼。

“游公子真是爱民，考虑得如此周到！”

“咱们大徵的百姓太有福气了！”

宋之游闻声点点头，满意地放下轿帘。燕叔见缝插针，路过云渺渺的时候，将装着一百两银子的钱袋塞到她的怀中。

临走，还不忘摆出一个噤声、一个咔嚓的手势，提醒她要对当“托”的事情守口如瓶。

云渺渺拿着银子，眼睛弯成了月牙，哪里还顾得上威胁，只一个劲儿地点头。

等宋之游一行人走远了，白晏拎起数钱的云渺渺往旁边一扔：“真拿你没办法，大街上数钱，摆明了告诉小贼快来偷你这个冤大头。”

云渺渺闻言，连忙将钱袋子收起来，冲白晏情不自禁地傻笑两声。

又有钱了，这也太让人开心了！

白晏见她这副傻傻的模样，忧心忡忡道：“好了，钱拿着了就记住，以后不要再跟宋王府的人扯上关系。”

“啊？为什么？”云渺渺不解，“我觉得那游公子不错，还贴心地给绿儿送了香囊，绿儿知道后一定会很开心。”

“从明天开始，京华城的百姓，不仅人人有香囊，还有绿豆汤喝。”白晏提醒她一声。

“这不是好事吗？”

“这不过是宋之游的手段罢了。”白晏叹了口气，觉得云渺渺实在足够呆，“当着姬玉公主的面坦荡荡送时绿姑娘香囊，临走时又当着围观百姓的面嘱咐燕叔，都是为了打消姬玉公主见到女子就吃飞醋的疑虑，顺便笼络民心，树立自己亲民爱民的形象。”

云渺渺总算听明白了：“也就是说，宋之游都是在演戏？”

白晏觉得孺子可教，摸了摸她的脑袋：“他若是进了戏班，是个好苗子。”

“看来你不喜欢宋之游。”

“两厢比较下，我更喜欢那个传言中的帝师慕容晏。”白晏一脸认真，掰着手指如数家珍，“虽说慕容晏脾气不太好，但行端身正，才识过人，长得又不错，可以押宝。”

云渺渺拍掉白晏的手：“那你干吗还接宋之游的香囊？”

白晏一副无所谓的样子，指尖钩着香囊：“这香囊一看就很贵，不拿白不拿。”

“男子汉大丈夫，骨气呢？”云渺渺追着白晏一边抢香囊一边低声道，“快拿来我们去‘销赃’，不然让绿儿知道这是宋之游送她的香囊，指不定又要想入非非，我不能让绿儿所托非人！”

突然，一个怯然又惊喜的声音从身后传来。

“你们说，这是游公子送我的香囊？”

云渺渺和白晏僵着身子回首，便看见一脸欣喜的时绿从回春堂外踉跄着小跑过来……

华二小姐

第五章

一

倾斜的日光笼着翠微的远山，巨大的山影沿着山脚下的村庄向下滑落，最后一抹余晖从窗棂上消失的时候，小屋的门扉被一个风尘仆仆的人推开了。

他穿着玄青的衣衫，一踏入室内便拂去桌案上的薄尘，点亮烛火。

屋内一片寂静，只有烛火哔剥作响的声音，他看了一眼榻上，发现那里已经空无一人。

火光照亮来人的脸庞，清俊的眉微微蹙起，正是于有杭。

他将白晏安置在这个避世的小村庄内，希望他能安心养病，没想到才离开三天，就出了岔子。

于有杭攥着药丸，神色越发凝重，他想起了几日前和白晏的对话。

“哦？你说我是长乐郡白家的少爷，可据我所知，长乐郡并没有家大业大的白氏一族。”

“白家的事，另有隐情。”于有杭道，“你信我，我不会伤害你，如今的京华城，不是你能去的了。”

“于兄，我所有丢失的记忆都在那里。”白晏倏然一笑，“我有预感，那个会纸戏术的小姑娘就是解开一切谜题的关键。”

“云渺渺？”

“不错。”

于有杭负手立于庭院中，抬眸望去，浩瀚星河延展无际，一轮孤月垂落在飞阁流丹的京华之上，仿佛一只眼，睥睨着暗流涌动的一切。

如果白晏离开，一定又回到了京华城，那是一切的开始，也是不得不踏上的一条险阻之途。

冷寂月色下，玄青衣衫的年轻人跨上一匹快马，扬鞭越林，向灯火辉煌的京华城飞驰而去。

酉时，伯侯府外。

一个衣着简陋的白色身影吃力地翻上伯侯府的墙头。仔细看，那人分明是仓皇间没顾得上穿外衣。白色内衫的衣角被他挽起，方便爬墙，如今已经沾上不少灰尘。

叶夕观狼狈地抹了抹额角的汗，面纱下的一双眼睛左顾右盼，打算看中时机，溜出伯侯府。

夜风飒飒，拂起他粘在额角的发丝，也拂开了他遮丑的面纱，露出一张鼻青脸肿的俊脸。

叶夕观的老爹叶伯侯前日刚从边地回府，叶老爷一心想要儿子考取功名，知道不成器的儿子又开始捣鼓起那些神神道道的旁门左道后，气得吹胡子瞪眼，急火攻心就翻了过去。

伯侯府的一众夫人仆从吓得哭天抢地，叶老爷却淡定地伸出手指，指名要叶夕观这个浑小子回来扶他，他才能安然无恙地起来。

于是，不知事态轻重的叶小侯爷被推到叶老爷身边时，叶老爷没事人似的，一个利落的翻身，抄起旁边的扫帚就将叶夕观揍了一顿。

揍完还不解气，叶老爷大手一挥，将叶夕观扔进伯侯府后院，准备关他一个月。

可谁知，被揍完后的第三日，“身残志坚”的叶夕观刚能下地，就翻墙跑了。

骑在墙头的叶夕观呼吸着夜晚湿润的空气，只觉得心旷神怡。想到今日要去找云渺渺拜师学纸戏术，他觉得人生都明亮了。

尽管他现在腿痛腰疼，连墙都翻不下去。

叶夕观在墙头挪蹭了半天，眼见伯侯府内巡夜的灯火越来越近，冷汗爬了满身。

恰好此时，墙外不知从哪儿跑来一只大黄狗，凶恶地冲着墙头上的叶夕观狂吠，龇牙咧嘴的模样仿佛叶夕观抢了它的骨头。

“娘，你看！那边有个小贼！”不远处跑来一个小孩儿，一边啃着糖葫芦，一边指着叶夕观大声喊。

这一喊可好，一道道目光“嗖嗖”地向叶夕观投来，伯侯府墙外渐渐围起不少看热闹的人。

那小孩儿拿着一串糖葫芦，跑过熙熙攘攘的人群也要去凑热闹，突然脚下一个不稳，眼看就要跌倒时，却被一双温暖的大手捞了起来，那手似乎没什么力气，却又极稳。

“当心，小孩子家家，吃着东西可不能乱跑的。”于有杭将孩子放下，管家的职业病又犯了，苦口婆心地提醒道。

小孩子仔细盯着眼前身姿挺拔的大哥哥，目光落在于有杭佩在腰侧的短剑上，眼睛渐渐瞪大。

“哇！是大侠！”

小孩儿一语落，又引来不少人的注目。于有杭无奈，弯下身子摸着孩子的脑袋：

“我不是大侠。”

小孩子哪里听得进去，将于有杭的大手一扯，一边拽还一边嚷道：“你就是大侠，大侠都会除暴安良，大哥哥你快抓住那边那个小贼，他就要翻进人家院子里了！”

叶夕观无语。

于有杭抬头，遥遥望去，正好对上叶夕观惊慌的目光。

两人心下都是“咯噔”一声。

是白晏？

是抓我的大侠？

叶夕观一身白衫，蒙着面纱的眼睛映着几点灯火，犹如寒山坠星，倒同白晏有几分相似。

于有杭心下一紧，一扫平和无奈，眉峰倏然拧起，他的手无意识地按上腰侧的短剑，忧虑着如何将“白晏”安然带走。

此情此景落入叶夕观的眼中全然变了模样，他看着于有杭神色凝重地按上佩剑，以为自己要被当作小贼血刃当场，瞅准时机一横心，跃下高墙。

一声响亮的呼哨响起，众人还未反应过来，叶夕观的马便从百米外飞驰而来，精准无误地接住了跌落的叶夕观。

那马四蹄踏雪，额心一点霜白，一看便是上等的好马。这马由叶夕观自小养大，极通人性。

那日他留了心，没有让马跟自己回府，果真派上了用场。

众人被马惊得散开一条通路，叶夕观抱着马脖子，转瞬便甩开了人群。

居然跑了！

于有杭没有想到，白晏再次见到自己的第一眼竟然是脚底抹油开溜。

他有点儿伤心，可更多的，是愤怒！

看着逃起跑来行云流水的背影，于有杭便气不打一处来。想着白晏之前的不告而别和此时的溜之大吉，瞬间来气。他将孩子抱好放在一旁，问：“想看大侠抓小贼吗？”

孩子忙不迭地拍手点头：“想！想！”

“大侠要把这个小贼一剑捅成糖葫芦！”

京华城的另一边，朱雀大街上。

三个人并排走着，频频吸引路人的目光。要说为何，一来是白晏仍是高挑美人的装扮，走起路来浑身不自在；二来是时绿抱着香囊犯花痴的模样令人不忍直视。

左边僵，右边傻，云渺渺站在中间只想往后缩，当个影子。

“渺渺，这个香囊真的好香。”时绿捧着香囊嗅着，“闻起来沁人心脾。”

云渺渺扶额：“绿儿，这是你一路上第三十次夸它香了。”

“真的很香，你也闻闻。”说着，她将香囊递向云渺渺。

白晏终于忍不住了：“绿儿姑娘，从明日起京华城的百姓会人手一个宋王府的消暑香囊。”

云渺渺也跟着补刀：“还有绿豆汤。”

时绿依旧一脸沉浸：“游公子真是宅心仁厚之人。”

白晏和云渺渺无语。

时绿继续补充道：“而且，就算他送了全京华城的人香囊，赠予我的也只有这一个。”

好吧，她现在的智商基本为零。

云渺渺不打算劝了，突然将燕叔给的钱袋子拿出来，在手上掂了掂，眉梢眼角都是喜色。想来刚才还没有好好数过钱，她打开钱袋子，转头问时绿：“绿儿，跟你商量个事。”

时绿的思绪被拉回来，见云渺渺一脸正色，问：“渺渺，怎么了？”

“你这五十两银子如果暂时用不到，能不能先借我一用？”

“当然可以，我在这京华城无亲无故，渺渺是我最重要的人，你尽管拿去用吧。”

白晏不明所以，拉住雀跃的云渺渺，沉声问：“你要这么多银子做什么？”

云渺渺正看着钱袋里白花花的银子乐不可支，闻声回应道：“自然是有用处了……喂，白晏我问你。”

白晏突然被点名，神色严肃起来。

而在这样严肃的氛围下，严肃的云渺渺却问出一个很不严肃的问题。

“白晏，你说，一百两能吃多少花酒？”

白晏的表情有点儿不可思议：“你要去喝花酒？”

“对。”云渺渺托着下巴，小算盘打得噼啪作响，“我师父周九问平生一好吃鸡，二好喝酒，若一家家酒肆打听过去，说不定能找到他。”

原来是为了找师父。

“这京华城少说也有上百家酒肆，你怎么保证一定能找到你师父？”白晏问。

“所以说嘛，要去吃花酒。”云渺渺笑意渐浓，“我师父嘴挑眼刁，要上好的花酒才愿意喝，这不就好找多了吗？”

二

云渺渺一行人来到逐月居，正是众宾客酒意酣畅之时。

逐月居不愧是京华第一酒楼，各处布置说是雕梁画栋乃是小觑，若用桂殿兰宫才恰如其分。酒楼两侧有各色乐器分叠起奏，歌台上笼着茜色轻纱，胡人舞姬正旋转着跳着鼓上舞，引得众人一片叫好。

可云渺渺看着小二递来的菜单，只觉得肉疼。

十两银子一个菜，二十两银子一壶酒。

太贵了，她有些想逃了。

白晏按住云渺渺的手，也没瞄菜单，便报出几个菜名，末了，还补充要一壶上好的花雕。

“好嘞，几位姑娘稍等。”小二拿着菜单眉开眼笑地转身要走，云渺渺突然出声叫住了他。

“花雕太贵了。”她抢过小二手里的毛笔画去了花雕。

“愿赌服输。”白晏微笑，扣着桌子提醒云渺渺，“况且要喝酒找师父的人是你。”

“那是你不了解我师父。”云渺渺一连画掉了好几道菜名，边画边嘟囔道，“师父哪喝得起那么贵的酒，他最爱喝的花酒就是桂花酿、桃花酿、竹叶青……小二，菜单给你。”

那小二接过菜单一看，原先的好菜都被画了个干净，只留下一盘炒青菜和一壶桂花酿。

小二无语。

白晏听完云渺渺的话，思忖半晌，问：“你说的喝花酒是什么？”

“就是喝那些用花酿的酒呀！”云渺渺嚼着免费的花生米，漫不经心地回答，“我小的时候，每到一个季节，师父就会采当季的花酿酒，酒坛子在树下埋一年，来年就能喝到喷香四溢的花酒。”

“你以为这就是喝花酒？”白晏扶额。

“难道不是吗？”云渺渺一脸无辜。

“美人如花，沽酒作陪，这才叫喝花酒，懂吗？”

白晏刚想提醒云渺渺所谓的“喝花酒”是不能乱说的，突然被身后颇为无赖的调笑抢了先。他刚想转身看看身后来者何人，只觉得肩上一沉，浓烈的酒气扑鼻而来。

那纨绔子弟看样子是喝高了，歪着发冠，半敞衣裳。一张肝红的脸挂着坏笑，不知好歹地将下巴搭在白晏的肩膀上。

“小美人，想不想孙少爷我陪你喝杯酒啊？或者你跟我回府，我孙家的宝石珠玉随你挑选，你就是要天上的星星，我也给你摘下来。”

“真的吗？可是……”白晏回首看着孙少爷微微一笑，“我想要你的下巴，怎么办？”

孙少爷整个人都沉浸在白晏的笑容里，哪还顾得上细究他的威胁，一个劲儿道：“摘，摘！你要什么我都给你摘！”

话音刚落，逐月居里响起一声惨号，孙少爷的下巴真的掉了。

“白晏……你……你可真行！”云渺渺目瞪口呆地看着白晏，他刚才的行为，简直让她佩服得五体投地。

白晏敛起笑容，一脸厌恶地扯过云渺渺的袖子擦手指，一边擦一边嫌弃地冲孙少爷道：“满面肥油都够炒菜了，我看不要叫孙少爷了，叫油少爷得了。”

擦够了，他的手指离开云渺渺的袖子，只见上面留下两坨油黄的印痕。

孙少爷酒醒了不少，他托着脱臼的下巴，气得面红耳赤。可他一句话也说不出来，只能止不住地流口水。

“给……给我瓜！”半晌，他才口齿不清地扯出一句狠话。

“少爷？你……你要瓜？”孙府的小跟班揣摩着孙少爷的话，唯唯诺诺地递上一个大西瓜。

大西瓜被孙少爷摔得稀烂，他气得翻白眼：“给我瓜！给我瓜！”

小跟班忙不迭地跑进厨房，又抱了一个冬瓜递给孙少爷。

孙少爷捂着胸口直直气晕了过去。

一来一去，云渺渺不厚道地笑出声来。

“你傻呀！少爷说给我打！”总算有个机灵的孙府跟班反应过来，一搡拿着冬瓜的人，发狠道，“给我打！”

几个人气势汹汹地绕过晕倒的孙少爷，打算找白晏他们决一死战。可前脚刚绕过孙少爷，后脚便被满地的瓜皮滑了个四脚朝天。几个壮实的跟班齐齐压在了倒地的孙少爷身上，直把孙少爷压得口吐白沫，彻底没了生气。

“少爷！少爷！你别死啊！”小跟班们一顿哭天抢地，摇着倒地不醒的孙少爷。

“好啊！看我怎么收拾你们！”拿瓜的小跟班红着眼睛，指着白晏一跺脚。

“是你家少爷无礼在先。”云渺渺挡在白晏面前，语气也很凶，“后面的事情都跟我们无关。”

白晏站起身来，将云渺渺捞到身后，他比云渺渺高出许多，一捞一挡，将她藏得严严实实，还反手摸了摸她的脑袋：“等你长长个儿，再替我出头吧。”

“欸？我……”

白晏回身冲云渺渺比了个噤声的动作，眨眨眼，一副泰然的模样：“没事的。”

时绿的胆子一直很小，见对方咄咄逼人，有些害怕。

“我想想办法，会有办法的。”云渺渺一边安抚着时绿，一边在自己的身上摸纸片。她的脑袋转得飞快，可半晌还是没有想到有什么办法能让三个人同时脱身。

焦头烂额之际，一道清亮的女声从旁传来：“天子脚下可不是闹事的地方。”

云渺渺还没反应过来，便看到一双绛红软靴停在了白晏的面前。来人的衣角绣着飞鸢暗纹，长发被全然束起，不施粉黛却国色天香，那双眼凛冽如易水秋风，只微微一瞥，整个逐月居便寂然无声。

是那日巡游时见过的翟大将军，翟如。

翟如单膝点地探着孙少爷的鼻息，见孙公子应无大碍，便淡淡地冲孙府跟班们道：“孙公子脉象平稳，找个大夫正一下骨，回去休养几日就可以了。”

那个拿瓜的小跟班涨红了脸，还想说几句，却被旁边的人拉走了。

翟如将军来息事宁人，这个面子由不得孙府不给了。不过片刻，孙府的随从就将孙少爷抬了出去，逐月居里又恢复成一派平和热闹之状。

觥筹交错，笙歌渐起。云渺渺点的菜很快上齐了，她斟了两杯桂花酿敬翟如，醇酒入喉，绯红的小脸上也渐生出几分江湖豪气。

“第一杯，谢翟将军今日解围；第二杯，为前日唐突了将军赔罪。”

翟如平日里疆林猎场驰骋惯了，就喜欢云渺渺的豪爽劲儿，推杯换盏间，前日被她抱大腿的事情也被抛到脑后。

“这位是？”美酒下肚，桌前也活络起来，翟如眯着眼打量着白晏问道。

云渺渺和时绿她是见过的，但眼前这个高挑美人，美是美，气质却是冷然的，纵使蒙着面纱，也藏不住那丝英气。

“是我姐姐。”时绿一慌神，连忙斟酒递给翟如，转开话题，“翟将军今日怎么会独自来逐月居？”

“我是来办案的。” 翟如端着酒杯沉吟，目光向逐月居的雅阁望去，“帮助一个朋友。”

逐月居共有五层，二层以上皆是雅阁香楼，云渺渺看着雅阁紧闭窗扇后绰约的人影，不知翟将军的朋友究竟是什么人。

“原来如此，翟将军如果有什么需要帮忙的尽管找我们，以后我们就是朋友了，除暴安良，我能尽一份力，是一份力。”

云渺渺脸颊一热，只觉得翟如很是亲和，一点儿都没有朝臣的架子，忍不住想和她交好。

“你们的好意我心领了，不过查案向来凶险，若没有傍身的本领，贸然行事怕是有性命之忧。”

云渺渺酒意渐浓，她微微一笑，凑近翟如，在她耳边低声道：“我可是纸戏师呢，你不要小瞧我。”

虽然是个三脚猫功夫的纸戏师，可显摆还是要显摆的！

三

酉时过半，逐月居里依旧人声鼎沸，台上旋舞的胡姬停止舞蹈，向一旁等候的琴师点点头，退回幕后。

琴师抱着古琴盘膝坐好，手扬音落，竟成高山流水之音。悠扬乐声中，逐月居四楼雅阁的窗扇被一双素手缓缓推开，露出一张令人过目难忘的脸。

云渺渺见过不少美人，无外乎肤若凝脂，目若点星，可不外乎是俗世之美。但眼前这名女子，她从楼下眺望去，只觉得人如画生。

写意之笔勾勒出乌发、衣襟，再用十分的工笔细细雕琢，百般的耐心做点睛之笔。

那美人的一双眼，宛若鸦羽落雪，黑与白，清澈分明。只消一眼，便能摄动人心。她的手松松地握着一柄团扇，上面是极其繁艳的垂丝海棠。那团扇有一搭没一搭地轻扣在美人的鼻尖。人是极素净的，乌发，红唇，泠泠然坐在那里便自成一幅山水画。色泽恰如其分，只可远观不可亵渎。

没想到大徵竟然有这样的女子。

“那便是华二小姐华棠。”

翟如也站起身来眺望四楼雅阁，一语落，听得云渺渺一个激灵。

人分明是她几个时辰前才见过的，却不想华棠换了原本的装束竟能如此动人心魄。

手握万金，素净如雏儿。在这滚烫红尘中追名逐利，却能纤尘不染。这些，究竟怎样才能并存在一个人之身？

逐月居里有不少人也被华棠的出现吸引了目光，三三两两窃窃私语起来。

只是，人潮的视线都被引向了四楼，却没有人发现五楼的一扇窗不知何时被推开。

逐月居的五楼是不待客的，华家生意繁忙，核对账目到深夜是常有的事情，所以五楼便成了华家人出府落脚的行所。除却华家的人，五楼是任何人都去不得的。

然而此时，五楼的窗扇旁露出一张玉色的脸，眉络骨骼染着一丝烟花软香，像是锦衣玉食惯了的公子哥，可上挑的眉峰和雕琢般的颧骨无不透露着冷冽的英气。气质矛盾的一个人，偏偏生得好看，裹在雍容华贵的锦服下，令人过目难忘。

“你看那儿。”云渺渺拉起白晏的衣袖道。

白晏微微眯起眼，顺着云渺渺的目光望去，便见那人修长的手指轻轻扣着栏杆，唇角天然向上弯起，却又分明不带一丝笑意。

天生薄情相，看着不像大徵人。

华棠看向逐月居里涌动的人潮，而那公子居高临下，看的却是华棠。

云渺渺还想再细看时，五楼的窗又无声无息地关上了。

“华二小姐可是有心上人了？”云渺渺疑惑地问。

“这世间有多少男子想娶华二小姐，不过都是痴心妄想。以小姐之姿，怕只有晏一游二才入得了眼。”给宾客侍茶的小二耳尖嘴利地回答道。

“我倒是要再会一会这眼睛长到脑袋顶上的华二小姐！”

一个大腹便便的男子横着身子往逐月居的楼梯上走去，一转自己的大金扳指，粗鲁地啐了一口：“我王家是官定的盐商，还怕你区区一个丫头片子？”

席间有人认出了这个蛮横无理的男子，正是前几日没同华家谈拢生意的王公子。看他今日这阵仗，怕是要寻机滋事。

“二小姐有麻烦，我们上四楼。”

翟如神色一紧，拿起佩刀。因是翟将军带路，逐月居内没人敢阻拦，几个人顺利登上了四楼雅阁。

东阁正与华棠所在的西阁相对，窗扇开着，里面无论发生什么事情，都能看得一清二楚。

王公子刚刚落座，便招呼几个身量如牛的随从，气势汹汹地往华棠面前一站，场面骇人。

华棠收起香扇，侧身望向王通亨，乌发垂了一身：“王公子可是改变主意了？”

美人如刀，虽知华棠生意场上凌厉狠辣，可王通亨还是忍不住心下一动。

“二小姐给的条件，王某实在无法接受，除非……”他故意拖长了调子，咸猪手覆上华棠端茶的手，“二小姐若真想要我王家的盐路，需拿出些诚意，毕竟这世上没有免费的买卖。”

华棠垂下眼睫，微微一笑。她翻过王通亨的手，观摩着掌心的纹路：“王公子生得一双富贵手，财路运路都是极好的。我华家做生意，最重运气，王公子是明白人，自然也知道贪心不足蛇吞象的道理，生意可做，但莫要寻思那些旁门左道。免得好端端坏了自己的运数，最后……”

华棠猛然抬起眼来，一字一顿道，“连命都不要了。”

“好厉害的姑娘。”白晏在东阁看着，微微惊异道。

王通亨被华棠的一番言行惊得冷汗连连。

华棠用帕子细细揩着手，一双眸子又恢复清丽柔和的神色。她微微欠身冲王通亨笑道："不知今日这手怎么回事，只觉得脏臭难耐，怎么也擦不干净，华棠先去净手，还请王公子稍等片刻，顺便……再好生思量一下。"

华棠离席，出了雅阁。王通亨只觉得受了奇耻大辱，盛怒之下摔了酒杯。

"好啊，敬酒不吃吃罚酒，我今日非要毁了你这张脸，看你变成个丑八怪，还敢不敢口出狂言！"

言罢，他对着随从一阵耳语，掏出一个药瓶，将粉末洒进了华棠的茶盏里。

东阁的四个人看得心惊肉跳。

云渺渺急了，顾不上逐月居雅阁的规矩，忙跑了出去。

不行，华棠有危险，不能让她中了圈套。

云渺渺刚转过拐角，便看见倚着栏杆看她的华二小姐。

华棠一笑，极好看的眼梢微微上挑，语气柔和："真是个有灵气的姑娘，又见面了。"

原来，下午的乌衣巷前，她早就发现自己躲在一旁偷看了。

云渺渺面上一红："我不是故意偷看的。"

华棠微笑着侧首："那是自然，谁都不想惹祸上身。"

知道华棠说的是下午姬玉公主在乌衣巷胡闹的事情，云渺渺没忍住"扑哧"笑了出来。

"不过……你又有麻烦了。"

"什么麻烦？"

云渺渺向西阁努努嘴，在华棠耳边低声道："那个王公子，往你的茶水里下了毒。"

华棠淡淡一笑："他要是什么也不干，反而不正常。"

云渺渺还想继续说，却突然被一个声音打断，原来白晏不知何时也跟了过来。

华棠的眸子落在白晏身上，只一眼，便微微欠身，婉声道："公子，又见面了。"

华棠是极聪慧的女子，可云渺渺万万没想到，她如此轻而易举就看出了白晏是男扮女装。

"二小姐，你……你怎么知道他是男子？"云渺渺惊讶地问。

"公子绝美容色，令人肖想。不过方才惩治孙少爷的身手，可不像女子能为。"

华棠微微一笑，看向云渺渺，眼底带了一丝深意，“况且，公子护着你的样子，一看就不是普通的姐妹情深。”

云渺渺就算是榆木脑袋也听明白了华棠话语中的暗示，不知怎的，一张小脸又红又热。

白晏却面不改色心不跳，坦荡荡地轻咳两声：“王公子的事，二小姐可想好对策了？”

华棠折回栏杆，看着逐月居楼下热闹的人群，唇角笑意渐深：“没有。”

言罢，她飞快地向逐月居五楼雅阁瞥了一眼，容色里带了一丝莫名的失落，她将目光转回白晏：“公子，可有良策？”

白晏也笑：“没有。”

空气中静默了三秒，云渺渺无语泪流，我有啊……怎么没有人问我呢？

“二小姐可以信我。”云渺渺举起手来，诚恳道，“我有办法帮你既惩治了王公子，又拿到与王家的合作。”

华棠饶有兴趣，黑曜石般漂亮的眼睛盯着云渺渺，闪过一丝笑意：“姑娘请讲。”

云渺渺递给华棠一只精巧的酒壶，一摇，里面便发出沙沙的脆响。她神秘兮兮地对华棠说：“方才王公子给你的杯盏里下了毒，肯定会百般阻挠你喝别的东西，所以这壶酒，是专门请王公子喝的。”

“所以，你是让我拖延喝那杯毒茶的时间，先将王公子灌醉？”说完，华棠又摇头，轻晃着手中的香扇，“拖延而已，终究是行不通的，何况生意人多是海量，就算侥幸将他灌醉，这笔生意怕是也谈不成。”

“这不是普通的酒，确切地说，这不是酒。”云渺渺眯眼一笑，让人莫名安心不少，她轻轻将手指放在唇边，“这是会让王公子魂牵梦萦的好东西。”

“吱呀”一声，西阁的门被推开了，王通亨闻声，慵懒的脊背一挺，看着华二小姐托了一壶好酒施施然走到桌前落座。

华棠也不说话，只是亲自动手替王公子斟酒，斟完酒，便有婢女秉烛而来，将高燃的红烛放在两个人面前。华棠却不打算解释，只是笑着将酒杯递给王通亨。

王通亨接过酒杯，心下狐疑。

“渺渺姑娘，你又让华二小姐拿了蜡烛做什么？”翟如问道。

“我在那烛芯里放了一节纸头，你们看着，等会儿就能派上用场了。”

白晏冲翟如轻笑道：“自古便有乐广杯弓蛇影的典故，想来渺渺姑娘从中汲取了灵感。”

云渺渺嗔道：“就你聪明。”

“承让。”

另一边的西阁，王通亨不解华棠的意思，心里犯起嘀咕。

这华二小姐难道又换了主意决定放低条件？哼，就算如此，连羞带辱的，这丫头折腾了自己不少时日，他一定要华棠喝下毒茶，吃了苦头才解气！

王通亨打算将杯中的酒一饮而尽，却突然被华棠的手覆住了酒杯。他看向华棠，眼底尽是疑怔。

华棠微微笑道：“听闻王公子名字中带有‘通亨’二字，是因为自小运数极好？”

“那是！我王家可就我这么一个宝贝，不要说赌钱押大押小，只要是我王通亨想要的东西，准保心想事成。”

“所以，公子信运？”

“废话！那是自然。”

华棠的手指轻轻转动着桌上的酒壶，勾唇一笑：“今日给王公子斟的这酒，名叫‘心想事成酒’，公子可敢赌一赌？”

“心想事成酒？”王通亨来了兴致，“你说说，怎么赌？”

“华棠发问，王公子来回答，每回答完一个问题，公子便低头瞧一瞧酒杯，看看里面有什么。”华棠将酒壶搁下，眼神落在王通亨的身上，笑道。

“这简单，你问！”

“第一，王家身为盐商，能有如今，公子的功劳占几分？”

“我乃王家的福运，王家的生意是自我娘生下我后通亨顺畅起来的，少说我也有五分功劳！”

王通亨回答完，低头一看，只见酒杯中竟沉了几枚金币，金灿灿的，十分耀眼。他一阵欣喜，暗道这“心想事成酒”果真神奇，抬杯想要将酒水一饮而下，华棠却紧接着抛出了第二个问题。

“第二，王公子往我的茶里放了什么东西？”

王通亨酒杯刚到嘴边，被华棠的问题惊得一颤，他气急败坏道：“茶里……什么茶里放了东西，你不要污蔑人！你的茶我可什么手脚都没动！”

气氛一度冷窒，安静的西阁内只有桌上红烛哔剥燃烧的声音。烛泪一颗颗淌下，渐渐漏出了云渺渺埋在烛芯的一节纸头。

华棠不动声色地看着王通亨，噙着一丝早已了然的笑，答非所问地劝道：“公子若想喝这酒，便喝吧。”

王通亨狐疑地将酒杯抬到鼻尖，刚想喝下，突然被惊得大叫一声。酒杯落在地上，跌得粉碎。

明明刚才酒杯中还盛着金币，怎么一转眼就变成了虫蚁蛇蝎？

“你……你……你竟然给我下毒！”

看着王通亨指着自己，结巴着说不出一句利索话，华棠不紧不慢地又斟了一杯酒，放到王通亨面前：“我可与王公子不同，做不出那等下作之事。至于公子看到了什么，华棠不知。只是要提醒王公子，这‘心想事成酒’又叫鉴真酒，好事能成真，坏事亦能成真，接下来还请王公子好好斟酌着回答。”

王通亨知道自己下毒的事情已经被华棠知道，冷汗爬了满身。他斜睨着华棠，不敢小觑这壶“神仙酒”，“咕咚”咽下口水，斗鸡眼紧紧盯着酒杯，唯恐一个不慎又出现什么奇怪的东西。

东阁的四个人透过窗户看得直乐，时绿轻轻一推云渺渺的肩膀，嘻嘻笑道：“渺渺，你也太聪明了，什么‘心想事成酒’，什么鉴别运数，把那王公子骗得一愣一愣的。”

翟如感叹：“没想到纸戏之法如此有趣，若是查案有渺渺姑娘相助，应该会顺利许多。”

大家都在吹捧，只有白晏拨拉着云渺渺伸向窗口的脑袋：“你挡着我看戏了。”

“我就知道那王公子是个打死都不承认自己做了坏事的厚脸皮。”云渺渺乖乖地给白晏腾地方，也不气，一抿嘴撸了撸袖子说，“我今日要让那王公子再也通亨不起来！”

说完，她继续看着华棠的动作，侧耳细细听着，手中掐起法诀。

华棠端坐在桌前，神色一换，严肃道：“新帝登基，百废待兴，而今朝中大乱且分身乏术，盐商趁机私自抬价，致使百姓生计艰难，我华家想与王家合作供盐，将盐价压低，薄利多销，以解燃眉之急，不知王公子意下如何？”

“哼，我说了，降价不行，大家都多赚，凭什么我们王家要当冤大头？”王通亨捏着酒杯，歪着身子啐道，想看又不敢看地瞄着酒盏。

不看不知道，一看吓一跳，那酒盏中又爬满了虫蚁蛇蝎，眼看就要溢出杯子，爬到手臂上。

王通亨大惊，手一抖，连忙改口："不过……也不是不行，如果华家能拿出一个万全的办法，保我王家像之前一样稳赚不赔，少赚些就少赚些，我王家也不是发国难财之辈。"

随着王通亨一语毕，桌上的红烛猛然爆裂，云渺渺埋在烛芯里的纸头也燃烧殆尽，他手中的酒杯又盛满了金币，金灿灿的，看着就觉得喜滋滋，他止不住大叫："看看！又变回来了！"

华棠粲然一笑，语气有着蛊惑人心的魔力："那是自然，王公子乃是识时务者，只要陆氏还在，大徵就还会回到正轨上来。如今多数盐商目光短浅，只顾着鱼肉百姓，却不知此举失了民心。若王公子此时与我华家合作，我敢保王家拥有大徵最广的市场，还能收获民心，等到百废俱兴，大徵第一盐商非王家莫属。一举两得，何乐而不为？"

"嗯嗯，是这个道理。"

王通亨看着酒盏里的金币，总算将华棠的话听进心里去，他一拍手，叫随从拿来纸笔画印，当场与华棠白纸黑字签了合约。

签好合约，华棠亲自将王通亨送到逐月居外。王公子一边扭着身子蹬马，一边一脸难言地低声道："二小姐，我有一事相求。"

"什么事？但说无妨。"华棠一怔，复又扬起微笑。

"那个……那'心想事成酒'能不能送我？这宝物又能鉴真运数，又能警醒人，是个好东西啊。"王公子在马背上啧啧感叹道。

"王公子想要，便送予公子了。"华棠站在马下，眉目间带了一丝正色，"不过公子该知道，运数也好，警醒也罢，皆在人心，莫要让世俗蒙蔽了双眼，让死物替人做决定。最能依靠的，还是自己。"

王公子闻言，若有所思，接过酒壶轻嘬一口，向华棠道别，在月色下渐行渐远。

月至中天，时辰已晚，逐月居里的宾客三三两两散了干净。见华棠久立在月色下，云渺渺四人从逐月居走出来，从背后唤华棠。

"酒送掉了。"华棠转过身来冲众人微笑，"希望他饮了此酒，能心想事成。"

不承想时绿耿直地说："那恐怕不行了，那些金币啊、虫蚁啊都是渺渺变的。"

翟如望着王公子离去的方向勾唇道："看来他若再想问运，得带着云渺渺了。"

云渺渺也不好意思地说："等王公子回去揭开酒壶，怕是要失望了。"

华棠问云渺渺："你还没告诉我，那酒壶里究竟是什么。"

"是白纸。"

白晏向前一步，站在月色下望向华棠："所谓心想事成，不过是白纸一张。一切皆空，倒是颇有禅意呢，二小姐说是不是？"

"公子所言极是。"

时绿拽了拽云渺渺的衣袖，小声道："渺渺，白公子说的我怎么听不懂？"

云渺渺点了点时绿的脑袋，解释道："华二小姐所用的酒盏底部正巧是天圆地方的格局，与我大徵的铜钱形状一模一样，因此我便心生一计。

"我在酒壶中灌了纸沙，纸沙随着酒水流入酒盏，随着时间的流逝沉淀到酒盏底部，再经由烛光折射，便能变成以假乱真的金币。"

"至于那杯中的蛇蝎，便是云渺渺埋在烛芯里的那节纸头起了作用。"云渺渺正得意着想要继续往下说，却被白晏抢了话，"纸头原本便折化为蛇蝎的样子，随着烛火燃烧，缓缓显露，腾起烟雾，纸头在烛火掩映下将影子投入杯中，便吓得王通亭改了口。"

华棠掩唇笑道："白公子，你这番抢白，可太不地道了。"

"公子？哪来的公子？"后知后觉的翟如摸着脑袋，四下环顾一周，"没有啊！"

白晏向翟如一揖手："翟将军，唐突了。"

这么好看的人，居然是个男的？

翟如感到难以置信，她摸了摸自己风里来雨里去粗糙不已的脸，望着月亮悲伤地摇头："这年头，男人长得比女人都美，还有没有活路了？"

"阿如，今日多亏你来，还带了几位朋友出手相助，不然我恐怕没活路了。"华棠的素手搭在翟如肩膀上，笑意顽皮，"那毒酒若是喝下去，我这张脸可就保不住了，要是变成丑八怪，我可是寻死的心都有，到时候你就只能来护城河里捞我了。"

翟如拍拍华棠的手："说什么呢？为了你应该的。"

云渺渺了然，原来翟将军今日来逐月居办的案子就是护华二小姐周全，两个人你来我往，看上去关系很好。

"今日多亏几位解围，尤其是要感谢渺渺姑娘。"华棠冲着云渺渺微微福身，眉眼柔和地弯起，"姑娘可有什么需要华棠帮忙的，但说无妨。"

白晏用胳膊推了推发愣的云渺渺，低声道："找师父。"

云渺渺恍然大悟，想起今天来逐月居的主要目的就是找师父，连忙将自己来京华城的原委告诉了华棠。

“这好办。”

华棠耐心地听完，倏然微笑，回身向华府的用人道：“吩咐下去，将周师父的画像张贴在京华城的各家酒肆，再加派人手去街头巷尾打听，不要放过任何线索，找到周师父者，有重赏。”

华棠做事干脆利落，从不拖泥带水，一番安排下来，已经将寻找周师父之事处置妥帖。

云渺渺见华棠将自己多日来找师父的心结轻而易举地解开了，一个泪眼，紧紧抱住了华棠：“二小姐，你真是太好了！”

她这番举动将华棠吓了一跳，白晏站在一旁拽着八爪鱼似的云渺渺，冷淡的语气里带了一丝委屈：“我还给你画过一百张周师父的画像呢，怎么没见你感动得抱我？快下来。”

云渺渺闻言，脸上一红，尴尬地松开了华棠。

刚松开华棠，只听旁边传来一声惊呼：“你放手！”

众人循声望去，只见一个衣衫不整的少年正拉着翟将军挡在自己面前，他扬起一张鼻青脸肿的脸，渴望地看着翟如，仿佛终于找到了救星。

这人正是被追堵了几个时辰，被追到穷途末路的叶夕观。

“这个妹妹我见过的。”叶夕观喘息道，“我见过你，你是将军啊，我……我被人追杀了！我实在跑不动了，救我！”

月光微明，流萤绕着逐月居的朱色灯笼飞舞，穿着玄青衫子的青年从黑暗中缓缓走出来，纵使夜色很黑，也掩不住他周身的煞气。

于有杭抬起头来，一张清俊的脸黑得像挖过煤，头发也像鸡窝一般凌乱不堪。他突然从身上掏出一捆烟花，冲着叶夕观咬牙切齿道：“臭小子，你还敢放炮仗炸我，我要叫你知道什么叫作血债血还！”

“于管家！你冷静！”

“咻”的一声，逐月居前绽开一道道绚丽的烟花，将十里内照得灯火通明，惹得人们一阵欢呼。

火树银花不夜天。

宋之游披着单衣从皇宫深处眺望出去，只觉得京华城热闹非凡，是真实的人间。

这是暮夏的最后一点儿余热了吧。

第六章 铜钱巧遇

一

金吾禁夜，玉漏相催。

几个人一番折腾，竟把巡城的守卫引来了。还好有华棠和翟如打点，知道事情惹大了，两个斗得你死我活的冤家总算消停下来。

“你不是白晏？”

“我当然不是！我连白晏是谁都不知道！”叶夕观翘腿坐在椅子上，青肿的眯缝眼里闪过一丝不屑，对着于有杭指指自己，“你找人也忒瞎了点儿，你瞧瞧我这上好的样貌，他能有我这姿容？”

这……确实不敢跟叶小侯爷当前鼻青脸肿的尊容比。

“是没有……”众人一致摇头。

“我就说嘛，那白晏敢情还能美得跟个大姑娘似的？我看他那张脸，至多平平无奇。”

叶夕观面无表情地冷言道。见没人回应他，就向站在身边的白晏努了努嘴，十分想得到认同：“姑娘，你说是不是？”

白晏和叶夕观四目相对，脸上古井无波。

他揭开遮脸的面纱：“叶小侯爷，我就是白晏。”

叶夕观见鬼似的大叫一声，“刺溜”一下便缩在了凳子上，冲于有杭号道：“白晏怎么是个女的？”

白晏很平静，眼神却冷厉得很：“我只是长得像个大姑娘。”

华棠微笑解释：“白公子是男子，如假包换。”

云渺渺同情地拍了拍叶夕观的肩膀，接二连三地打脸，肯定很疼。

叶夕观崩溃了：“我明明算过了，在我有生之年，整个大徵只有晏一游二能胜过我，怎么又冒出来一个白晏？”

于有杭看着发癫的叶夕观，只觉得脑仁疼。虽然叶小侯爷神经异常有一部分是他的缘故，可他并不想对叶夕观负责，毕竟叶夕观的炮仗，差点儿把他的魂给炸没了。

“出去坐坐？”于有杭拍拍白晏的肩膀，虽是疑问的语气，神色却不容置疑。

白晏与于有杭对视，觉得如果此时拒绝于管家，怕是有当场暴毙的危险。

“好，去坐坐。”

两个人一前一后出来，于有杭二话不说爬上了屋顶。

白晏穿着不便，却也只能跟着，以至于爬上屋顶后，整个人满脸黑灰，狼狈不堪。

于有杭看见白晏狼狈的模样，有些解恨，一晚上的火气总算消了一半。

恢复温顺的于管家惯常端起苦口婆心的架势："你偷跑来京城的事，我不和你计较了，乖乖跟我回长乐郡吧。"

"我不是偷跑出来的，是身不由己出现在这里的。"白晏很坦诚。

"哼，身不由己，话倒是说得漂亮。"于有杭冷哼着，看向白晏的眼底却尽是关切，"既然不是你自愿的，明天我们就上路回府。"

"不行。"白晏看向于有杭，神色十分认真，"我不能走，也走不了。有人要取我性命，我若不做些什么，便只能坐以待毙。"

他说完，目光转向晦暗的星河，眼底升腾起熹微的亮光，郑重地说："我想活着。"

于有杭神情复杂，似乎有些妥协。半晌，只是叹着气将带来的药丸递给白晏："其他的我们再说，先把药吃了吧。"

"我没病。"白晏看了一眼药瓶，双手叠起躺在屋檐上，慵懒得像只猫，"况且，谁知道你是不是想把我迷晕了带走。"

"嘿，我这个暴脾气。"

于有杭一把扯过白晏，捏住他的脸颊，想把药丸塞进白晏的嘴里。他一副沉痛的表情："都说了，这药是我辛辛苦苦从府上带来的，你都吃了十年了！你若不吃又犯病了，我怎么向夫人交代？"

"没想到这么体面的俊公子，居然害了病。"

于有杭往下看，只见叶夕观一瘸一拐地走了出来，伸长脖子往上张望："可是什么疑难杂症？说出来我给你看看，保不准就给你治好了。"

叶夕观最爱钻研旁门左道，庞杂的医书没少看，而今竖着耳朵站在下面，脸上挂着一副跃跃欲试的表情。

于有杭正烦着呢："滚开。"

叶夕观好歹也是众星捧月的小侯爷，一张脸霎时气得通红，颤抖着手，指着屋檐上的于有杭，气愤道："你！你这个……"

话还没说完，云渺渺几个人便出来了，看到眼前的情景皆是一怔。

还是白晏先看出端倪，将于有杭的手一拍，从屋檐上爬了下来。他垂首看向云渺渺，问："怎么了？"

云渺渺蹙眉道："伯侯府知道叶小侯爷跑了，到处找不到，据说要寻到宫里去了，这下怕是要惊动宋之游了。”

华棠上前一步，面上虽然仍是微笑着的，神色却有些凝重：“若真闹到宋亲王处就不好收场了，当务之急还是要请小侯爷尽快回府。”

白晏沉声道：“那宫里那边？”

华棠将逐月居上等的花雕递给驱车而来的马夫，一边登车一边向白晏道：“看守拥长门的李望将军与我有过几面之缘，李将军好饮酒，我先行去打点一番，此处还拜托公子了。”

止火于沸前，华二小姐永远周道得快人一步。

“棠儿，夜寒风大，何苦你再去跑一遭？”翟如牵过马绳，皱了皱眉，对马车里的华棠伸手道，“快下来吧，那李望与我比较熟，我去就行。”

华棠却神秘一笑，眼梢微微挑起，月白的脸向叶夕观的方向轻轻一抬，冲翟如道：“你别去，此地还有一个大麻烦要靠你化解呢。”

翟如看向叶夕观的时候，叶夕观也在看她，翟如一愣：“他？伯侯府身手了得的家丁多了去，难道还要我把他押回府不成？”

“你卖伯侯府一个面子，将叶小侯爷安抚了送去，伯侯府自会感念。”华棠眼底闪过一丝调笑，“何况依你这脾性，若是哪天不当心犯了大事，也有伯侯府的免罪金牌救你一救不是？”

翟如眉峰一凛，严肃道：“说正经的。”

“那小侯爷于你有意。”华棠执着扇子，掩嘴一笑，不再看翟如，而是朝马夫道，“走吧。”

马车行了还没两步，她突然撩起帘子，冲发愣的时绿盈盈一笑：“绿儿姑娘。”

时绿回过神来，只见月色下美人笑靥轻俏。华棠对时绿伸手：“我府上有位先生，医术极好，说不定能医好你的脚，你可愿意跟我回府瞧瞧？”

时绿脸上挂起喜色，她看向云渺渺，欲言又止：“可是……渺渺。”

云渺渺眉眼弯弯，把时绿往华棠的马车上推，一边推一边说道：“华二小姐邀你呢，你就放心去吧，我打小跟着师父跑江湖，机灵得很，你不用担心我，过几天我再去找你。”

时绿于是登上华棠的马车，撩着帘子不舍地望了许久，这才放下帘来。

待华棠的马车走远了，白晏站在云渺渺的身后，清脆的声音从她的头顶传来。

“我怎么没看出来你哪里机灵？”

云渺渺下意识反问："不机灵吗？"

"还是……有些机灵的。"白晏垂下头，目光落在云渺渺小巧的鼻尖上，语气哄骗，"跟我在朱雀大街上见过的小猴子一样，聪明是聪明，只是还不太懂事。"

"我可懂事了！"云渺渺有些不服气，"我三岁就会帮师父洗衣服，五岁就会上山砍竹，七岁就能做一桌好菜，我哪里不懂事了？"

"这叫乖巧。"白晏无奈地笑着，抬手想要摸云渺渺的脑袋，却被她一个闪身躲了过去。他不生气，反而笑得更加畅快，"像华二小姐那样才叫知事懂事，你今日也领教过了。"

"哦……那……那我是不懂事。"

"可我……"

白晏盯着眼前垂头叹气的云渺渺，眼神一软，剩下的半句话还未说完，就被叶夕观"扑通"一个伏地行礼给生生打断了。

叶夕观拽着云渺渺的衣角，眉心一皱，神色异常郑重，端端正正地揖手道："云渺渺，我拜师礼都行了，你做我师父吧？

"你也知道我人送诨号'叶一根'，我认定的事情无论如何都不会改变。"

云渺渺心想，你这不是在威胁我吗？

"虽然伯侯府没权没势，但只要你当了我师父，无论需要我帮什么忙，我都会全力以赴，你要找师祖，我也可以帮你找！"

可二小姐已经在帮我找了……云渺渺不由得腹诽道。

"你先起来吧，我可不敢随便认徒弟，况且还是伯侯府的小侯爷。"云渺渺想要将叶夕观从地上拉起来，哪承想叶夕观跟屁股长在地上似的，怎么也挪不动。

云渺渺急了："你还扎根了不成？"

"你说，你要怎样才会收我为徒，教我纸戏术？你不说，我就不起来！"叶夕观索性盘膝坐在地上，当起了"钉子户"。

云渺渺犯了难，半晌，望着天上铜钱似的月亮灵机一动。

"我们纸戏一门学的是折纸化物的本领，祖师爷折纸裁纸用的是古钱，据说一来是招财进宝之意，二来是警醒弟子钱财如双刃之剑，切不可贪财忘本。所以就算纸戏师穷困潦倒，也断然不会折纸化钱去做欺瞒之事。"

白晏饶有兴趣地看着云渺渺，只见她眼底闪过一丝狡黠之色，接着道："说到这儿，就要提一提祖师爷的规矩了，小侯爷，我问你，你身上可有铜钱印记？"

铜钱印记？叶夕观自然没有，便摇了摇头。

云渺渺一摊手："祖师爷最重缘分，像我这种身上有铜钱印记的才能成为纸戏师，你若没有，那便是缘分不够。"

说完，她将乌发一绾，后颈上果然露出一枚浅红色的铜钱印记，外圆内方的形状正巧暗合天圆地方。

二

白晏的目光落在云渺渺的后颈，容色微沉，若有所思。

“祖师爷技法天成，肯定不会允许纸戏之法断绝。身怀铜钱印记的又有几个人？我就不信周师祖身上也有铜钱印记。”叶夕观眉目一紧，不服气地说。

云渺渺被叶夕观问得一愣：“师父身上确实没有铜钱印记。不过……”她想起什么似的，接着道，“师父拜师那天，天上下了铜钱雨，祖师爷说师父是招财进宝的命数，这才收了他。你若是也能让老天爷下铜钱雨，我便收你。”

叶夕观抬头望天。

只听“丁零”一声，一枚铜钱从天上掉了下来。

在场的人都傻了眼。

翟如抚着胸口：“风邪，今天的风真的邪。”

“云渺渺你看，老天都想让你收了我！”

云渺渺真想找个人收了叶夕观这个爱拜师的妖孽。

叶夕观喜上眉梢，连忙将师徒之事划分得泾渭分明：“以后所有和纸戏术有关的事情我都唤你师父，但除此以外，你还是要叫我小侯爷，毕竟我还要提防我那个古板的老爹。”

“臭小子！”

不用提防，收妖的人已经来了。

叶伯侯中气十足的一声号，叶夕观便像风中的小草一般抖三抖。他转过身，唇角在笑，眉眼却皱成一团：“爹……”

叶老爷二话不说，直接揪起叶夕观的耳朵，火冒三丈：“我古板？你还要提防着我？尊亲孝父的圣贤书你都读到狗肚子里去了？为了什么纸戏术，关着都敢往外跑，我看这一次要给你断水断粮你才老实！”

“侯爷。”翟如轻巧一揖，按住叶伯侯的手腕，“今日小侯爷闹出的动静是一桩误会，方才两位已经解释清楚了。另外，侯爷口中的纸戏术……翟如与二小姐今夜亲眼所见，当真感叹不已。小侯爷拜渺渺姑娘为师，未尝不是一件喜事。”

翟将军出面解释，又将纸戏术夸了一番，叶伯侯便再没有过于追究的道理。只是一想到孽障儿子无意功名，总是沉迷于旁门左道，就有些郁闷。

翟如似乎是明白叶伯侯的忧虑，看着叶夕观微微笑道：“侯爷，鸟飞兽走是天生的法则，人也有天分使然。有人善文，有人善武，以舞文弄墨之人治军，会军纪涣散，兵力衰弱；以穷兵黩武之人治国，又会消耗百姓，民心不稳。这说明，依据天分将每个人放在合适的位置上，才是对的。”

叶伯侯看向翟如，眼底闪过一丝诧异。

“小侯爷醉心于奇门遁甲之术未必是坏事，而追逐功名、博弈朝堂也未必是件好事。”翟如看了一眼叶夕观，抿唇微笑，“虽然此言有逾越之嫌，但翟如以为，小侯爷的平安喜乐才是最重要的。”

“翟将军。”叶夕观唤翟如。

翟如有些疑惑，以为他有什么重要的话要说，却见他眼底微光闪烁，最终没有开口。

“小侯爷。”翟如向叶夕观轻轻一揖，月色将她素白无瑕的脸映得剔透，她的一举一动，似乎牵动了漫天星河，“夜深了，回府吧。”

叶夕观一步三回头地踏上马车，末了不忘掀开帘子冲翟如挥手：“他日，来伯侯府做客啊！”

翟如立在夜风里，长发在风中飞舞，细碎流萤围绕着她，一切都在动，唯有她不动。她就那样长久地立着，既没有回答，也没有拒绝，一双眼染了秋水，目光在汩汩流动。

不知道怎的，她忽然想起华裳那句调笑。

“他于你有意的。”

翟如心下一窒，连忙拍拍脸，趁这脸皮还没什么动静，赶紧溜了。

逐月居前不一会儿就只剩下云渺渺、白晏和于有杭三人。

“走吧。”云渺渺和于有杭一人朝东，一人朝西，却同时出声。

一语落，两人面面相觑，气氛有点儿尴尬。

站在中间的白晏跟谁走，成了一个问题。

白晏没有犹豫，径自走到云渺渺身边。于有杭站在原地未动，声音里却是急恼：“白晏！”

云渺渺推推白晏，试探地问：“不然，你跟于管家回去？”

白晏挤挤云渺渺，坚定地道：“我不。”

于有杭拿白晏没办法，只能好言相劝：“你先过来，咱们聊聊。”

白晏慢腾腾地挪过去，站在一米开外：“你说。”

于有杭很是无奈：“你既然要留，我不强求，不过出于对你的安危考虑，下一次我再回京，你必须跟我走。”

白晏追问：“下一次是什么时候？”

于有杭沉吟：“多则一个月，少则十日。这次我手头的事情还没处理完就回来找你，那人怕是已经等急了，所以明天我必须走了。”

“那人？是什么人？”

“暂时还不能告诉你，等你恢复记忆，能够记起我，记起白晏，记起你吃了十年的药丸，我便会告诉你。”于有杭看着白晏，话中有话，可他终究欲言又止，只是将药丸递给白晏，“吃了吧，能保你一个月之内不会发病。若我……一个月内未曾回来接你，你一定要去长乐郡，那里可以帮助你找回一部分记忆。

白晏接过药丸，目光灼灼地看着于有杭，沉声问出心中一直以来的疑问。

“于管家，我究竟是谁？”

“你是小晏，从小抱着我要糖葫芦吃，央我教你学剑的小晏。”于有杭神色一软，拍拍他的肩膀，“在京城调查，千万记得要离皇宫远一些。宫里的人，无论是谁，都要万分留神，尤其是……不要和宋之游有交集。”

“于管家，一路平安。”白晏拍了拍于有杭搭在自己肩膀上的手，仰头将药丸吞下。

“你也一样，一定要平安。”

于有杭看着白晏吞下药丸，终于安下心来。云遮月隐间，他负手走向夜色最深处，黑暗中似是前路无卜。

喧闹的一晚临近末尾，蝉声都歇了下来，一切仿若凝滞。气息、心跳、血液的流动，都似乎慢了下来。除却安静，还有深深的困倦和低落。

可还好，因是两个人，尚能相互安慰。

“云渺渺，”白晏面上古井无波，“你方才是不想收留我吗？”

白晏对这件事尚有些记仇。

云渺渺听出了其中兴师问罪的架势，有些心虚，拿着那枚从天而降的铜板看月亮，仿佛还能再掉几个。

“丁零”一声，天上竟然又掉了一个！

今天真是走了狗屎运。

云渺渺见钱眼开，伸手去接，却没有接着。那铜板“滴溜溜”地滚了一路，直滚到一家宅邸外墙的狗洞旁才停住。

她于是伸手去捡，不知从哪里伸来一只胖乎乎的小脏手扯住了铜钱的另一边。两个人你拉我扯，谁都不愿意松手。

“这钱是我的！被乌鸦叼走才掉到外面的！”一个软糯的童声凶巴巴地道。

“你没看好，现在谁捡到就是谁的！”很小气的云渺渺如是道。

那小孩儿在墙内，云渺渺在墙外，两个人隔着一个狗洞争执，谁也不让谁。

半晌，小孩儿先松了口：“我们决一死战！猜正反，你猜对了归你，我猜对了归我！你等着，我爬出来！”

只听一阵窸窣作响，一个圆圆的屁股先从洞里撅了出来，扭了半天，似乎是被卡住了，小孩儿冲云渺渺命令道：“你拉我！”

云渺渺拽着那孩子的小胖腿一使劲儿，拽出了一个眉清目秀的小胖子。

那小胖子鼓着脸端着架子，连声“谢谢”也不道，便大大咧咧往地上一坐，两条小腿一叠一盘，伸手冲云渺渺说：“铜钱给我，我们来赌正反。”

云渺渺半信半疑地将铜钱递给小孩儿。那孩子老练地将铜钱往天上一抛，等铜钱落在手背上的一刹那，另一只小胖手连忙将它捂紧。

“猜吧，是正是反？”

“反面！”云渺渺沉吟半晌道。

小孩儿抬手，露出有星月纹的一面。他先是一怔，旋即飞快地将铜钱塞进自己的衣襟里，一边塞一边冲云渺渺伸手道：“你输啦！”

云渺渺盯着小胖子的肉手不解。

“哼，你发什么呆呢？另一枚铜钱也是我的，给我！”

愿赌服输，云渺渺只好恋恋不舍地将另一枚铜钱也递给眼前这个人小鬼大的孩子。

拿了钱，那小孩儿心满意足地扭头，又钻进了狗洞。

出师不利，云渺渺苦着脸蹲在地上画圈圈，白晏走近了，她闷声问白晏：“白晏，我们大徵的铜钱正面刻的是什么？”

“刻着‘通宝’二字。”

“反面呢？”

“刻着星月纹。”

这个小鬼头，居然敢骗她！

云渺渺不冷静了，转身也想往狗洞里钻，抓住那个扯谎不眨眼的小胖子狠揍一顿。

白晏对于云渺渺“私闯民宅”的行为很淡定，只饶有兴趣地垂眼看她。

云渺渺比画了半天，在发现自己根本钻不进狗洞后，颓然放弃了。

突然，天空中一道黑影掠过，竟然又有一枚铜钱掉了下来。

这么大的影子，断然不会是乌鸦了。云渺渺抬头看向黑影离去的方向，心下一紧，连忙追了上去。不知为何，她总觉得那黑影的身法和路数跟师父很像。她端详着手中的第三枚铜钱，竟从上面揩下一些纸粉来。

转过几道巷子，那黑影总算停了下来。夜色中，云渺渺只能依稀辨别黑衣人的轮廓，他缓缓将手抬起，手背朝上，手心向下。云渺渺仔细辨认着他手里的东西，不承想那黑影手指一松，一幅画像便倏然展开。

云渺渺认得，那是白晏画的师父画像。

“你要找周九问。”黑衣人缓缓出声，没想到竟然是个女子。她不是在问云渺渺，而是肯定的断言。

“你还要找慕容晏。”

云渺渺倏然抬眼，呼吸一窒。她来京城这些时日，除了白晏，怕是连时绿和叶夕观都不知道她来京的最初目的便是为了高额赏金、调查先帝之死和寻找失踪的帝师慕容晏。

眼前这个黑影，到底是什么人？

“我可以帮你。”那黑影道，“先帝暴毙，帝师失踪，却一直没有人能解开这个谜团，乃是因为先帝死于密室，寻常作案者插翅难逃……三日后，你再来此地，定能发现一些线索。”

“什么线索？”

“周九问和慕容晏的线索。”

“我师父……还有帝师，难道真的与先帝暴毙有关？”

“迷障需要你自己来解。”那黑影轻轻一笑，又跃入夜色之中，“如若有缘，还会再见。”

“前辈，你叫什么名字？”云渺渺追不上黑衣人，只能将手搭在嘴边，喊道。

“摇光。”那黑影一语落，彻底没入黑暗之中。

三

“摇光前辈那天要我三日后去找线索，不知道究竟是何用意。”

晨风习习，日光透过树荫的罅隙洒下，古树上的银杏叶剔透晶莹，仿佛河面微光下的锦鲤在游动。

白晏枕着手臂靠在银杏的老树干上，抬眸望天，天上云浪轻轻翻起。瞬间，有天河倒转之感。

京华城入秋的景致是极美的，云渺渺却无心赏景。她观察了一圈，发现神秘人要自己等候的地方正是曹府大院之外，那日月黑风高，她没能看清周围的环境。而今一瞧，发现那个人小鬼大的小包子钻的狗洞，竟然是曹府的侧院。

说到这曹府，也是有些来头，正是翰林院编修曹康大人的府邸。曹康大人少年不得志，直到年近花甲才被先帝重用，做了编修一职。不久前，先帝召他主持科考，本是大喜的事，却不料先帝蓦然驾崩，大徵百废待兴，今年的科举也就延后了。

说来也巧，先帝驾崩的当天，曹康也死了。

而今偌大的曹府没了主心骨，只剩下些老弱妇孺撑着曹府这个空架子。更有传言，先帝驾崩前最后见的，不仅有帝师慕容晏，还有一个人便是曹康。所以曹康死了没两天，大理寺便派了人，日日查守曹家，千方百计想要揪出点儿线索来。

这其中最勤快的，便是鸿临——鸿公公。

云渺渺想想就知道，鸿公公是帝师的人，若想找到慕容晏失踪的线索，从曹康这边下手准没错。

果然，天色刚刚明朗，一抬朱红大轿便将鸿公公抬了过来。

鸿公公拍了两下皂靴，扶着落稳的轿子拿腔捏调：“茶呢？”

旁边的小太监忙不迭地将茶盏奉上。

鸿公公被帝师惯坏了脾气，一盏玉山春茶是日日必吃。他一边吃茶一边啧啧感叹：“晏公子送咱家的这茶眼看就吃见底了，咱家却仍然找不到公子……真是令人伤怀。”

他望着天空，两眼微湿：“公子啊，你到底在哪里啊？”

“这位鸿公公，我看着有些眼熟。”白晏倚着树干侧首望去，说道。

“你见过鸿公公？”云渺渺有些讶异，因为宋之游巡城那日，白晏并不在。

果然，白晏冲她微微笑道：“不曾见过，只是觉得这鸿公公很面善。”

鸿公公搁下茶盏，瘦长的手从衣襟里一摸，便摸出两个反射着粼粼光泽的小东西。云渺渺和白晏躲在一旁，虽然离他有些距离，但也足以将一切瞧个大概。

那闪烁着耀眼光泽的东西，似乎是一副耳坠。

鸿公公看着那副耳坠，眼底的湿意没了，神情也变成了满意的喜色。他喃喃自语道："方才走得急，咱家还没仔细看这对珍珠坠子，而今瞧来果然是巧夺天工，光彩逼人。"

"小林子。"他冲身侧的一个小太监努努嘴，沉浸在自己的世界里，"你说眉娘会不会喜欢它？"

"会会！鸿总管挑的东西，眉娘怎么会不喜欢？"小太监狗腿道。

咦？又是眉娘？

云渺渺觉得这个名字十分耳熟，却怎么也想不起来在哪里听过。

"燕叔的心上人，也叫作眉娘。"

经白晏提醒，云渺渺想起来了，那日在乌衣巷外，燕叔想要送给眉娘金钗，谁料被宋之游借花献佛。

燕叔和鸿总管都想给眉娘送金玉宝石，看来两个人是情敌了，难怪巡游那日水火不容。鸿公公听闻小太监一顿吹捧，很是受用，将耳坠往袖筒里一揣，气定神闲地等曹府的小厮开门迎查。

谁料曹府的门一开，却不是迎鸿公公进去的。七八个仆役搬了长梯和白纸灯笼，将曹府大门挂得一片缟素。看着灯笼上硕大的"奠"字，云渺渺心下一紧。

曹老爷刚去世不久，曹府竟然又出了人命。

有人在鸿公公耳边低语，云渺渺听了个大概，好像是曹府的长夫人害病死了。鸿公公听完，点点头，给了曹府家丁一包银子，又朝轿夫摆了摆手，跨上朱红大轿走了。

死者为大，不宜查案。

云渺渺看鸿公公递银子给曹府家丁，感叹道，鸿公公倒是个善良的人。

白晏摊了摊手："线索应该是没了，你打算怎么办？"

那日唤作"摇光"的神秘人叫云渺渺来此等候，不知道究竟要她找什么线索。云渺渺也是云里雾里，只觉得此番毫无收获，心下失落。

"走吧，起得这么早，我肚子都饿了，请你吃面。"云渺渺拽起白晏的袖子就往街角走，她皱着鼻头嗅一嗅，便循着香味找到了一家刚开张的面摊。她心下一喜，刚想走向面摊，余光却突然瞟到一团白色的东西，一个胖墩墩的小孩儿从墙角狗洞里费力地挤了出来。

云渺渺盯着他脏兮兮的小脸看了三秒，惊呼道："小骗子！"

那小孩儿见了云渺渺，也愣了三秒："大呆子？"

那日狗洞交手，今日狗洞巧遇，实在是冤家路窄。

云渺渺看着小胖子的装束，一身短打的粗布麻衣，从头到脚皆是素白。她心里"咯噔"一声，蹲下身问道："你怎么又爬出来了？"

小胖子总算找到了一个可以倾诉的人，眼泪喷涌而出，可语气依旧凶巴巴的："我娘死了，他们……他们现在让我认赵姨娘当娘，我不愿意，所以我要离家出走！让他们再也找不到我！"

"你娘是谁？"白晏也蹲在小胖子面前，认真地看着他。

"我娘是傅嬛，我爹是曹康。"小胖子挺直脊背，"我是曹小方，是爹唯一的儿子！"

白晏听完，轻轻捏住他的嘴。曹小方咕哝着，狠狠瞪着眼前的人，胖短的小胳膊小腿却够不到白晏。

"出门在外不能随随便便告诉别人你的身世，如果有坏人要抓你、拐卖你，可没人来救你。"

曹小方的眼底闪过一丝恐惧，白晏顺势放开了他，摸摸他的脑袋粲然一笑："当然，我们不是坏人，坏人是不会跟你赌正反的。"

云渺渺顺着白晏的话吓唬曹小方："坏人会直接把钱抢走，再揍你一顿的！"

"既然你们是好人，那……能不能帮帮我？"曹小方忽然不聒噪了，低下头问。

白晏和云渺渺对视一眼："你说，要我们帮什么？"

"大家都说娘是害急病死的，可我不相信，娘昨日还做了糖酥给我吃，怎么会突然病死呢？"

"所以……"云渺渺心神一紧。

"我觉得是有人害死了娘，请你们帮我找出害死娘的凶手！"曹小方咬牙跺脚道，末了，他拉过云渺渺的手，将两枚铜钱塞给她，嗫嚅道，"这是酬劳，不够……不够的话，我再把娘做的荷花灯送给你。"

白晏侧首看着发愣的云渺渺，冲曹小方微微一笑："两枚铜钱刚刚好呢，是不是？"

"嗯！刚刚好。"

曹小方的眼底腾起一团亮光。

第七章 谜团初现

一

第二天傍晚，云渺渺和白晏与曹小方约定好在曹家后院见面。

大抵是因为曹夫人去世，曹家巡夜的人少了许多。白幡在夜风中飘扬，看得人心下寂寂。两个人等到天色微暗，可到了约定的时间，曹小方还是没有来。

云渺渺蹲下身子看着狗洞，一时间，竟然有些担忧。想到曹小方口中穷凶极恶的赵姨娘，不知道他能不能顺利前来。

“白晏你说，大户人家的孩子如果爹娘死了，能过得好吗？”她闷声问白晏。

白晏摇摇头，回答道：“或许表面上锦衣玉食，但痛失双亲的滋味和寻常人别无二致。何况曹小方又身在曹家，曹老爷膝下只有他一个儿子。谁能抚养曹小方，就相当于拥有曹家偌大的家业，所以，曹小方以后的路注定是难走的了。”

云渺渺听言，若有所思。夕阳如同堂前飞燕，不经意间就爬上墙头，将墙上的瓦片染得锃亮。可不知怎的，有一束光总是调皮地晃她的眼睛。

她抬手遮眼望去，发现曹小方正趴在墙头，手里拿着一枚铜钱，折射着夕阳的光芒。

“喂！跟我来。”他向云渺渺招招手，比画了一个方向。

云渺渺和白晏对视一眼，连忙跟了上去。

曹小方在墙头上晃悠着身子走得飞快，一看就是平日里调皮惯了。他敏捷的身子往墙外一探，冲云渺渺咧嘴道：“进来吧。”

眼前是一扇破旧的侧门，杂草丛生，红木门一推，全是灰尘，里面是很久无人居住的院落。

云渺渺和白晏两个人顺着破洞钻入院落，发现曹小方已经在前面等他们了。

“咦？曹府怎么会有这么破的院落？”

曹小方叼着狗尾巴草道：“爹又不是什么大贪官，哪有钱翻修这没人住的院落？”

云渺渺唏嘘道：“之前也听闻百姓们讲曹康大人是个好官。”

曹小方垂下头不说话了，似乎又陷入丧父失母的悲痛中。

白晏上前两步拍拍曹小方的肩膀，安慰道：“曹大人肯定对你这个唯一的儿子寄予了很大期望，小方，你也可以同曹大人一样。”

曹小方捏着拳头：“我希望自己成为一个大捕快，能够除暴安良，查清天下悬案。爹爹也是这样希望的。”

“那么今天便是小方捕快的第一桩案件，说说吧，你要带我们去哪儿？”

曹小方指向前方，眼神里闪过一丝光："我们先去娘的房间，看看能不能发现些什么。"

曹府的家眷今日都在正厅迎客吊唁，仆人们也忙里忙外，没人看到曹小方一行人偷偷溜进了傅嬛的房间。

"娘被发现的时候，就是躺在这里。"曹小方走近美人榻，用手轻轻抚摸着，"娘躺在这里，捂着嘴巴，好像看到了什么可怕的怪物，我后来见仵作走进赵姨娘的房间，跟赵姨娘说娘是中毒而死的。"

"爹娘都死了，曹家本就是由赵姨娘来主持公道，可那个可恶的赵姨娘，听了仵作的话，还是对外宣称娘死于急病，不派人去追查凶手！"

白晏和云渺渺对视一眼，对赵姨娘的怀疑心照不宣。

"那一定有用毒的人了？"云渺渺猜测道。

"仵作说那剧毒顷刻就能要人命，可娘的屋子自始至终都没有来过人，那天丫鬟小厮们也都在，没人能从这里逃出去，谁能下毒呢？"

"这就奇怪了。"白晏摩挲着下巴道。

傅嬛的屋子三面为墙，窗户完整，一扇大门紧闭，倘若有人来，确实没有可能从这里离开。那么毒从哪里来？下毒的人又是谁呢？

问题有些棘手。

"我们先检查一下屋子，看有没有漏掉的线索。"白晏提议。

三个人分头行动，开始仔细翻找傅嬛的房间，可片刻以后，除了扬起不少灰尘，毫无头绪。

云渺渺翻着桌案，无意中碰掉了旁边的木质镇尺。

镇尺"啪"的一声掉落在地，吸引了另外两个人的注意。云渺渺捡起来细细查看，只见那镇尺上刻着一行小字：**一钟见幽平**。

云渺渺摩挲着镇尺上凸起的小字，冲曹小方道："你娘真是个雅致的人。"

曹小方接过镇尺，眉间凝着疑惑："我记得以前没见过娘有这东西。"

白晏垂头看云渺渺："还有一只呢？"

镇尺原有一对，可是傅嬛的桌案上只有一只。

"另一只镇尺不知道放到哪里去了。"云渺渺找不到另一只镇尺，便作罢了，她仰头问白晏，"白晏，'一钟见幽平'，你知道这句诗吗？"

白晏的眼睛在桌面上扫视，似乎很不相信云渺渺的眼神，非要将另一只镇尺找出来才行。他边找边随意答道："我不知道，世上那么多诗，我哪能个个都知道？"

云渺渺接着问："你不是很聪明吗？小时候应该背过不少诗才对。"

白晏闻言，微微眯起眼睛，似乎在回忆，可回忆了没多久就扶着额，似是头痛："确实背过不少，我恍惚记得，我七岁前都是在书屋里度过的，儿时贪玩，先生会打手板，我挨了不少下，然后就乖了。"

曹小方似乎找到了共鸣："我的教书先生也爱打我手板，但我就要跟他死磕到底，什么'之乎者也'，我就不信当大捕快能用得上这些。"

白晏笑了笑，似乎又想起了一些："先生那时边打我边对我说，如果我不成器，我爹娘一辈子都不会回头来看我一眼。"

那些模糊而又久远的记忆，在今日忽然涌入白晏的脑海，他一直觉得自己忘记了很多，不知道自己到底是谁，也不知道除了于有杭，自己还有什么值得信任的家人，他一度想要回忆起，可当今日忽然忆起这一小段过往后，他又一度陷入深深的痛苦之中。

童年就像是一潭看不见尽头的黑水，他被裹挟在浪涛中，感受到没顶般的窒息。

白晏的手指是冰凉的，他的身子也在微不可察地颤抖。

冷眼，苦药，打骂，禁足。

一瞬间，许多片段走马灯似的急速在他眼前闪过，他记不清细节，更不明白记忆间的承接，只知道光是感受着，就会让他陷入无边无际的恐惧中。

"白晏？"

一个轻灵的声音穿透沉重的阴霾，将他的思绪拉回现实。

他冰凉的手指感受到柔软的温度，低下头，那温度来自云渺渺的手心。

云渺渺与白晏对视一眼，目光倏然弹开，她搓着自己的手偏头道："我看你刚才的模样太可怕，半天都不说话，才去拽你的。"

曹小方抱着镇尺在一旁多嘴道："对，很吓人。"

白晏笑了笑，仿佛春风化物："来，我们继续说这首诗。"

云渺渺和曹小方认真地看着他。

白晏依旧挂着笑："我方才仔仔细细想过了，这句诗我当真从未见过。"

云渺渺无语。

白晏话头倏然一转："但我方才见过的一样东西，让我觉得很奇怪。"

说完，他转向曹小方，问："曹夫人可曾养猫？"

曹小方点了点头："对，娘有一只猫，那猫很是温驯亲人。"

"那猫现在去哪里了？"

曹小方一怔："自从娘死后，有段时间没有见过它了。"

云渺渺疑惑地问："白晏，你是怎么知道曹夫人养猫的？"

白晏拉过云渺渺，点了火折子凑近地面，发现地面上有许多梅花似的脚印，俨然就是猫的爪印。只不过，那爪印有点儿奇怪，似乎是踩了一些颜料，脏兮兮的黑色里带着几缕朱红。

可从曹夫人的案头来看，她并不是一个喜欢舞文弄墨的人。刚才几人翻遍了曹夫人的房间，也没发现作画用的颜料。

那这颜色是从哪里来的呢？

"小方，那猫除了曹夫人的房间，可还喜欢去其他房间？"

曹小方明白白晏的意思，他是想知道那猫是从哪里沾上的颜料。可曹小方只是摇了摇头："我们曹家只有爹喜欢作画，颜料也只有爹的书房才有，那里平日是一处禁地，非召不得去。爹向来整洁认真，小厮们都很谨慎，不会让猫溜进去的。"

既然如此，那这猫爪上的颜料肯定有别的来处。

白晏拿着火折子顺着猫爪印细细看去，突然觉得门槛上的黑灰有些多了，似乎不是多日未清理积的灰，倒像是焚烧了什么一样，他还想再仔细查看，就被云渺渺的一声低呼打断。

"白晏，你快看这里！"

云渺渺闪开身子，指着美人榻上的印记："我似乎知道猫爪印里的朱红色是什么了。"

美人榻本就是红木雕琢，上面旋纹极多，若不仔细看，当真不会发现那处印记。可循着猫爪印仔细找来，那猫确实上过美人榻，而且，还犯了案。

老红木扶手的背漆掉了三道，以间距来看，确实是猫爪子的大小。更令人笃定无疑的是那三道脱漆的地方，都沾着些许黑色和朱红。

丝丝吻合。

"那日仵作来验尸，可曾说过曹夫人的身上有被猫抓伤？"云渺渺转向曹小方，急切道。

"那日我被拦在门外，只听到了一星半点儿，仵作说娘是中毒而死的，不过我后来偷偷跑去看娘的时候，发现娘的手臂上似乎有几道抓痕，估计是前些日子被猫不小心抓伤的。”

“不对，那猫不是不小心抓伤曹夫人的。”白晏摇摇头，“以红木上的三道爪印来看，那猫当时必然是发了狂，所以才有那样大的力道，刺破人皮肉的同时又在红木上留下血印。”

云渺渺的猜想被白晏证实，心下不寒而栗。

那朱红色，就是曹夫人受伤后流的血。

二

“这……这说明？”曹小方似乎察觉到了什么，他盯着白晏，呼吸急促。

“这说明，那猫有问题。”白晏微微蹙眉，抚摸着美人榻道，“你方才说，那只猫很是温驯亲人，如此发狂必然是受了刺激，或许，是受了有心人的算计。”

“你是说……”

白晏看着曹小方紧张的眼神，微微叹气：“这只失踪的猫，怕是造成曹夫人身亡的凶手。”

闻言，曹小方的眼里蓄起泪水，他抱着头往后退，低声哭道：“我不信娘是被猫害死的，我还要找凶手呢，你骗我！”

“我没有骗你。”白晏看着眼前的孩子，神色微微动容，耐心劝道，“凶手的背后还有真凶，你若不振作，真凶是永远找不出来的。”

曹小方抹了抹眼泪，似乎将他的话听了进去：“好，我听你的。”

白晏弯眉轻笑，一双眉目在黑暗中闪着熠熠光泽，就好像白月光幻化成的影子，温和而明亮。在这黑而寂静的夜色下，在这悬念丛生的空屋中，让人不自觉地想向他伸出手，捧住一星光芒。

云渺渺看着白晏，觉得心下暖意丛生。

“当务之急，先将另外一只镇尺找回来吧。”白晏将火折子递给曹小方，“那只猫估计已经逃走了，我们等下出去再找。”

曹小方点点头，钻到床底下去捡镇尺，哪承想，他刚将镇尺捡出来，伸手又拽出一团毛茸茸的东西。

“你们看！我在床下发现了什么！”曹小方惊呼道。

云渺渺看见那团东西，吓了一跳。

那团毛茸茸的东西不是别的，正是那只走失的猫，看样子已经没了生气，不知道在床下待了多久。

曹小方瞥见猫爪上的黑灰，想凑过去看仔细，却被云渺渺一把拉住：“别碰爪子，小心有毒。”

白晏闻声，看向云渺渺，眼底的一丝诧异渐渐转为赞许。

云渺渺见白晏不答话，知道是在考她，便指着猫总结起来：“之前听闻曹夫人亡故得蹊跷，是因为夫人的房间如同密室，凶手下毒后插翅难逃，但是大家忽略了一点，那就是行凶者有可能不是人。

“真凶在猫爪上淬了毒，又给猫喂下致使其发狂的草药。这样，唯一与猫亲近的曹夫人必然会受伤流血。那剧毒致人毙命，而猫也在抓伤曹夫人后，因为发狂而受伤，又因为染了剧毒，没多久就在床下毙命，所以一度造成了密室作案的假象。”

白晏点点头：“不错，真凶便是在猫爪上淬毒的人，而知道曹夫人养猫，也有机会作案的，必然是曹府的人。我们只需找到那个私藏剧毒的人，便能抓住真凶了。”

云渺渺蹲下身子，掏出一个小瓷瓶，将猫爪尖上的粉末尽数装进瓷瓶里。不过除了一些白色的毒粉，那些黑灰反而引起了她的疑惑。

方才已经分析捋顺了整个事件，可总有一环让云渺渺觉得衔接不上，那就是猫爪上的黑灰究竟是什么？

白晏蹲在云渺渺身旁，也看着那些黑灰发声道：“我看着有些熟悉，但是说不出到底是什么。”

曹小方靠着窗，突然对两人做了个噤声的手势：“嘘，有人来了。”

原来是两个曹府的丫鬟。她们正端着水盆从傅嬛的门前走过，纵然压低了声音，可屋内的人还是能听清她们说了些什么。

“你听说了吗？老爷和夫人走得十分离奇，据说连临终时的样子都一模一样。”一个丫鬟压低声音道。

“不是说，老爷和夫人都是害了急病死的？”

其中那个机灵点儿的丫鬟嗤道：“那都是对外人说的，谁知道真相到底是什么啊？我看啊，老爷的死不简单。”

另一个丫鬟啐道：“快别瞎说了，就你多嘴，咱们下人只管拿钱做事便好，曹老爷是个好官，行端立正，还能有仇家不成？”

“大人老爷们的事，我们怎么知道呢？你看大理寺日日来咱们曹府查证据，据说就是因为老爷和先帝的死有关。咱们老爷啊，是先帝召见的最后一个人。”

两个丫鬟你一言我一语渐渐走远，曹小方看向白晏，发现白晏的手指正轻轻敲着那块镇尺，抚摸着上面的“一钟见幽平”，若有所思。

“接下来，我们去赵姨娘房里找找证据。”云渺渺拍拍曹小方的肩膀，“你来带路。”

白晏放下镇尺，旋即跟了上来。

天色已晚，前来吊唁的宾客已经七七八八地散去了，赵姨娘还在前厅招待几个朝中的贵人，一时半会儿还不见回房。忙了一天，曹府的仆从们都有些散漫，一个个靠着墙头打起了瞌睡，稍不注意，就让曹小方一行人溜进了赵姨娘的房中。

白晏撑着窗，正将云渺渺往屋里拉，先一步进来的曹小方已经迫不及待地翻箱倒柜起来。

他噙着泪，咬着牙，恶狠狠地念念有词："都是你这个恶毒的女人害死了娘，我一定要将你绳之以法，千刀万剐，还我娘命来！"

白晏按住曹小方的肩膀，温和道："现在还不知道是不是赵姨娘所为，你也听到丫鬟们的说辞了，曹老爷和曹夫人的死还有很多疑团。"

"是她！她平日里对我的好都是伪装出来的，她其实就想要娘死，然后掌管曹家。"曹小方的一张小脸憋得通红，泪眼之上的眉峰拧起，"爹死的时候，娘遣散了许多家眷，可赵姨娘就是不愿意走，非要待在曹家，说什么与娘共风雨，分明就是虚与委蛇！"

"小方，无论如何，曹府是你的家，你还要在这里生活十年、二十年，千万不要让仇恨蒙蔽了双眼。"

曹小方不过是一个十岁不到的孩子，如今爹娘双亡，偌大的曹家风雨飘摇，他尚且无力支撑，那么仅有的依靠说不定便是赵姨娘。就算赵姨娘在谋算曹府，曹小方也必然是安全的，赵姨娘一个外姓人，需要依靠曹小方，才能名正言顺地坐稳家主之位。

可这样一只遭受变故、命运多舛的雏鸟，如何能让他接受鸠占鹊巢、寄人篱下的现实？

云渺渺也察觉到了白晏的想法，蹲下身来安抚曹小方："君子报仇，十年不晚。我们先把真相找出来，再还老爷夫人一个公道。"

曹小方狠狠抹了两下鼻涕，点点头。

三个人分头行动，不一会儿，云渺渺便在赵姨娘的妆奁里找到了一小包粉末。她没有声张，只是走到窗边，借着浅浅的月光耐心比对着。

师父行走江湖惯了，算是半个江湖郎中，药也抓，毒也制。她自小跟着师父没少认过毒，这世间沾血即化的毒有两种，一种是封喉散，一种是消石散。

封喉散取自南海神树，见血封喉，因奇货可居，一毒值千金，在居于北地的京华城是不常见的。相反，消石散便常见许多，毒性也较弱，只有对寻常形体娇小的动物有效，人有时往往要连续染毒三日才会身亡。

云渺渺比对一番，曹夫人处的毒与赵姨娘处的毒别无二致。只是，看着似乎不是封喉散，而是消石散。

“怎么样？”白晏不知何时站在了云渺渺的身后，轻声问。

云渺渺紧张地看了一眼屋子那头还在翻找的曹小方，发现曹小方并没有注意到自己后，才松了一口气，连忙将毒粉藏在衣襟里。

白晏看着她那一套行云流水般的动作，挑了挑眉梢。

“我比对过了，赵姨娘给曹夫人用的毒应该是消石散，只是被猫抓伤一次，是不会直接毙命的。”云渺渺面色微沉，低声道。

白晏显然也知道这种毒，一时沉吟：“曹夫人的死果然没那么简单。”

“所以，暂时不要告诉小方赵姨娘用消石散的事情……”云渺渺看到今夜曹小方的样子，有些放不下心，“赵姨娘应该是有心投毒，但致使曹夫人毙命的真凶还在别处……或许和那些黑灰有关。”

白晏闻言摇头：“可赵姨娘的屋子里并没有那种黑灰。”

“你们找得怎么样了？”曹小方找了半天依旧毫无头绪，见白晏与云渺渺聚在一起，便凑上来问。

“没……我们也没找到什么。”云渺渺不习惯说谎，以至于一向伶牙俐齿的她此时说话有些笨拙，她笑了笑，“算时间赵姨娘应该快回来了，我们先出去吧。”

三个人点点头，打算还是从窗扇翻出去。

哪承想曹小方一开窗，就直直碰上了一个曹府的小厮。

三

那小厮的眼角刻着一道伤疤，原本用发丝遮着，可他面上微怔，神情惊讶，发丝就再也挡不住疤痕了。

虽然三个人都做过最坏的打算，可没想到竟真的与曹府的人狭路相逢，撞了个正着。

云渺渺和白晏躲在赵姨娘房间窗户的两侧，剩下曹小方跨着窗户，进也不是出也不是。

“少爷，你这是？”还是那小厮先出声问道。

“我……”曹小方嘟囔半晌，肉手一拍道，“我来找赵姨娘。”

“赵姨娘在前厅待客呢，少爷你又不是不知道。”小厮不留情面地戳穿了曹小方，“何况，你来找赵姨娘，从大门进就行，干吗要翻窗呢？”

曹小方被问得一怔，旋即换上一副气急败坏的神情：“那门闩我够不着不行吗？曹家是我家，我想翻窗就翻窗，你管我！”

跋扈，真是跋扈。

那小厮想必是新来的，不曾领教过曹家小少爷天不怕地不怕的气势。而今被曹小方这么一唬，半天不敢出声。

“你带我去找赵姨娘，快点儿蹲在地上，我下不来了！”曹小方骑在窗户上，仿佛骑着一匹高头大马，手一挥冲那刀疤脸的小厮命令道。

那小厮疑惑地蹲下身，曹小方敦实的身体便顺势往他背上一跳，这个不结实的“脚凳子”顿时就被压趴在地上。

“少爷，您该减肥了……”

“要你多嘴，我长得胖也是我的本事，看看你那瘦身板，该多锻炼才是。”

小厮无奈地说：“行吧……”

曹小方就这样咋咋呼呼地将小厮引远了，直到两个人的声音都听不见了，云渺渺才敢探出头来，往外面张望。

“你不是号称闯荡江湖多年吗？怎么这点儿小风小浪就把你吓住了？”

知道白晏是在说自己，云渺渺红着脸反驳道：“不瞒您说，这等偷鸡摸狗的事情我还是第一次做。”

似乎有点儿道理。

白晏先一步翻出窗外，看得云渺渺心下一惊：“你小心，别又碰见人了。”

他回身一笑，月色晕染着他的眉目和白衣，一时间风卷衣袂，仿若谪仙。他冲云渺渺伸手："既然你不曾做过这等偷鸡摸狗之事，那便跟好老大我吧。"

"你不是画师吗？"

"是啊，但你想，仙境似的美景在何处？"

"欸？山川河流，日月星辰，处处都是美景啊！"

"此言差矣。那些不过是寻常美景，仙境之景在一般人去不得的地方。"白晏神秘兮兮地说，"比如，宫闱深处的桂花和月亮。"

云渺渺瞪大眼："你还偷跑进皇宫？不要命了？"

白晏拉过云渺渺，两个人站在曹府的竹林后。晚风飒飒而过，竹叶摇落许多露珠，珠子比流萤冷，一颗颗，一粒粒，不招不惹便滚了一身。

云渺渺却不觉得冷，她的手被白晏握着，能感受到他掌心的温度。

"我依稀记得我去过皇宫，那里有一株四人合抱的桂树，树梢住着一窝喜鹊，月亮很圆也很白，像是御膳里的糖水团子。"白晏望着月色出神，"但我也不知道那是不是真的。"

云渺渺闭着眼睛想象，觉得有那么高大的桂树，又有糖水团子似的月亮可赏，真的算是仙境之景。

"那你下次再去皇宫画月亮，带上我呗。"

白晏瞟了她一眼："再议。"

云渺渺"哦"了一声。

云渺渺和白晏二人一前一后在曹府的小路上走着，许是曹夫人之前遣散了很多仆役，现在只有几个零星的守卫抱着剑打盹儿。

两人原本想再查查线索，无奈曹小方已经走了，曹府的院落建筑他们不熟，于是云渺渺提议今日先到此为止，等过段时间有头绪了再来调查。

白晏点点头，两个人回身正要找来时的路，未承想，一回身又碰见方才那个刀疤脸的小厮。那小厮应该是已经跟了他们一会儿了，见两人蓦然回身，神色有些诧异，却没有叫喊出声。

云渺渺已经伸手去摸纸片了，没想到刀疤脸开口便是示好。

"你们想出去吗？往那边走。"刀疤脸伸手指了指黑漆漆的右边，见云渺渺戒备的模样补充道，"是小少爷让我送你们出去的。"

曹小方没有跟来，想必是已经到赵姨娘那里去了，这小厮若是曹小方授意前来，大抵能说得通。

“多谢。”白晏向那小厮道，“不劳烦相送了，我们自己出去便好。”

那小厮点点头，悄无声息地又退回到夜色中。

云渺渺抬着食指敲着脑袋：“总觉得这个人有点儿怪。”

白晏沉声道：“先往那边走吧，路上留点儿心。”

两个人往前走了不过半炷香的时间，只见眼前火光闪烁，隐隐飘来几缕肉香。晚上看不太清，云渺渺便踮脚看，一个不慎，踩断了地上的枯枝，十几道目光便倏然转到他们身上。

此时此刻，曹府的卫兵正在此地开小灶，没想到撞上两个闯入府中的陌生人，一片齐刷刷的抽刀声响起，卫兵们不由分说便打算将两人捉拿处置。

那曹府的卫兵头头将鸡腿一丢，油嘴一抹：“抓！”

白晏拉着云渺渺：“跑！”

云渺渺跌跌撞撞地往前跑，跟着白晏拐了几个弯，见眼前有一道门没有上锁，顾不上细看便钻了进去。所幸房间里没有灯火，应该是安全的。

“咦？人呢，哪儿去了？”

“不然别追了，你也不看看这是哪儿了。”

“那位知道了怕是又要怪罪了，现在老爷夫人的房间都是禁地，这边咱还是躲远点儿为妙。”

卫兵手里的火光渐渐熄灭，脚步声也听不见了。白晏和云渺渺背靠着门扉，听完卫兵的话，不约而同地环顾房内。

房间里陈设古朴，红木架上书卷百册，青花斜纹瓶里插着的一枝兰花已然衰败，可幽香还是浅浅传来。

“那人”指的怕是赵姨娘，而这里应该就是曹老爷的书房了。

白晏起身，想要拍拍衣衫，不承想一抬手，指尖尽是漆黑之色。他向身后的门槛望去，果然看到了和曹夫人房间中一模一样的黑灰。

黑灰都在门槛处，不同的是，在曹夫人的房间里他们认不出这黑灰是何物，而在曹老爷的房间里却可以看得一清二楚。

那团黑灰掺杂着一些白色，云渺渺小心翼翼地将白色部分分离，待看清分离出的东西时，两人皆倒吸一口冷气。

若是别人看见了，大抵会以为这不过是纸灰。

可云渺渺很清楚，那白色的部分是一片未烧干净的纸，循着蜿蜒的纸头看上去，应该是一条蛇尾。上面花纹遍布，还是一条身含剧毒的毒蛇。

有人在曹府用了纸戏术。

会是谁？他到底与曹氏夫妇的死有什么关系？

“这是……纸戏术？”白晏难以置信地问。

云渺渺万分艰难地点了点头：“嗯。”

纸戏术本就是冷门技法，祖师爷收徒懒散，到了师父这一辈，云渺渺连师伯师叔为何人都不知道。可就是这么稀奇的纸戏师，一个失踪了许久，一个就在曹府查案，还会有谁呢？

“你师父……会不会……”

“不会的，我师父就是一介好吃懒做的乡野村夫。就算暂时失踪了，也肯定是去别处寻欢作乐了。再说，他与曹家素昧平生，总不会出手害人家。”云渺渺素来尊师重道，连忙为师父辩解。

白晏在书房中来回踱步，串联着已知的线索。他让云渺渺将方才收好的两处的毒粉拿出来，然后揩了一点儿在食指上，沉声问：“你方才说，这两处的毒粉性状一致，都是消石散，不会令人顷刻毙命，是不是？”

云渺渺皱了眉，扯过帕子连忙擦白晏的手，嗔道：“是是，这消石散虽然没有见血封喉的功效，可到底是毒药，你别以为它一时半会儿毒不死人就乱摸，快擦掉！”

白晏垂眸，接过帕子冲云渺渺道：“你还记不记得，在曹夫人房间外，我们听到了两个丫鬟的对话？”

“嗯嗯。”云渺渺点了点头，“她们说曹氏夫妇临终前都是‘看着虚空，嘴巴大张着，仿佛看到了什么了不得的东西’。”

“不错。”白晏将手指上的最后一点儿毒粉揩掉，站起身来。

“你……你是说？”

“你还记得我们在曹府见到的两处黑灰吗？那是纸片燃烧后产生的。”

云渺渺突然明白了白晏的意思，急切道：“你是说，烟？”

“不错，因为入秋御寒的缘故，曹氏夫妇的房间密闭得十分良好。而此时，如果想要操控纸蛇而不被察觉，最好的方式便是借助烟雾造势。依曹氏夫妇的死状来看，有人用纸戏术幻化出毒蛇攻击他们，那纸蛇燃烧后凭借烟雾效果放大数倍，已是骇人。若我猜得没错，这烟雾还有致幻的效果，曹氏夫妇仓皇之余，又吸入不少烟雾，导致二人沉溺眼前的假象，以为蛇由口入，自己被蛇毒所侵，必死无疑，所以顷刻间暴毙。”白晏目光渐冷，“这个凶手本想一举两得，在营造曹氏夫妇无故暴毙假象的同时，焚烧纸蛇消除证据，不承想纸蛇未能燃烧干净，反倒落了把柄。所以，曹氏夫妇都是被纸戏术所害，而那心怀叵测的赵姨娘只是恰好投毒，混淆视听罢了。”

“可听小方说，那日的仵作亲口对赵姨娘说曹夫人死于中毒，他为什么要这样讲？”云渺渺忽然一惊，“难道，那仵作才是真正的凶手？”

白晏沉吟，那仵作明显在说谎，肯定有问题，但凶手真的是他吗？如果是他，他为什么要这样做？

虽然明白了曹老爷和曹夫人的真正死因，可线索到这里还是断了。

云渺渺有些烦心，似乎十几年来心中搭建的围墙倏然崩塌，外界的险恶被一层层剥离，她终于看清楚了，却也因此难过。

她站在曹康的桌案前，实在想不明白，这样一个心系百姓的好官，短短的一生怎么会这般收场？

忽然，她瞟到了曹康桌案的一角，那里的一个木块，让她觉得分外熟悉。

她拿起来，只见上面刻着五个大字，每个字都是遒劲有力，仿佛所刻之人心中怀了极大的愤懑和不甘。

一钟见幽平。

那是一枚与曹夫人房中一模一样的镇尺。

“白晏，你快来看！”云渺渺将镇尺递给白晏，“曹老爷的房中也有这样的镇尺。”

白晏摸索着镇尺上凸起的诗句，眉间困惑愈深。起初他只觉得这镇尺上的诗句奇怪，可现在又有不一样的疑窦，只是他说不清楚问题究竟出在哪里。

“难道是曹老爷与曹夫人伉俪情深，所以将这镇尺作为信物，一人一只？”云渺渺猜测道。

“不，若是作为夫妻间的信物，这镇尺上所刻诗句应该是含情之句。”白晏顿了顿，“可这句‘一钟见幽平’分明不是传情的意思。”

沉寂，分外安静。

云渺渺和白晏都在思索这镇尺上诗句的含义。却不想曹老爷书房的门扉突然被人大力推开，钻入一张冒着热汗的小胖脸。

曹小方气喘吁吁，撑着大腿：“方……方才我听守卫说有两个小贼跑到爹的书房就不见了，想来就是你俩，我……我总算找到你们了。”

云渺渺赶紧关上门，将曹小方拉了坐在一边。

曹小方依旧红着脸，气喘吁吁，神色却前所未有地郑重。

“我想起一件事情，刚才那个刀疤脸的仆人，就是那日来给娘验尸的仵作！他们眼角的刀疤，一模一样！”

一钟见幽
第八章

一

夜色幽幽，曹康的书房里只有曹小方的声音轻轻回荡，可每一下都带着寒意。

“他方才跟在我身后想要偷袭我，被我发现了便跑了，我当时还觉得奇怪，我和他素不相识，他为什么要这样做？”曹小方似是回过味来，跳脚道，“他应该和赵姨娘是一伙的，那日，他戳穿了赵姨娘下毒的事情，事后赵姨娘肯定给了他银子，他们两个人串通一气，想要分曹家的家业，一定是这样！”

曹小方的想象力倒是很丰富，这番猜想看起来也合情合理。若不是在曹氏夫妇的房间发现了纸戏术的痕迹，如此说辞放在当时足以让人信以为真。

可白晏摇了摇头：“事情远没有我们所想的那样简单，刚才我们已经惊动了守卫，曹府应该会加强巡逻，我们先回去，明日再从长计议。”

云渺渺也是忧心忡忡的模样，她蹲在曹小方的面前安抚道：“我们今天已经找出了很多线索，但是真相就像小白兔穿珠子对不对？现在珠子都是散的，我们回去先穿一穿，明天再来找你好吗？”

曹小方的眼底微微闪烁，似是动容。半晌，他拍开云渺渺搭在自己肩膀上的手，大大咧咧道：“我不是小孩子了，道理我都懂！你不用找这种小白兔的故事哄我，我三岁就不听啦！”

“那你是男子汉大丈夫，不许怕黑，不许哭鼻子哦！”

“谁怕黑？谁哭鼻子了？这是我家，我怕什么呢？”

曹小方语气很凶，可语调和神色分明是怅然失落的。怎么会不怕呢？曹府哪儿还有他的亲人？他偷偷抽了抽鼻子，大步流星地推开门走出去：“来啦，我送你们出去！”

两个人在巷子口与曹小方分别，云渺渺望着天上硕大的月亮，舒了口气。偷鸡摸狗了整整一个晚上，她感到十分疲惫，更令人疲惫的是曹家的疑团太多，脑子有些不够用了。

可看看身旁的白晏，精神却似乎很好。

“去听曲吗？”白晏冲打瞌睡的云渺渺询问道。

他的身量比云渺渺高出许多，垂眸的样子带了点儿懒散，说的话也似乎不着边际。云渺渺一愣，盯着白晏半晌没吭声。

“看你一脸愁云，不如我们去找点儿乐子？”白晏提议。

云渺渺长了一张藏不住心事的脸，可她没觉得自己在发愁，最多是有些不开心。

而这不开心也不是来源于曹家的事情，只是因为她困了。

她一困就会对人很冷淡，连抬眼的力气都没了。于是她冷冷地对白晏摇了摇头，口中迸出一个字来："累。"

白晏看着她的模样突然来了兴致："我不累，我想听，咱们去吧。"

云渺渺想，白晏一看就是被家里人宠坏的，偏偏这说一不二的少爷脾气就因为一张好皮相，让人怎么都讨厌不起来。

可明明是很讨厌的。

云渺渺坐在京华城外的茶摊上喝着凉茶，睨着白晏，止不住腹诽。

入了秋的夜有点儿冷，云渺渺抿了一口凉茶，忍不住打了个寒战。可偏偏茶摊主人是个很没脾性的人，一把蒲扇搭在脸上，两手在躺椅上一扶，有一搭没一搭地晃。哪管你客人喝的茶是不是凉了，哪管台上唱的是哪出戏。

是了，京华城入夜有宵禁，两个人本是来这郊外野村听曲儿的，谁知道曲儿没听着，反倒来了个说书先生，那说书的在台上胡诌一通，没一会儿客人便走了大半。

白晏倒是无所谓，细细品着茶，一副悠然自得的模样。

说书人说的是一段寻亲的故事，没想到，结局竟然不像寻常话本那般是个皆大欢喜的桥段，反而将主人公摆弄一通，父母双亡便罢，大仇竟也未报。

如此草草了之让云渺渺气愤不已。

情节之烂仿佛是作者写来玩的。

说书人惊堂木一拍，茶摊上的人又走了一半。一个抱着剑的红衣女子方才一直靠在树上听着，此时见人走了大半，才爽快地将长剑往桌上一拍，坐了下来。

那不轻不重的一声响，让茶摊主人脸上盖着的蒲扇往下滑了些，露出他眉清目秀的半张脸，和一双懒散的眼睛。

那眼睛攫住了红衣女子，顺带，往云渺渺和白晏身上看了看。

云渺渺还沉浸在烂本子的阴影中，方才的困倦一扫而光，她有些火气，话也多了起来，连带着将说书的、冰凉的茶水和无良的老板诽谤了一通。

"小姑娘说得好。"那红衣女子就坐在云渺渺二人前方，头未回，清丽的声音率先响起，"我听着也很不顺心。"

白晏和茶摊老板齐齐看向红衣女子。

长发，长剑，长眉，一身侠气。乌发用一根长簪挑起，簪头是一只衔玉凤凰，红玉水头很好，无奈遍布碎纹。

茶摊老板见三人茶碗见空，一拢袖子，随意将茶碗收起来叠起，眼皮一掀：“得，收摊了，三位请走吧。”

云渺渺的茶还没有吃完，连忙用手护住：“你这五个铜板一回书、一盏茶，未免也太坑人了吧？宰客又赶客，不怕生意做不下去吗？”

那茶摊老板站着不动，看了一眼云渺渺，两指发力，想将茶碗从她的手中抽出去。明明茶碗和碗底的茶叶是纹丝未动的，碗面却瞬间爬满了裂纹。

白晏突然按住了茶摊老板的手腕，冲云渺渺轻声道：“松开吧。”

他神色凝重，唇角一丝微笑也没有，云渺渺一怔，松开了茶碗。

那茶摊老板轻飘飘地将茶碗拢进怀里，眼皮终于抬起，端端正正看了一眼白晏，然后冲云渺渺没好气道：“你该谢谢这位公子，不然碗碎了，你还得再赔我两个铜板。”

这个人不是一般人，虽然歪身子歪腿，没个正经样，但绝对是个有功夫的高手。

“赵幽平。”红衣女子突然出声，茶摊老板稍稍回首，算作回应。

“你在这儿当什么闲云野鹤？茶都煮了一个月了还不死心，你以为那个女人还会回来乖乖当你的好徒弟？”

“……”

“那小妖女骗你渡了五成功力给她，你还信她的鬼话？我看你的脑袋被四哥家的驴子踢了！”

“……”

“我们是大徵人，那小妖女是大宣人，十五年前我们还和大宣打过仗呢，你胳膊肘拐得也太外了些。”

“……”

“赵幽平。”

“得，五妹，你一张嘴真的能把大师父从棺材里气活了。”见红衣女子还想说些什么，哑巴似的赵幽平总算开口，一双眼里微光炯然，“我是服了你了。”

这两个人应该是江湖上某个门派中人，云渺渺才下山没多久，自然不认识。听故事似乎是某个宣国的女子心怀叵测、欺师灭祖，而单纯的师父选择相信徒弟，让明眼人不由得痛心。

可这都不是云渺渺观察的重点，重点是眼前这个茶摊老板的名字——赵幽平。

一钟见幽平。

正是镇尺上的那句诗。

他难道与曹氏夫妇的离奇死亡有什么关系?

云渺渺壮着胆子在两位江湖大侠中间插话:“那个……你们还认不认识一个叫‘一钟’的人?”

红衣女的长剑和赵幽平的筷子齐齐指向自己,赵幽平手里的筷子尖都似乎闪着寒光:“不认识!”

好……好……一钟不是人名,她知道了。

“那‘一钟见幽平’到底是什么意思啊?”云渺渺哀叹着,偷偷问白晏。

“或许是暗指时间、方位?”白晏同样感到不解,猜测道,“也说不定曹老爷将什么重要的东西留给了他。”

单纯的云渺渺听得认真,回过头,打算再见缝插针地在两位斗嘴的大侠中间问一句,却被白晏一把捂住了嘴巴。

“走吧。”白晏劝道。

云渺渺不解:“好不容易抓住线索,我们为什么不问个清楚?”

白晏松开她,指了指刚才被赵幽平用筷子戳碎的西瓜。

云渺渺喉咙一紧。

好吧,要想活命,还是缓缓再问吧。

“赵幽平显然是在此地摆茶摊等人的,一时半会儿走不了。”白晏抬头看看月亮,月光是柔和的,可他的神情却很严肃。白大画师的眼皮子在打架,似乎也累了,“我困了,我们明天再接着查吧。”

云渺渺只好作罢。

所以说,做人真不能像白晏一样“双标”,不然迟早得气死人。

早被闹得没了睡意的云渺渺握紧拳头,愤愤地想。

二

第二天一早，云渺渺便迫不及待地赶到了昨日的茶摊，可除了满地的麻雀，她连片茶叶都没见到，更别说赵幽平了。

白晏跟在她的后面，半晌才慢腾腾地走来，他垂着眼，一副神游太虚的模样，看样子还没有完全睡醒。

“这下惨了，人没了，线索又断了。”云渺渺很憋屈，冲白晏道，“你说，现在怎么办？”

白晏的肩头落了两只麻雀，正在啄他的耳垂。他瞥了一眼茶摊，漫不经心地说：“说不定赵幽平是晚上才摆摊，昨天不也是晚上见到他的？”

“你去找曹小方再问问情况，我去找华二小姐。”

云渺渺疑惑：“找华二小姐？”

“华家乌衣巷你也看见了，华二小姐喜欢藏奇纳稀，说不定知道这句诗的来历。”白晏耐心解释道。

太阳渐高，两人略微合计一番，便在朱雀大街分别，各自行动。

云渺渺走在路上，思索着那日在曹府发现的疑点，决定先去药店一趟。

京华城的药铺极多，大大小小有百余家，不过能制得起消石散、封喉散一类的不过几家。她没跑几个，便找到了当日赵姨娘买药的那家药铺。

那家药铺的掌柜很精明，只是有些口无遮拦，云渺渺说自己是替赵姨娘再取些药的丫鬟，他便将一切抖了出来。

原来那日赵姨娘要的封喉散被装错了药柜，伙计将消石散误当作封喉散卖给了赵姨娘。

掌柜对着云渺渺长吁短叹：“抓错药的伙计已经被我罚去面壁十日了，就是不知道那曹府的疯狗有没有被毒死？若没毒死，我再抓一服封喉散你带去，这疯狗咬人，可是害命的啊！”

云渺渺心下难受，随意搪塞了两句，便从药铺里出来了。

果然，赵姨娘一开始便是想买封喉散，她抱了十足的杀心。若是没有纸戏术，赵姨娘也不会让曹夫人活着，她必死无疑。

她不知道如何向曹小方解释这其中的原委，只好先压下不提，去问问曹小方仵作的事情。

还没走到曹府门口，远远地便看见一个年龄不大的小厮朝自己跑来。等走近了，那小厮便将她拉进一旁无人的巷子里，拄着膝盖喘了半晌。

“是……是渺渺姑娘吗？”小厮问，“我们小少爷出不来了，让我来找你。”

小少爷自然指的是曹小方，云渺渺神色一紧，连忙问：“曹小方怎么了？”

小厮只是不住地摇头，眼里噙着泪花。

“少爷被赵姨娘关起来了，因为忤逆赵姨娘，还挨了一顿打。少爷身边的仆人都被赵姨娘换掉了，我一直跟着少爷，少爷信我，便趁我出府的时候告诉了我你们查案的事情。”那小厮喉头哽咽，“少爷让我去大理寺问一问，我偷偷拿了老爷的令牌，才打听了出来。”

云渺渺吸了一口气：“可是那仵作的事情？”

小厮抬起眼来：“大理寺里没有刀疤脸的仵作。”

尽管心里已有猜想，但听到确切的消息，云渺渺还是觉得背后一凉。她让小厮给曹小方带了安抚的话，然后独自在大街上漫无目的地走了起来。

如今除却赵姨娘，曹氏夫妇一案嫌疑最大的便是这个不知身份的仵作。他难道也是纸戏师？可他为什么要无故害人性命呢？

云渺渺找了一处台阶坐下，两腿一叠，望着一位老伯扛在肩上的糖葫芦发呆。小时候师父变戏法赚了钱，余下的铜板总会给她买串糖葫芦。她吃糖葫芦，师父喝酒，一个甜酸，一个辛辣，就好像讨生活的滋味。苦也苦，甜也甜。可如今她揣着几十两银子，却一点儿也不馋那红彤彤的糖葫芦了。

师父啊，你究竟在哪儿？

若是你在，会不会知道这个神秘的纸戏师到底是谁？

云渺渺正盯着糖葫芦发呆，突然听到老伯“哎哟”一声，紧接着糖葫芦掉了一地。只见有个青年将老伯撞倒在地，却不扶起，就推开人群跑了。

那人的眼角有一道细细的疤痕。

云渺渺一个激灵跳下台阶，将老伯扶起来，又塞了些碎银子给他，便连忙去追那个人。

她认得，方才那个人，就是当日在曹府欺骗她和白晏的刀疤脸小厮。若是抓住他，假扮仵作和纸戏术的谜团说不定就能解开了。

另一边，乌衣巷内。

白晏正拿着一只金稻逗弄着笼子里的虎皮鹦鹉，那鹦鹉皮毛油光水滑，品相极佳，却也恃宠而骄，无论白晏怎么逗，就是一声不吭。

白晏有点儿恼，眯了眯眼，又将金稻往鹦鹉锃红的喙上戳了戳。

鹦鹉挪了挪步子，又往里靠了靠，豆眼睨着白晏，很是挑衅。

金稻有些够不着了。

白晏回身，接过旁边递来的茶盏，冲吹着茶沫的华棠心平气和道：“二小姐，这蠢物你还留着做什么？不如将毛拔了，炖一盅固元补气的汤，吃了说不定还能降降火。”

华棠笑道：“公子的建议甚好。”

那鹦鹉似乎能听懂人话，听他们这样说，顿时急了，扑棱着翅膀，在笼子里横冲直撞，顺便开了金口：“不好不好。”

“甚好甚好。”白晏得意地说。

“不好不好。”鹦鹉又焦急地说了一句。

“你唱个曲儿我就放过你。”

白晏与鹦鹉绿豆大小的眼睛对视了半晌，突然粲然一笑。那鹦鹉似乎感到为难，干脆两腿一僵，躺在笼子里装死。

“白公子你莫逗它了，这蠢物只会说一句‘不好’。”华棠失笑。

“果真是被惯坏了的。”白晏抿了口茶，微微抬眸，“我道是乌衣巷里藏了全大微最好的宝贝，谁料到还有这等顽劣之物，可真是气煞人。”

“公子倒是这顽劣之物的克星。”华棠用香扇一掩唇齿，“你瞧瞧，虽把你气煞了，这蠢物却也怕倒了。”

“说到顽劣之物，我今日倒是被几只极其顽劣的猫缠上了。”白晏将折扇点在额角，凤眸垂着，似是头痛，“它们分别唤作‘一、钟、见’，还有一只名唤‘幽平’”。

“这猫的名字可真奇了，是公子取的？”华棠微微一笑，“听着很是雅致，不知公子发愁什么？”

“自然不是我取的，要是我取的话，定叫些香雪、侍碧之类的，听着都熨帖人心。这名字是捡来的时候就有的，所以不知那取名的人是什么意思？”白晏手心轻轻握着折扇，“二小姐可有妙解？”

华棠似乎知道些什么，倾身茶案：“华棠一介手染铜臭的生意人，自然不敢妄谈妙解，不过，我知道一件传闻。”

“愿闻其详。”

“这天下可没什么人敢给猫起个带‘一’的名字，公子此番怕是在与华棠打哑谜了。”

白晏只是微笑，也不否认：“为何不敢取‘一’字？”

华棠扣下香扇，唇角微翘，吐出一个不得了的名字：“因为刚驾崩不久的先帝陆昶，乳名单字一个‘一’字。”

“陆一……”白晏沉吟。

“所以，华棠若猜得不错，公子那几只猫的主人不是入狱，便是归西了。”

白晏的折扇“吧嗒”一声敲在掌心，面上神情微变。

与此同时，云渺渺正追至拐角，突然听到一声脆响，那个逃跑的刀疤脸竟然拉开门钻进了人家的后院。她急忙上去拉锁环，却发现里面已经被锁上了。

无奈之下，她只好绕到前门，一抬头，发现竟然是一处钱庄。钱庄挂着笔力遒劲的招牌，旁边的柱子上还有不少名家题的楹联，一看就不是普通的商贾做派。

云渺渺跨进门槛，想要找掌柜的说明有人偷闯后院的事情，可张望了半晌，正堂居然没有一个人。

大白天不做生意，实在是奇怪。

“渺渺姑娘。”

正纳闷着，云渺渺听见有人叫她，她闻声回头，便见屏风半遮半掩处勾勒出一个温雅的身形来。两边不知何时潜来一些仆从，无声地将屏风移开，露出一张熟悉的面容。

竟然是宋之游。

宋之游微微笑着向云渺渺颔首示意：“渺渺姑娘，过来坐。”

亲切温和，毫无摄政王的架子。

云渺渺坐在宋之游面前，感到非常拘谨，一时忘了捉人的事情，只是偷偷看着身侧的彩釉大瓶。

“这是陈朝的旧物，你很喜欢？”宋之游微微抬眸，一双眼里含着水样的笑意。

“我……不太懂这些金石学问。王爷你喜欢吗？”

云渺渺话音刚落，便有些后悔，宋之游养尊处优，自然对这些颇有研究。

宋之游站起身来，屈起手指，轻轻在那彩釉大瓶上一敲，垂眸道：“倒也不见得多喜欢，只是这彩瓶精致漂亮，配得起本王的身份，放在这里恰当，便放着了。”

“这里是？”云渺渺问。

宋之游回身道："这里是本王的钱庄。不知道渺渺姑娘今日来此，是何缘故？"顿了顿，他又补充道，"若有不便，本王可以帮忙。"

云渺渺连忙摆手："不……不，我是来找人的。"

"姑娘要找什么人？"

"有个脸上有刀疤的人，方才偷偷溜进钱庄的后院了。"云渺渺道，"他溜进后院就把门闩插上了，我想他应该还在钱庄，所以才进来找他。"

宋之游听后，没有细究原委，便吩咐钱庄管事带人搜查。一炷香过后，那钱庄管事前来回话，说并没有发现那个人的行踪。

"看来渺渺姑娘要找的人并不在本王的钱庄。"宋之游关切道，"可是你看错了？"

"不会有错的，我亲眼看见他进了后院。"云渺渺托着下巴思忖着，突然一怔，"我想到了，他许是会纸戏术，用纸戏术脱身了！"

宋之游端着茶盏，眸中的神色微不可察地变了一下。

三

“哦？纸戏术是何物？我倒是闻所未闻。”宋之游放下茶盏，看向云渺渺，“渺渺姑娘突然捉人，难道是出了什么事？”

云渺渺便将曹家发生的事情一五一十地告诉了他，不过隐去了自己和白晏进府查看的部分，毕竟私闯民宅是犯法的事情。

宋之游听云渺渺讲述着曹氏夫妇死因成谜、仵作身份不明的事情，一直握着茶盏，不动声色。那曹康他是知道的，曾任翰林院编修一职，前段时间告病回家，结果不出几日便药石无力，送了性命。他也听说曹康是个好官，在百姓间威望极高，有不少人为曹大人的死感到惋惜。若是能为曹康出头，也不失为笼络民心的良方。

“听渺渺姑娘说，那赵姨娘是曹夫人之死的始作俑者。”宋之游道，“既然如此，本王认为恶念必除，看来需要有人来主持公道了。”

“王爷是说？”云渺渺闻言凝神。

宋之游微微笑道：“本王替曹家主持公道。”

云渺渺闻言，又惊又喜，可转念一想，顿时失了笑意：“只是，那曹家的小少爷年龄尚小，曹府如今除了赵姨娘，没有人能坐家主之位。若是抓了赵姨娘，曹家无人打理，摇摇欲坠，曹小方不知何去何从。”

宋之游沉吟片刻，问道：“那曹小方样貌如何？”

云渺渺一愣：“生得倒是眉清目秀，不过就是有些顽皮。”

“尚可。习气好办，稍加引导即可，关键就是这样貌。”

“样貌？”

“样貌好，人看着舒心。你看我，走到哪里可不是人随景至，让人心情大好？”宋之游突然旋转起彩釉大瓶，在光滑如镜的瓶身上端详起自己的容貌来。

云渺渺无语。

还从来没见过有人这样自恋，变着花样夸自己。

云渺渺一时不知道怎样接话，便只能轻轻地“嗯”了一声。

宋之游似乎没有在意，仍自顾自道：“若曹小方的样貌果真不错，我便照拂着了，以后让他来宫学读书，曹家的事情我来做主。”

“真的可以？”

“有何不可？不过……”宋之游突然想到什么似的，“若他长得不好看，那曹家的事情便只能看他自己的造化了。”

他说完，冲云渺渺轻轻一笑："所以，我们先去看看曹小方吧。"

"呃……好。"

曹府正厅，二三侍卫携刀而立，目不斜视。赵姨娘和曹小方跪在地上，睨眼瞧着黄花梨木太师椅上坐着的宋之游。燕叔咳嗽一声，赵姨娘便慌里慌张地低下头去。

为了避嫌，云渺渺乖巧地扮起宋之游的贴身丫鬟，一边给宋之游端茶，一边听着几个人的对话。

"赵姨娘，你可知今日本王为何来曹府？"宋之游低头摆弄着手里的白玉瑞兽，问道。

"臣妇不知。"赵姨娘的头埋得极低，声音有些颤抖。

宋之游将目光转向曹小方，曹小方的眼角和手腕都是青肿的，就算有衣服和发丝遮蔽，也掩不住受伤的痕迹。比起赵姨娘，这个十岁不到的孩子反而坦然很多，直挺着身板，眉宇间透出倔强的英气。

他唇角弯起，问曹小方道："曹府小公子，那你知不知道本王来此为何？"

"我知道。"曹小方梗直了脖子，"王爷是来给曹家，还有死去的娘亲主持公道的！"

"真是个聪明的孩子。"宋之游伸出手，"你过来。"

曹小方挪到宋之游的身边，宋之游伸出手轻轻抚摸着他额角和唇角青肿的伤痕，温和道："过去，还她十个巴掌。"

宋之游面上笑着，语气也是极轻的，稍不注意就会被人误以为是调笑之语。可在场的所有人都知道，那是命令，不容置疑。

曹小方有些犹豫，身后的赵姨娘却连忙摆手，叫喊道："不！王爷不能的！这孩子顽劣，臣妇只是家法管教，不能因为这样就来折辱臣妇啊！"

"折辱？"宋之游嗤笑，指节在太师椅上轻轻一扣，左右侍卫便将刀锋对准了赵姨娘，泛出冷冷光泽。

"是让曹小方动手，还是本王的侍卫动手？还是……你亲自动手？"

赵姨娘的眼中满是不可思议，缩成一团，极力避开刀剑的锋芒，可那刀剑似乎长了眼，她缩一寸，便进一寸。

"王爷为何要这样对臣妇？臣妇做错了什么？"

"挨完十个巴掌，再来问我吧。"

曹小方不等赵姨娘做出选择，便冲上前去，在她的脸上狠狠抽了十个巴掌。打完了，他的小手红成一团，赵姨娘的脸也红肿不堪。曹小方的眼泪蓄在眼眶里，却因为赌着气，一滴也不肯流。

一个恨，一个愣，正厅里鸦雀无声。赵姨娘被打蒙了，抚着脸，眼底全是慌张。

“打也打了，可是想起来什么了？”宋之游冷然道。

“臣妇……臣妇不该对孩子滥用家法，臣妇下次不敢了，还请王爷恕罪。”赵姨娘将头重重地磕在地上，颤声道。

“哦？我来问问。”宋之游转向曹小方，“曹小方，你可要宽恕赵姨娘？”

曹小方恨恨地咬牙道：“不，我绝不宽恕她。”

“为什么？”

“她……”曹小方喉头哽咽，指着赵姨娘愤愤地说，“是她害死了娘亲。”

“你别胡说，我平日里亲待你，你爹娘不在了，我更是待你如己出，你怎能这般毫无良心地污蔑人？”赵姨娘冲曹小方急切道，转而看向宋之游，“王爷，你千万不要相信他，这孩子因为痛失生母才如此针对我，可我与傅嬛平日里亲如姐妹，怎会起嫌隙？王爷若是不信，大可问问曹府的下人。”

“本王已经问过曹府的一名下人了，只不过，他告诉本王，他在你的屋子里找到了这样东西。”宋之游微微颔首，燕叔便将一包白色粉末呈上来，放在赵姨娘面前。

正是云渺渺当时在赵姨娘妆奁里找出来的消石散。

赵姨娘只看了一眼，便慌了神，却依然辩解道：“曹府后院荒了许久无人打理，不知从哪儿钻来几只疯狗，这……这是臣妇为了毒死那些疯狗才命人买的。”

“可本王听说，那疯狗还活着？”宋之游离开黄花梨木椅，一步步逼近赵姨娘，他垂头看着眼前临近崩溃的女子，似是不解，“可是这毒药用错了？”

“不可能的，这封喉散沾之毙命，人都死了，那疯狗怎么可能还活着？”赵姨娘的身子抖如筛糠，似乎不相信自己出了纰漏，语无伦次道。

“你说，人死了？”

宋之游的问话，仿佛一片羽毛，轻飘飘落下，却彻底压垮了赵姨娘。

“是谁死了？”

“臣妇……臣妇不知。”赵姨娘将头深深埋下，还在挣扎。

“为了掌控曹家，一保自己半生荣华，你不惜在猫爪上淬毒，害傅嬛性命，伪装成傅嬛离奇死亡的假象。并妄图借此抚养曹家独子，母凭子贵，扶持赵家。”宋之游居高临下，任由赵姨娘血染额头，冷声道，“其心险恶，罪不容诛。”

“王爷明查，臣妇……臣妇根本不知道什么猫爪淬毒一事。”

“燕叔，将傅嬛的猫呈上来。”宋之游看着眼前仍在狡辩的赵姨娘，弯唇冷笑。

“这猫的皮毛上除了傅嬛的脂粉香，爪子上的绮罗香来自另一个人，而整个曹府，用此香熏衣的人，只有你。”宋之游道，“据本王观察，你从方才进来开始，便一直将左手藏在衣袖下，若本王没有猜错的话，你的左手上必然有给猫强行淬毒时留下的抓痕。”

“我……我……”

赵姨娘还想反抗，却被侍卫钳住臂膀，将衣袖一把拉起，果然，上面有一道结了浅痂的伤疤。

人证物证俱在，赵姨娘再也无法反驳，她满头银钿散落一地，将头一下一下重重叩在地面上，盯着宋之游的靴尖，极度的恐惧让她忘却思考，颤声道：“赵家式微，臣妇一时迷了心窍，受了父兄蛊惑，还请王爷恕罪！”

宋之游用食指抬起赵姨娘满面泪雨的脸，眼中的色泽分明得让人心惊，他依旧挂着浅浅的微笑，一字一字却让人如坠冰窟。

“赵娉婷即刻收监大理寺查处，赵氏一族流放南地，永世不得重回故土。”

“王爷恕罪，王爷饶命！”

赵娉婷被侍卫拖下，凄苦的叫喊在很远处还能依稀传来。没想到一念邪欲，赵姨娘就断送了自己和整个家族的前程。同样，也断送了曹小方短暂美好的童年。云渺渺看着曹小方，眼底除了柔软还有心疼。

“曹小方，”宋之游伸出手来，“你可愿意跟我回去？”

曹小方愣了一下，突然跪在宋之游面前重重叩首，他语气铿锵：“承蒙王爷不弃，王爷替亡母做主，处置凶手，小方感激不尽。以后王爷有任何吩咐，曹小方当拼尽性命，为王爷排忧解难！”

宋之游将眼前的孩子扶起，轻笑道：“你无须谢我，我是受渺渺姑娘所托。”

曹小方抬眼，只见宋之游身侧服侍着的婢女缓缓抬起头来，露出一张清丽灵动的笑颜。

云渺渺方才不放心，一直在旁听着，而今见宋之游顺利收下了曹小方，心下喜悦。可一想到造成曹氏夫妇死亡的神秘真凶，便又渐渐换上愁容。

曹小方不给云渺渺反应的时间，一头扑向她的怀中。云渺渺腰间的铜钱被撞得叮当乱响，曹小方却一点儿也不嫌硌，将她环得更紧。

“谢谢你，大呆瓜。”

“说什么呢你？”云渺渺面上挂不住了，捏着曹小方的脸叮嘱道，“等跟着宋亲王入了宫，可要认真念书，就算当大捕快，也要是满腹学问的大捕快不是？千万别再偷偷摸摸爬狗洞了。你好好照顾自己，我会经常去看你的。”

云渺渺絮絮叨叨地说了一通，可想到曹小方并不知道父母死亡的真相时，心又钝钝地痛了起来。

虽然赵姨娘最初是抱着必杀傅嬛的决心买的毒药，但杀害曹氏夫妇的另有其人，可她不能再让曹小方沉浸在无穷的仇恨和痛苦之中。在真相彻底查清之前，她只能选择暂时让此事告一段落，欺骗曹小方。

宋之游将云渺渺的忧心和愁容看在眼里，眼看着曹小方牛皮糖似的不肯放开她，他提议道：“不如渺渺姑娘同曹小方一起入宫读书？”

云渺渺闻声一呛，止不住咳嗽起来。

算……算了，她若是天天背那些“之乎者也”的东西，怕是头发都要被自己拔光了。

趁着离黄昏还有些时辰，云渺渺帮曹小方收拾了一些东西，大包小包地将曹小方亲自送上宋府的马车。

曹小方透过马车的窗户依依不舍地看着云渺渺，云渺渺摸摸他的脑袋，却突然被他塞了一个硬邦邦的东西过来。

云渺渺一愣，曹小方便趁没人注意附在她的耳旁低声道：“里面是镇尺。”

“我想爹娘留下这东西定有什么深意，虽然我不懂，但你和白晏哥哥一直在头疼这上面的字，反正我也不好带进宋王府，便送给你们了。若是……若是你们发现了什么，一定要告诉我啊！”

“好，一言为定。”云渺渺伸出手来，和曹小方拉钩。

燕叔将曹府内外吩咐了一番，宋王府的马车便晃晃悠悠地走了起来。云渺渺站在曹府门口，却见宋之游的马车路过自己时，突然掀起了帘子。

宋王爷似乎心情很好，笑眼弯弯，向晚的日色将他的眉目过渡得十分柔和，他的声音不轻不重，除了云渺渺，还有不少人听得清。

“渺渺姑娘。”

“嗯？”

“你人长得不错。”

“……”

“心也善。”

宋王爷一番让人寒毛直竖的话讲完，脑袋一躲，帘子一垂，马车正好拐弯了。时间像是计算过一般，分秒不差。

一切都很突然，云渺渺有些消化不了，见街道两旁的人都在低声议论她，她突然回过神，连忙缩了脑袋，偷偷观察周围有没有姬玉公主的影子。

这个宋王爷，比起白晏，更不是个省油的灯。想起白晏她便犯愁，纸戏谜团和镇尺上的诗句她还一点儿头绪都没有，若是白晏在就好了，他那么聪明，说不定今日已经想到了办法。

“渺渺姑娘人美心善，不过……还有一点。”

云渺渺正沉浸在自己的世界里，突然听到有个声音在耳边响起，便无心接道：“还有什么？”

“还很呆。”那人捏着鼻子学曹小方跳脚似的声音，“像大呆瓜一样呆。”

云渺渺回身，想要找这个坏人心情的讨厌鬼理论，没想到一阵香风拂过，淡淡的檀香味充盈在鼻尖。

“我来了。”白晏低头望着云渺渺微笑，凤眸里光泽流转，“那镇尺上的诗句，我破解了一半。”

第八章 帝师何人

一

云渺渺拉着白晏走到一旁人少的地方，眼中闪过一丝激动，低声问："你知道什么了？"

白晏笑着说："你这副模样我还是第一次见，看来曹小方真是与你投缘，让你对曹家的事情如此上心。"

云渺渺轻嗤一声，戏谑道："那曹小方和我一样抠门，将来必定能成大器，我看着自然亲切。"

言毕，又催促他，"你快说说看，你到底破解了哪一半？"

白晏想了想，正色道："我今日去找华二小姐，她告诉了我一件关于先帝的事情。"

"什么事情？"

"你还记得我们之前在曹府门外碰见的鸿总管和大理寺的人吗？"白晏问，"他们日日搜查曹府，就是因为有传言说曹康是先帝驾崩前见的最后一个人。"

"对……可这和曹氏夫妇的死有什么关系呢？"云渺渺感到不解。

白晏微微沉眸，一字一顿道："华二小姐告诉我，先帝陆昶乳名一个'一'字，'一'即代表先帝陆昶。而那镇尺上的诗句'一钟见幽平'其实是个哑谜，它真正的意思应该是'帝终见幽平'。"

云渺渺闻言，只觉得心下如同一块大石落入湖中，掀起轩然大波。

"曹康或许并不是先帝离奇驾崩前召见的最后一个人，他……或许只是看到了先帝召见的那最后一个人，他是一切的目击者。"白晏推断着，眉间的沟壑愈深，"曹康目击了一件大事，他或许预感到了危险，所以才匆匆刻下镇尺，用打哑谜的方式将先帝离奇驾崩的线索告诉我们。那镇尺为一对，曹康一只，傅嬛一只，夫妻二人打算共同守护这个秘密，没想到曹康的预感是正确的……那躲在暗处的人先下手为强，将曹氏夫妇二人灭口。"

"只是……"白晏沉吟着，看着云渺渺忽而轻轻一笑，"他们没有发现镇尺的秘密，结果阴差阳错，这个足以撼动大徵的秘密竟然落在了我们手中。"

信息有点儿多，云渺渺一时消化不完。她掰着手指问白晏："你刚才说，'一钟见幽平'的意思是'帝终见幽平'，难道先帝驾崩前召见了赵幽平？他……他是凶手？"

"有这个可能，但真相是什么，我们还要再去见见赵幽平才知道。"白晏看了眼天色，回身对云渺渺说，“天色不早了，赵幽平的茶摊估计摆出来了，我们去找他问问看。”

赵幽平是个武林高手，脾气也很坏。云渺渺想到那日将西瓜戳成筛子的赵幽平，第一次觉得白晏有点儿冒失。

如果赵幽平真的是杀害先帝的凶手，那白晏岂不是去送命？

云渺渺越想越不对，将手一横，把白晏拦了下来，结巴道：“你……你可考虑清楚了，如果他发起怒来，要杀人灭口，我们怎么办？”

“你怕什么？他若杀你，不是有我挡着吗？”白晏摸了摸云渺渺的脑袋，“你不是自诩机灵伶俐吗？到时候真要逃命就逃快点儿，有我拦着他，你跑快些，准保没事。”

这人到底什么时候变得这么愣了？

云渺渺的脸皱成了苦瓜。

两个人只顾着贫嘴，却没有发现不远处的茶楼上，有一双眼睛正盯着他们的一举一动……

黄昏，天空中挂着半轮新月，云渺渺故意磨蹭着步子，却还是到了赵幽平的茶摊。

赵幽平正拿着蒲扇有一搭没一搭地烹茶，一边自己斟了酒，赌气似的，一杯接一杯地喝。

茶摊空无一人，白晏推了推云渺渺，十分不厚道地说：“你去问问他。”

云渺渺指着自己的鼻尖：“我？为什么是我去问？”

白晏的食指摩挲着下巴：“那日的红衣女侠不是说，赵幽平掏心掏肺的小徒弟是个小妖女？你想，既然赵幽平喜欢女徒弟，你问自然比我问更为保险妥帖。”

云渺渺无言以对。

好吧，风萧萧兮易水寒，壮士一去兮不复还……

云渺渺缩了缩脖子，小心翼翼地挪到赵幽平的面前，踌躇着如何发问。

脾气很差的赵幽平只是背对着云渺渺，一张脸臭得可以做卤水豆腐。他仰头，将酒壶里的最后一点儿酒尽数灌进喉头，冲云渺渺不客气道：“哪来的野丫头？滚开！”

云渺渺被他吓了一跳，弱弱地说：“我……我想吃茶。”

“吃茶？”赵幽平转过醉醺醺的脸，嗤笑一声，“吃茶去别处吃，今日爷不伺候！”

赵幽平一身粗布麻衣，须发微乱，桌案上只摆了一碟炒米，看上去要多落魄有多落魄。都这样了，还随意赶客，在这京华城，不出半个月，他一定会没钱待下去。

看着赵幽平，云渺渺不知怎的忽然想起了师父。师父最爱喝酒吃鸡，不知道身边没了她，可还吃得好，穿得暖？

想到这里，她从怀中摸出一个银锭子，塞进赵幽平的手中："我今天就想吃你这儿的茶，不劳你烹，我自己来就好。"

说完，不管赵幽平是否同意，就兀自忙活起来。没过多久，三杯清香的茶就烹好了。她将茶端到桌案上，冲不远处的白晏招手。

不一会儿，茶摊前坐了三个人，三个人一同啜着茶，气氛却很尴尬，半晌没人说话。

云渺渺是个直性子，向来沉不住气，索性直接问赵幽平："赵前辈，你有没有见过先帝？"

"为什么这么问？"赵幽平斜睨着眼看她。

"前辈武功高深莫测，肯定见过不少珍奇异事。"云渺渺吹捧道，"所以我想，像前辈这样的人，说不定就见过皇帝呢……"

"小丫头，我最讨厌拍马屁的人。"赵幽平啜了一口茶，目光转向白晏，"臭小子，若这丫头是你的心上人，你可要好好考虑考虑了。"

云渺渺说："我可不是他的心上人！"

白晏说："前辈教诲，谨记于心。"

两个人同时开口，说的话却是天差地别。赵幽平一乐，忽而笑了起来。

白晏眸中光华一闪，似乎捕捉到了什么，问："那前辈有没有见过先帝呢？晚辈也很好奇。"

赵幽平的心情似乎好了些，可提及皇帝还是满脸不屑："我不喜欢大徵的皇帝，自然也没见过先帝。"

白晏和云渺渺对视一眼，赵幽平接着说："大徵陆氏一族自私独断，十五年前徵、宣两国的征战便是陆氏皇帝陆丕武断行事的结果，若不是纸戏一门出面化解危机，如今的大徵早就不在了。"

赵幽平抬头望着天空，明月被浓云遮蔽，空中隐隐有风起云涌之势。他怅然道："我看这大徵可能要易主了。"

一语落，藏在树影后的那双眼，眉梢微皱，瞳孔间的诧异一闪而逝。

“赵前辈，有样东西还请你看一看。”云渺渺觉得这样打哑谜不是个办法，看赵幽平的样子不像是大恶之人，似乎也无心杀害先帝。几番思量，她觉得不如直接把事情告诉他。

她把曹小方交给自己的镇尺拿了出来：“这上面的诗句，我们解不开，你看，这里出现了你的名字。”

赵幽平仔细端详着镇尺，看到“幽平”二字时，容色大变：“这东西是哪儿来的？怎么会有我的名字？”

“这是翰林院编修曹康夫妇的遗物，不久前曹氏夫妻离奇死亡，只留下这两只镇尺。”白晏话锋一转，“不知道赵前辈认不认识曹氏夫妇？此案怕是与前辈有关……”

“你们怀疑是我杀害了曹氏夫妇？”白晏话还未说完，赵幽平便拍案而起，眉梢凝着怒气，“枉我相信你们，还在这里与你们谈天说地，没想到你们却想来调查我，算计我！”

赵幽平一气之下摔碎了茶杯，碎瓷在他的手中化为利刃，尽数朝云渺渺飞来。

千钧一发之际，白晏扯过云渺渺将她护在怀中：“小心！”

云渺渺闭着眼，感觉到一滴温热的液体落在了自己的额角。她抬眼一看，发现白晏的左脸被尖利的碎片割破了。

“赵幽平！你又干了什么混账事？”一个清亮的声音突然响起。

红衣女子抱着玄色斗篷将白晏二人护在身后，斗篷一抖，茶盏的碎屑便掉了一地。

云渺渺不敢想象，若是没有这红衣女侠出面帮忙，她和白晏此刻怕是已经浑身挂彩了。

“小眉！他们怀疑我害人性命，你怎能向着他们？”赵幽平气恼地说。

“没事吧？”戚少眉却长眉一挑，转头关切地问白晏。

“没事，一点儿小伤。”白晏捂着左颊，冲戚少眉微笑。

“怎么没事？你这么好看的脸，若是留下疤痕，日后出去得多难看。”云渺渺又气又急。

“男子汉大丈夫，留点儿疤怎么了？叽叽歪歪的像个女人。”赵幽平抱着胳膊冷哼道。

谁知他话音刚落，胳膊上就挨了戚少眉一拳。

“看你那粗皮糙肉的，就算脸上烙成个饼，我都不会管你，可人家跟你一样吗？”戚少眉看着白晏，很是心疼，“我这岁数了，见过不少好看的人，还没一个比得过这位的，你倒好，直接把那些碎瓷碴往人家脸上丢，简直暴殄天物！”

“我没什么大碍，不劳费心了。这点儿小伤，长长便好了。”白晏接过云渺渺递来的面纱戴起，冲戚少眉和赵幽平微笑道。

“我这里有化骨生肌散，你拿去用。”戚少眉仍不放心，非要将瓷瓶塞给白晏。

谁料还没塞过去，树荫里便冲出一个人影来，一抓一夺，将那化骨生肌散抢了下来。那人的声音带着沉痛的责怪，却又让人分外熟悉：“眉娘！你怎么能将我送你的稀罕药随便送给别人？”

这从树林里冲出来的不是别人，正是鸿大总管——鸿临。

二

鸿临自宋之游和云渺渺进曹府后，便对他们的一举一动留心起来。因为一时间分不清这个突然冒出来的丫头是敌是友，便跟着云渺渺来到赵幽平的茶摊前。

谁料，云渺渺惹了一身事儿不说，还把自己专门送给眉娘的灵药骗走了。

“鸿临？你怎么来了？”戚少眉吃了一惊，旋即向鸿总管伸出手，“药给我。”

鸿总管很是心痛，扯过戚少眉语重心长地说：“你们江湖中人打打杀杀的，难免受皮肉伤，这药是我辛苦寻来给你备着的，你怎么能随便送人？还送给一个不知底细的浑小子！”

鸿临指着坦然坐着的“浑小子”白晏，目光与他相接，忽然愣了一下。

白晏蒙着面纱，凤眸微微垂下。虽然看不清脸，但此情此景不知怎的就让鸿临想起了高冠博带、玉树临风的慕容晏。

“药是死物，人是活的。”眉娘神色坚定，语气却软了下来，“这两个孩子与我有缘，你就把药给我吧。”

“喂！眉娘。”鸿临知道戚少眉是个倔脾气，如今能放下架子来求自己，他自然没有小气的道理。

他将药递给眉娘，眉娘俯身看着白晏微笑，叮嘱道：“这药一日两次，不出十日，你的脸便能光洁如初。”

白晏接过药：“多谢眉娘。”

戚少眉忽而正色道：“你们方才怀疑案件与我三哥有关，眉娘可以做证，我三哥赵幽平来京城不过半个月，之前我们师兄妹一直在般若山修行。无论是皇帝还是大人官爷，我们一概不认识，朝中的事情，也不是我等江湖儿女关心的。”

“不错。”赵幽平点了点头，“我也不想和朝廷扯上关系。”

“谁说你不认识？你不还认识燕邢那个死肥鸟？”鸿总管在一旁不满道。

戚少眉眉峰一竖：“对，我就认识你们两个冤家！你把我抓去报官好了。”

鸿临一见自己惹恼了眉娘，顿时急了，连忙去揽她的肩膀：“你别气，我错了，我错了还不成？”

“你看，我给你打了一对耳坠，喜不喜欢？”

戚少眉有些无奈：“都说了我用不上这些东西，你见过哪个女侠浑身穿金戴银去舞刀弄枪的？”

“这不都是为了让你少去打打杀杀嘛。”鸿总管执意给戚少眉带上耳坠，“你看，戴上了多漂亮。”

白晏轻搡了一下云渺渺，打趣道：“你看，眉娘前一秒还生气呢，戴上耳坠子立马就不气了，你们女人都这样？”

云渺渺撇撇嘴：“那是自然，谁不喜欢收到礼物呢？”

“那你最想要什么？”白晏眨着眼问。

云渺渺思忖了半晌，坦诚地摸摸后脑勺，嘿嘿笑了起来：“我嘛……我想要钱。”

白晏一时后悔问了这个问题。

“自小师父就说，我是爹娘卖给他抵债的。我们约定，等我攒够十万两，他就告诉我我的生身父母是谁。”云渺渺叹了一口气，“不过这些年过去，算上上次帮宋之游充场面挣的钱，我也才攒下几百两银子。”

“那……实在是爱莫能助。”

云渺渺并没有在意，话锋一转：“不过，我们知道那句诗中的‘幽平’指的并不是赵前辈了，现在该从哪儿查起呢？”

白晏摊了摊手：“我坦言，我也不知道了。”

另一边，眉娘和鸿总管已经坐下欢谈起来，见云渺渺在看她，便招了招手，示意几个人过来坐。

赵幽平不理眉娘，又将蒲扇盖在脸上打瞌睡去了。云渺渺拉着白晏坐下，正巧听到眉娘谈起失踪的帝师慕容晏。

“晏公子还没有找到吗？”

“还没有消息，不过近日无忧公主有动作了。”鸿总管眉梢一凛，“她召集了一批画师，画了公子的画像，打算张贴到各处，到时候找起公子来，可能会容易些。只不过……”

“不过什么？”眉娘问。

“那画像与公子只有七成相像，这也难为画师了，公子的神采当今天下没有几个人能画得出来。”

“这到底是好事还是坏事啊？”云渺渺忍不住插嘴道，“如果有了晏公子的画像，那他不是更容易被抓起来了吗？”

鸿总管看了一眼云渺渺：“晏公子与先帝是患难之交，情同手足。不然先帝也不会认公子为帝师。所以我不相信公子会杀害先帝。怕就怕，公子流落在外，性命不保。”

眉娘见鸿总管担忧，安慰道："晏公子吉人自有天相，一定会没事的。"

云渺渺也宽慰了鸿总管几句。一个小太监匆匆跑了过来，对鸿总管一阵耳语，似乎有急事要他回宫。鸿总管临行前趁机对云渺渺说："小姑娘，我劝你离宋之游远一些，他可不是个善茬。"

"眉娘喜欢你，我也就相信你。不过若是下次你再与宋之游纠缠不清，或者做了什么伤害晏公子的事情，别怪我心狠手辣。"

鸿总管骑在马背上，龇着牙对云渺渺比了个手刀。一个手起刀落，吓得云渺渺连忙摸了摸自己的脖子。

"你别听他胡说，他就是刀子嘴豆腐心，爱吓唬人。"眉娘看着远去的鸿临，安抚云渺渺，"鸿临跟了晏公子十年，待公子一如己出，公子的事在他眼里便是大事。他着急，也是难免的。"

"你们都相信晏公子没有杀害先帝？"

"我虽然从未见过晏公子，但是鸿临看人，准错不了。"眉娘一笑，"何况晏公子位极人臣，又与先帝情同手足，他没有杀害先帝的道理。反之，我倒是更担心晏公子的安危。"

三人正在交谈，突然从边上快马加鞭来了一个人。一个小太监气喘吁吁地下了马，跑到眉娘面前，递给她一个包裹："女……女侠，我家公公说你们兄妹二人还要在京城待一段时间，让你收下这包银子，找个好客栈落脚，若是银子不够了，再找他去取。"

戚少眉眼梢一挑："去回鸿临，我不收，我和三哥自有办法。"

小太监似乎很为难，踌躇着不知该怎么办。

戚少眉最讨厌别人婆婆妈妈的，将小太监一拎，直接扔上了马。她用剑柄在马屁股上拍了一下，那马便狂奔起来，吓得小太监抱紧了马脖子。

戚少眉抱剑喊道："去回鸿临，若是再派人来，我连耳坠一并还给他！"

马转眼就没了身影，戚少眉回首冲云渺渺与白晏一笑："二位见笑了。"

天色渐沉，京华城只有几座重楼高塔还灯火长明，街上的人渐渐少了起来。

戚少眉在自己的衣襟中摸银子，对赵幽平说："三哥，我这几日不在京城，给你留下些银子，你好好保重……"

她摸着摸着，声音越来越小，摊开手掌，不过几两碎银子，实在囊中羞涩。在金钱之事上，戚少眉一向不计较。没料到从般若山出来不过半个月，就将盘缠花光了。

突然，一个沉甸甸的荷包被塞在了她的手上。戚少眉一愣，忙将荷包推回去，云渺渺却按住她的手，笑着说："前辈就收下吧，我们有缘。今日若不是你，赵三哥和鸿总管无论哪个都能要我们的小命了，可吓死我了。"

戚少眉被云渺渺这句话逗笑了，看着眼前灵气的少女，打心眼儿里喜欢。她拉过云渺渺的手说："好，这银子就算作是我借的。等我回趟般若山，下次将银子还给你。"然后从脖子上摘下一枚骨哨，递给她，"这是我藏机门中的信物，你一个小姑娘出门在外难免有遇见危险的时候，收下吧。"

说完，又不放心地看向白晏，语重心长地叮嘱道："给你的化骨生肌散你一定要日日涂，你这么好看的脸，可不能毁了。我年轻的时候，若是遇见你这样的，早就追到天南海北去了，我是真的……"

赵幽平终于忍不住打断了戚少眉："五妹！你一把年纪了说这瞎话，三哥都替你害臊。"

戚少眉长眉一竖，拎着剑就找赵幽平理论去了。

前面在鸡飞狗跳，后面的白晏在云渺渺耳边问："你不是最爱钱吗？怎么突然这么大方？"

"她不是急用吗？"云渺渺仰头看着白晏，有理有据，"再说，眉娘不是说回趟般若山就还给我吗？"

"那我们又没有钱了，怎么办？"白晏无奈地问。

"你去卖画！"

"你去卖艺！"

"你长得好看！"

"你看着机灵！"

两个人争了半天没分出胜负，云渺渺突然提议道："其实还有个办法。"

"什么办法？"

"我们去找找叶夕观。"

"找他做什么？"

"他不是拜我为师了吗？"云渺渺神秘一笑，"徒弟学艺总要交学费呀！"

好像是这个道理……

第二日，两人刚踏进京华城，便看到街头巷尾贴满了告示。云渺渺还没仔细看，就被两伙你争我抢的士兵吸引了注意力。

“你撕下我的告示做什么？”

“不撕你的怎么贴我的？”

“我这告示是摄政王让我贴的！”

“我这是无忧公主让我贴的！”

“嘿，我个暴脾气，到底是摄政王大还是无忧公主大？”

“当然是无忧公主！人家好歹姓陆！兄弟，搞搞清楚，这大徵是陆氏的天下。”

“我看宋氏一摄政，就差改朝换代了，你……”

那莽莽撞撞的士兵口中的话还没说完，就被旁边的士兵捂着嘴拖走了，他还“呜呜呜”地想说些什么，被其他士兵狠狠瞪了一下，吓得噤了声。

“你不要命了？妄议朝政可是要掉脑袋的。”

那两个士兵的声音渐行渐远，无忧公主的告示不一会儿便贴好了。云渺渺拉着白晏凑上去看，才发现这次的告示不是通缉令，而是单纯找人的。

找的不是别人，正是帝师慕容晏。

云渺渺眯着眼细细看去，突然一怔，难以置信地揉了揉眼睛。

画像上的慕容晏，竟然与白晏非常相似。

三

云渺渺指着画像，再看看戴着面纱的白晏，舌头打了结："你……你……"

"你想说，怎么会这么像，对不对？"白晏眉头微蹙，"我也奇怪。"

"可那日救我的老伯说我是白晏，于有杭也说我是长乐白府的大公子。"他盯着云渺渺，讳莫如深道，"虽然很多事情我都忘记了，但……你不会在怀疑我吧？"

云渺渺连忙摆手："不……不……你比这画像上的慕容晏好看很多。"

白晏敲了一下她的脑袋："你知道就好。"

"渺渺！"

一个惊喜的声音突然从身后传来。云渺渺回过头，发现竟然是时绿。几天不见，时绿的跛脚似乎真的好了些，她慢慢地跑了过来，脸上洋溢着欢喜的笑容。

"渺渺，几日不见，你一切可好？"时绿拉着云渺渺的手，有些激动，"华二小姐说你们今天会来，我便早早等在城门口，果然等到你们了。咦？你们在看什么？"

时绿探着身子，想要去看墙上慕容晏的画像，却被云渺渺侧身挡住了。云渺渺转开话题："方才你说华二小姐知道我们今天会来？她是怎么知道的？可是有什么重要的事情？"

时绿点了点头："对，二小姐邀你们去逐月居，快跟我来吧。"

云渺渺被时绿挽着往逐月居走去，却没看到，白晏盯着墙上的画像，神色凝重。

帝师慕容晏。

他受伤的缘故，他丢失的记忆，他被牵引着的命运，难道真的与慕容晏有关？

他抚摸着左脸上的伤疤，眸色深远。

"白晏，你究竟是谁？"

今日的朱雀大街有些不寻常，大家三三两两聚在一起，似乎在讨论什么大事。更奇怪的是，每个人的神情都不见严肃，反而带着些热情欢愉。

"渺渺姑娘好。"

"渺渺姑娘辛苦了。"

逐月居里每一个见过云渺渺的伙计都热情地向她问好。云渺渺受宠若惊，拉过时绿问："他们怎么突然这么热情？"

"你不知道，游公子将你破获曹夫人一案的事情拟成榜文贴了出来，还大大夸奖了一番。"时绿开心地说道，"赵家原本在京城作威作福，这下好了，赵姨娘被收监，整个赵家被贬去南地，实在是大快人心。所以，大家都非常感谢你。”

“可是……”

可是……明明白晏的功劳更大。

云渺渺偷偷瞟了一眼跟在身后的白晏，却发现他正在发呆，似乎没有将她们的话听进去。

时绿拉着云渺渺上了逐月居二楼，二楼有一处戏台，今日却不见演奏的戏班子等候。空旷的台上摆了一桌上好的宴席，而华棠正等在那里。

“渺渺姑娘，白公子。”华棠向云渺渺等人点头示意，“过来坐。”而后起身，亲手为两人斟酒。待酒斟满，她举杯齐眉，冲二人一敬：“曹夫人一案能水落石出，是二位的功劳。曹康大人素来体恤百姓，此案一结，许多百姓也十分感念二位。所以第一杯酒，我代京华百姓敬渺渺姑娘和白公子，请。”

酒刚沾唇，逐月居楼下的宾客便抬手鼓掌，有不少赞叹之声依稀传来。看到此情此景，云渺渺才忽然明白华棠为什么要如此高调地将宴席摆在戏台之上。

这酒宴怕也是一出戏。

云渺渺看向白晏，发现他杯中的酒水轻摇，却一滴未少。

“绿儿，今天到底是怎么回事？”云渺渺倾身问时绿，“这阵仗，不会又要叫我去演戏吧？”

“你就放心吃吧，这不是鸿门宴，二小姐真心请你的。”时绿回答道。

“渺渺姑娘，今日确实要劳烦你配合。”华棠放下酒杯，语气坦诚，“今日你不是小角色，而是主演。”

“主演？”

“华家有笔买卖要做，需要在民众间树立口碑。”华棠轻轻一笑，一双眼微垂着看向一楼的宾客，手里摆弄着团扇，“如今你很得民心，宴请你，百姓高兴，自然就会为华家的生意买单。所以……”

“这不过是举手之劳。”白晏将菜夹到云渺渺的碗里，一起游说道，“华二小姐帮了我们这么多，如今该轮到我们照顾华家生意了不是？你多吃点儿，不然一会儿没有力气演出。”

云渺渺盯着碗里的清水萝卜，很是发愁。

她不过是个纸戏师，却还要负责打广告，这业务也未免繁忙了些……

华棠冲白晏微笑着点点头，声音适时高了起来，似乎有心让宾客们听到：“渺渺姑娘有勇有谋，是不可多得的人才。此番，我有心将渺渺姑娘聘入华家，助我一臂之力，不知姑娘意下如何？”

台下的宾客一个个伸长脖子想要看个究竟，有不少好事者已经高声催促起来。

“华二小姐亲自开口，多少人求之不得。”

“是啊，华家有财有力，去华家当差可是前途无量。”

“渺渺姑娘，你快答应吧。”

云渺渺被一干人央着，登时有些发愣，不知该如何是好。

华棠忽然倾下身来，用团扇挡着脸在云渺渺耳边轻声道：“渺渺姑娘，你若来，月钱二十两。”

只听心口“叮”的一声，云渺渺瞪大了眼睛。二十两一个月，可不是小数目。眼下自己正缺钱，这下不仅不用去找一根筋的叶夕观，还可以攒下一笔可观的收入。

云渺渺一高兴就脸颊发烫，她一拍桌子，打算定下来。可一个“好”字还没说出口，就被一个高昂的声音打断了。

“渺渺姑娘若来我宋氏钱庄，赏银一百两一个月。”燕叔跨进逐月居的门槛，中气十足地朝二楼的几人吆喝道。

一……一百两？

燕叔话音刚落，逐月居里就炸开了锅。这样的天价，放眼整个大徵，怕是只有宋之游能开得出来。

果然，燕叔前脚跨进逐月居，后脚便跟进来衣衫华贵的摄政王宋之游。

宋之游也不看别人，直接看向云渺渺，同时扬起招牌微笑：“渺渺姑娘若愿意来我钱庄做事，本王再赐你一座宅邸。”

云渺渺闻言，身子往下一软，觉得心脏有些承受不住。

这……这是什么操作？再加一座宅邸？

本来志得意满的华二小姐脸色有些难看。宋之游掀起衣袍，一级级跨上台阶，逐渐逼近云渺渺。

他微微笑着，周身的气场却莫名压抑：“宅邸是三进三出的，有二十个仆人婢女，还有一个花园，冬天可以赏梅，夏天可以赏荷，四时风光尽收眼底，渺渺姑娘觉得如何？”

宋之游每说一个字，云渺渺便呼吸一窒。可宅邸和银子给她的震撼还是远远比不上此刻她对白晏的担忧。她脸色泛白，无意识地握紧了白晏的手。

虽然白晏蒙着面纱，她还是害怕宋之游认出他。

自从看了画像后，她便有一种不祥的预感，白晏或许正是宋之游苦心寻找的帝师慕容晏。

“你怎么了？”白晏反握住云渺渺的手，看到她煞白的脸，感到疑惑。

“你快走。”云渺渺低声道。

“为什么？”白晏疑惑愈深。

正当两人低声交谈之时，宋之游已经跨上了逐月居二楼的最后一级台阶。他依旧在微笑，可不知为何，云渺渺只觉得周身泛冷。

“渺渺姑娘为何不回答本王？难道本王的条件还不足以让你心动？”

“我……我……”云渺渺一边语无伦次地应着，一边飞快地在袖中摸着纸片。

“华二小姐，上好的美酒来喽！”

就在这时，四个壮士左右分立，抬着一大缸美酒跨进门来，他们高声冲二楼的华棠喊道，引得逐月居众人围看。

华棠倾身倚在栏杆上，香扇轻轻朝鼻尖一揽，仿佛闻见了醉人的酒香。

这酒名叫“千金不换”，乃是不可多得的佳酿，寻常人能尝一小盅便很不容易，而华二小姐一次就抬来了一缸。

华家财力之鼎盛，前无古人。

“好酒！将封泥拍开来，请大家都尝一尝。”华棠轻灵地笑道。

逐月居上下爆发出一阵欢潮，宋之游单手扶着栏杆，却不是望向那唤作“千金不换”的美酒，而是盯着凭栏而笑的华棠。他眸子中的冷意稍纵即逝，等到华棠回望向他时，他已经面色如常。

可逐月居的热闹是和云渺渺无关的，桌前只剩下她和白晏两个。她攥紧白晏的手，背上细细密密爬了一层冷汗。

“你怎么……”

“嘘，别说话。”云渺渺拈起折化的纸片，全神贯注地盯着那一人多高的酒缸，对白晏说，“等一下跟着我跑。”

白晏还想细问，却见云渺渺将手中的纸片掷了出去。只听众人一片惊呼，他就被云渺渺拉着，飞也似的往逐月居的楼上跑。

酒缸上的封口红布一掀开，扑鼻而来的便是醇厚的酒香。突然，一团东西掉进了缸里。酒保疑怔，拿着酒勺在缸中轻轻一搅，竟然有一条色彩斑斓的鲤鱼跃出酒面。

仰头望去，令人惊异非凡。

云渺渺折化的纸鱼在她指尖丝线的牵引下不时跃动，折化锦鲤的纸上加了金箔。天光从逐月居的穹顶泻下，鱼儿腾跃间，鳞片更是熠熠生辉。

“鱼！酒中居然有条鲤鱼！”

“这是大吉之兆啊！”

众人的惊呼果然吸引了逐月居二楼几人的目光，云渺渺见好就收，以至于她和白晏趁机溜走也没人察觉。

人群中不乏有狗腿和好事的，眼珠一转，连忙拍起宋之游的马屁来。

“宋亲王执政有方，此乃天降大吉。有宋亲王在，我大徵必定国祚绵长！”

“亲王执政，国祚绵长！”

一人呼喊便像蝴蝶振翅一般引起了千层浪，又有更多的人闻香拥入，逐月居内外，百余臣民朗声齐呼，场面震撼。

那一缸“千金不换”，不出片刻便被哄抢一空，有人端了斟好的美酒呈给宋之游，宋之游与华棠遥遥一敬，打算饮下。可酒到唇边时，他突然停住了。

那酒水中，浮着几点白色的碎末，纵然化开了，也依旧令人心疑。

他似乎想到了什么，倏然转身。可云渺渺和方才蒙着面纱的男子，已经悄然失踪。

“纸做之鱼……云渺渺，你难道也是纸戏师？”

宋之游攥紧酒杯，一双眼映着酒水与浮末，似乎雪落寒潭，越发冷彻……

雀奴倾心
第十章

一

逐月居非常热闹，所有人的目光都被空前的盛况吸引了，没有人发现一个穿鹅黄外衫的小姑娘正拽着一个蒙着面纱的公子，悄悄地往逐月居的顶层爬。

云渺渺弓着身子，气喘吁吁，却不敢停下来。虽然身后没有一个人，可她仿佛追兵在后，慌里慌张的模样看得白晏忍不住笑了出来。

“你笑什么？”云渺渺回身，疑惑地问。

白晏沉吟半晌，道：“你紧张的样子很有趣。”

云渺渺愤愤地瞪了他一眼：“别瞎闹，快跟紧我，若是让宋之游抓住了，说不定会有牢狱之灾。”

白晏不解：“我这么老实的人，他抓我干什么？”

云渺渺停下来，正色道：“说真的，你不觉得，你就是慕容晏吗？”

白晏看着云渺渺认真的模样，笑着反问：“为什么我会是慕容晏？”

“因为……”云渺渺一时语塞，“你长得和慕容晏很像。”

“别别，”白晏摆了摆手，“我可不想和那个倒霉的帝师扯上半点儿关系。”

顿了顿，他又宽慰云渺渺道：“所以你放心好了，逃跑还是要逃，我们慢点儿走，一通乱冲，反而引人注目。”

事实证明，白晏的判断是正确的。不一会儿，台阶旁路过两个小厮，其中一个四处张望一番后犹豫道：“你方才有没有听见一阵脚步声？”

“没有啊，你该不会是听错了吧？”另一个小厮望了一眼楼上，那里空荡荡的，一个人影也没有。

小厮皱了皱眉，随后挥挥手：“得了得了，不找了，我们也下去吃酒去。”

看着两个小厮渐行渐远，云渺渺惊魂未定地长吁一口气。

“慢点儿走，不急。”白晏率先走在前面，回身向云渺渺伸出手，“跟着我吧。”

两人携手，不一会儿便到了逐月居的顶楼。逐月居一共有五层，顶楼便是五楼。云渺渺看着雅阁紧闭的门窗，突然想起第一次来逐月居时见过的神秘男子。

五楼窗扇背后那个笑意凉薄的神秘男子，到底是华二小姐什么人呢？

正思索着，白晏的声音将她的思绪拉了回来。

“门上了锁，我们从窗户进去。”

逐月居的五楼是华家人出府后的行所，两人翻过窗户，进入屋内，看到里面摆满账目和笔墨，由此可以看出华二小姐日常有多繁忙。

云渺渺的视线大概扫过桌案，发现除了一些散落的竹简，香炉旁还有一支玉簪。

那玉簪形状古朴，簪头雕琢着她从未见过的火焰图腾，像是男子之物。

白晏推开逐月居的外窗，对云渺渺说："你过来看看。"

云渺渺闻声，不再思索玉簪的事情，连忙看向窗外。

只见十丈高的楼下有一方波光粼粼的池塘，池塘外环簇着一圈笔直坚挺的松柏，阳光炫目，看得云渺渺一阵眩晕。

太……太高了吧。

"怎么办？你说往楼上跑，我就跟着你来了，现在要怎么下去呢？"白晏摊了摊手，无奈道。

"容……容我想想。"云渺渺有些头痛。

"或者，二位还有一个选择。"突然，一道声音从两人身后传来，"从这旁边的云梯爬上逐月居宝顶，待上一个晚上，等打烊了再偷偷溜出去。只不过，宝顶之上风吹日晒，二位要做好当烤鹅的准备。"

云渺渺被突如其来的声音吓了一跳，回身去找，却发现阴影里坐着一位男子，长相阴柔，眉宇却很冷厉。

此人正是云渺渺初入逐月居那晚见过的神秘男子。

"你……你是？"云渺渺愕然。

男子皱了皱眉头，似乎很不喜欢云渺渺的反应，冷嘲热讽道："哪里来的傻丫头，自顾不暇还管其他闲事？"

白晏护犊似的拉过云渺渺，假装没有听到那位男子的话，问云渺渺："你有什么办法吗？"

"肉饼、烤鸭、糖葫芦，该选一个了。"那男子噙着冷笑，依旧说着风凉话。

"我哪个都不选。"云渺渺从白晏的身后探出头来，冲说风凉话的男子做了个鬼脸，"等着瞧吧。"

说完，从怀里掏出一个玲珑精致的紫玉匣子，锁扣一开，里面躺着一只巧夺天工的纸鹤。

云渺渺拿出纸鹤，冲白晏解释道："这是雀奴，是师父送我的生辰礼物。"

白晏细细端详道："真是精巧，不过看着与你平常折化的东西有些不同。"

云渺渺一努嘴："当然是不同的了，别看它像纸鹤，可不是纸做的。"

"那它是？"

“它是机关鸟，里面可是暗藏玄机，顷刻间就能变成供人乘坐的飞鸟，上天入海，无所不能。”

云渺渺言罢，两手一托，纸鹤竟然缓缓扇动翅膀从窗户飞了出去。阳光下，只见那纸鹤轻轻旋了一圈，全身骨骼抖动，倏然间变成一只栩栩如生的白鹤。细细看去，那白鹤羽翼下的骨架上榫卯暗合，万千犹如蚕丝般的机簧勾连，精密无比。

想来这些蚕丝粗细的机簧，就是雀奴收放自如的关键。

芥子纳须弥，机关之精巧，天下罕见。

白晏由衷感叹：“这等工艺，怕是只有春秋年间的墨家机关术才能办到了。”

“可师父说，送他雀奴的机关师不姓墨，而是姓林。”云渺渺回忆道，“那对夫妇是师父年轻时的故交，送了师父一大一小两个雀奴。可我那时还没出生，自然也无缘见到。后来，就不知道他们的行踪了……”

“好啦，先不说了，离开逐月居要紧。”

云渺渺攀着窗子，摇摇晃晃地趴在白鹤的背上，白鹤轻盈的身子往下沉了沉，看得白晏心惊肉跳。云渺渺却泰然微笑着，向白晏伸手道：“别怕，雀奴很稳的，快上来吧。”

白晏有些犹豫，可还是选择相信她，攀着窗子，坐到了雀奴背上。

等白晏坐稳，云渺渺并不着急驱使雀奴飞走，反而让雀奴在窗前转了一圈，对着目瞪口呆的男子哼哼道：“怎么样，谁说我一定要变成肉饼、烤鹅、糖葫芦了？”

“还有，我不叫傻丫头。我有名字，叫云渺渺，你可要记仔细了！”

云渺渺说完，总算解了气，驾着雀奴飞离逐月居。只留下那个男子喃喃自语，倏然一笑。

“云渺渺……雀奴……有趣。”

那雀奴浑身覆盖着洁白的羽翼，在云层的罅隙间穿行。金色的阳光在雀尾上跃动，拖曳出一道炫目的色泽。此时若有人抬头看向空中，定会惊异万分。

白晏向下望去，只见京华城的亭台楼阁尽在眼底，景致美不胜收。他由衷感叹：“周师父真是厉害。”

“这算什么？小的时候，别的孩子都是玩泥巴，而我三岁便能骑‘大龙’，七岁便能去‘月宫捉白兔’。”云渺渺得意道，“虽然我会的不多，但纸戏术奥秘无穷，远不是寻常人所以为的骗人把戏。”

短短一炷香的时间，两人仿佛体验了一番神仙乘鹤的感觉。无虑、自在，着实让人艳羡。

雀奴飞到一处城郊的鸢尾花海中，便停了下来。

此处正是一座小山，云气缭绕，清凉至极。本是鸢尾枯萎的季节，但因为地势高于别处，漫山鸢尾花正逢盛放，紫红色的花海绵延数十里。有风拂过，花浪翻涌，带来无数香气。

“真美啊！”云渺渺从雀奴身上翻身下来，环顾四周雀跃道，“没想到京华城外还有这么美的地方。”

“鸢尾遍开，栖云停雾，不如就叫这里鸢栖山吧。”白晏提议道。

云渺渺眼中一亮，不住称赞：“鸢栖山，真是好名字。”

雀奴任务完成，云渺渺合掌默诵口诀，雀奴便又缩小到纸鹤大小，被云渺渺小心地收进紫玉匣中。

白晏在一旁看着，轻摇折扇，调笑道：“当纸戏师真是有趣，不仅可以变化万千，还可以同机关师交朋友，收到稀奇古怪的礼物，怪不得叶夕观执意要拜你为师，我倒有些羡慕了。”

“羡慕他做什么？”云渺渺将紫玉匣收好，随后坐在花海中，指尖抬起，便有几只蝴蝶飞来，“你若喜欢，我也可以送你一样东西。”

白晏来了兴致，盘膝坐在云渺渺身边，收拢的折扇抵在下巴尖，眸子眨也不眨地盯着她：“送我什么？”

“虽然我没有师父那么厉害，但我一向是个勤奋好学的人。”云渺渺认真地自夸道，“我相信假以时日，我也能折化出非常厉害的东西。”

“所以，就算我折出的东西不好，你……也不许嫌弃。”

说完，衣袂一挥，一只比方才的雀奴更小巧的纸鹤落在她的指尖。

“这小雀奴是只有点儿残次的机关兽，不过据我观察，也就是羽翼不对称，飞得不太高，容易颠簸……不是什么大问题。我重新给它折化了纸羽和鸟尾，虽然没有师父的大雀奴漂亮，但好歹能飞得稳当些了。所以……虽然它笨笨的，但你不许嫌弃它。”

小雀奴小小的翅膀扇动着，白晏伸手，那纸鹤便乖巧地落在他的手心。顺便垂下脑袋，在他的手心蹭了蹭。

“看来小雀奴喜欢你。”云渺渺笑着说，“我就把它送给你了，你可一定要好好爱惜。”

“我很喜欢。”白晏轻轻一笑，花浪拂过他的衣袂和乌发，越发映衬得他人如画生，“一定爱惜。”

“不过，我有个问题。”白晏盯着小雀奴，忽然道。

“什么问题？”

“这小雀奴是不是可以和飞鸽一样传信？”

“应该可以吧，不过……”云渺渺敲敲额角，“据师父说，大小雀奴的内核分别有两只双生虫，这种虫儿十分灵敏，可以感知自己的伴侣，但小雀奴应该只认识大雀奴，目前来说只能跟大雀奴飞鸽传书。”

“原来是这样。”白晏勾唇一笑，垂眸看着小雀奴，似乎很遗憾，“我本来想效仿古人鱼传尺素的风雅事。现在看来，是不能和官家小姐传信了，只能和你了。”

云渺渺问：“和我不好吗？”

白晏回答：“谈不上好。”

云渺渺无语。

白晏补充道：“但还可以吧。”

云渺渺无奈地说：“行吧……”

鸢栖山花浪翻涌，阳光西斜如流金溢彩，两个人心情大好，不知不觉在山上待了一天。

夕阳晕在眼梢，白晏发觉云渺渺正出神地盯着自己，便问：“怎么了？”

云渺渺猛地回神，脸上微微泛红，随后想起什么似的严肃地说：“从明天起，你就别再进京了！”

“为什么？”白晏有些不解。

“没有为什么，不让你去，你就不准去，都是为你好！”云渺渺一改往日的好脾气，语气很是强硬。

白晏忽然凑近云渺渺，调侃道：“那你每日在外奔波劳碌赚银子，我却只能在家生火做饭补衣服，我们是不是反过来了？”

他身上特有的檀香味萦绕在鼻尖，扰得人内心烦躁。云渺渺的脸红得更厉害了，却异常坚定：“我不觉得反了，就这样，很好！”

二

接下来的几天，云渺渺都盯着白晏不让他往外跑。如果有需要抛头露面的事情，她都一手包办。

于是，云渺渺每天转得跟个陀螺似的，熬得两眼通红。

白晏也消停了不少，每天睡到日上三竿才起来吃饭。一双筷子经常抓不稳，歪歪扭扭地将大虾圆子拣进碗里，看得人心急。

概括来说，白晏总是一副睡不醒的模样。

白大少爷肩不能挑，手不能提，连提笔作画也没有力气。

“你该不会是病了吧？”云渺渺看着白晏拨拉了半天虾圆子，终于忍不住问。

白晏囫囵一应：“总觉得这几天困得慌。”

“那我们去捉鱼？”

“不要。”

“我们去找翟将军打猎？”

“不要。”

“不然我们去找赵幽平听书？”

白晏扶额，不知道云渺渺哪来的这么多奇思妙想：“我只想歇着。”

“这样不行，不然我找个大夫来给你瞧瞧？”

白晏摇了摇头，随后岔开话题：“你那天从逐月居逃走，算是把宋之游和华二小姐的邀约都推掉了。一百两银子和一套三进三出的房子就这样没了，你不觉得可惜吗？”

“当然可惜了。”云渺渺叹了口气，“那么多银子，干什么不好？”

“所以现在不仅没有银子赚，你还得费心费力地守着我，你到底图什么？”

云渺渺一下子被问住了，支支吾吾半晌，一句话也说不出来，倒把脸憋得通红。

“好了，看你这么辛苦，我就破例一次。”白晏将一幅卷轴交给她，“你把这画拿去卖了吧。既然你是为我好，我也不能让你吃亏。画卖了多少银子，你就拿多少银子，以后一个月一幅画，怎么样？”

“你这是……”云渺渺一愣，“雇我呢？”

“算是吧，所以……”白晏顿了顿，“从今往后，我当老大，你是跟班，你要听我的。”

“这买卖不划算。”云渺渺突然警惕道，“你要是执意去京华城怎么办？”

“你倒是机灵。”白晏盯着云渺渺一笑，“所以你猜对了，我正是这个意思。”

他说完，望向窗外，神情突然凝重起来。

“云渺渺，我的身世远没有你我所了解的那样简单。我能感觉到，京华城内接踵而至的谜团都与我及纸戏术有关。”白晏握着折扇的指骨蓦然扣紧，“所以，无论京华城多么凶险，我都得去，不然我永远找不回丢失的记忆。

“那次投河之后我就知道，有人控制了我，只要他愿意，可以随时拿走我的命。与其留在这里坐以待毙，不如深入虎穴搏上一搏，说不定还有一线生机。

“云渺渺，我想活。”

白晏最后一句话，让云渺渺心头一凛，鼻尖跟着泛起酸来。她深吸一口气，冲白晏伸出小手指：“答应你可以，不过我这个人一向独来独往，既然你要做我老大，就必须每月给我一幅画让我换银子，少一幅都不行。所以……你一定不能死。”

白晏钩起云渺渺的手指，眉眼如漆黑夜色中柔和的弯月。

“我答应你。”他冲云渺渺微笑，“一言为定。”

未时，京华城，朱雀大街。

一名穿鹅黄衣衫的少女正踮着脚尖左顾右盼，似乎在找什么人。她一脸愁云，抱着的画轴似乎有千斤重，她每看一眼就会忍不住叹气。

云渺渺的心情是不好的。

之前一时冲动答应了白晏，她有些后悔，而后悔之余更多的是担忧和害怕，还有自责。比如，如何将白晏的画作卖出去就成了难题。

如果白晏真的是慕容晏，万一有识货的看出来她拿的是帝师的画作，那岂不是惹祸上身？有口也说不清了。

正发着呆，突然有人拍了拍她的肩膀。云渺渺一惊，连忙回身，就看见身后有一个捋着胡须，满面和蔼的掌柜在冲她微笑。

“小姑娘，你抱着的是画吗？”

见云渺渺点点头，那掌柜便接着说：“我有心收购几幅上乘的画作，你可方便给我看看？若是这画当真不错，我愿意用百两收购。”

云渺渺心里一喜：“当然可以，这画正是上乘的画，您看看就知道了。”

她说着，解开卷轴，打算当街将画作展示给掌柜看，掌柜却忽然止住她，摇头道：“不可不可，这里不是看画的地方。”

见云渺渺疑惑，掌柜解释道：“这里车马喧嚣，既然要欣赏好画，自然要焚香净手，找个安静的地方细细观看。”

好像有些道理。

云渺渺点点头：“那请掌柜带路吧。”

那掌柜步态悠然，走起路来不紧不慢，带着云渺渺绕了几条街巷，途中一直东张西望，不知道在寻找什么。

云渺渺还在思忖着白晏的事情，并没有察觉到异样，等反应过来的时候，两个人已经来到一个僻静的小巷。

意识到情况有些不对，云渺渺打算赶紧开溜，她和眼前的人拉开距离，缓缓说道：“掌柜的……我看天色不早了，这画我还是卖给别人吧。”

“这可不行，这画我要定了。”

前无通路，后有堵截。云渺渺反应过来时，周遭已经围了四个壮汉。

惨了，这下凶多吉少。

“请姑娘跟我们走一趟吧。”那掌柜施施然开口，亲切和蔼的微笑看得人心里发怵，“还望姑娘别挣扎，免得弄伤自己。”

这些人，到底是做什么的？为什么要抓她？

云渺渺的脑海里飞快闪过许多念头，一想到自己有可能被扔进小黑屋挨打，冷汗顿时爬了一身。

她偷偷把手伸到身后的锦囊里摸纸片，没想到摸了个空。

那掌柜接过同伙扔过来的锦囊，对云渺渺冷笑道：“早知道姑娘会使诈，这东西我先替姑娘收着了。”

说完，他神色一凛，冲左右命令道：“绑好了，把她带走！”

瞬时，云渺渺就被几双大手牢牢钳制住，无论她怎么挣扎，都是徒劳。

这些人训练有素，绑起人来毫不马虎，不一会儿就将捆成粽子的云渺渺推到了掌柜的面前。

“我和你们无冤无仇，为什么绑我？”

掌柜拿着麻袋，往云渺渺头上一套，冷声道：“到了地方，公子自然会告诉你的。”

云渺渺胸口一热，怀中的紫玉匣跌落在地，随后一阵狂风席卷小巷。

众人还没反应过来发生了什么事情，就见一只巨大的白鹤从半空中俯冲下来，双翅掀起一股飓风，将云渺渺身旁的几个大汉卷了起来。

是大雀奴！大雀奴竟然苏醒了！

这些劫匪何曾见过这样的阵仗，一时间都以为天降神兽，灾祸来袭，纷纷屁滚尿流地逃跑了。不一会儿，巷子里就只剩下还被麻袋套着的云渺渺。

大雀奴乖巧地收敛羽翼，用鸟喙将麻袋扯开，露出一张神情狼狈的脸。

云渺渺睁开一只眼睛，小心翼翼地偷看了一下周围，却看到一只小纸鹤亲昵地落在她的肩头，引得大雀奴开心地一声长鸣。果然，因为双生虫的缘故，小雀奴感知到了大雀奴的危险，适时赶了过来。

“小跟班，老大来救你了。”

一个熟悉的声音在身后响起，虽然带着戏谑的语气，听在云渺渺的耳朵里却分外亲切动人。她眼睛一酸，绷直了脊背不肯回身。

白晏走到她的身后，扳过她的身子，让她抬起头来。

云渺渺一睁开眼，就看见白衣翩然的公子对她施施然笑着，仿佛景随人至，轰然洞开了世间最柔和的风景。

白晏将她的脑袋按在自己的肩膀上，明明是极其温柔的动作，语气却很欠揍：“别怕，老大不是来了吗？”

云渺渺愤愤不平：“都是你让我来卖画我才被抓的。”

白晏有些无奈：“谁叫你那么笨，看不出谁是好人谁是坏人。”

云渺渺依旧不服气：“这下好了，京华城不仅你来危险，我来也危险。”

白晏说：“我这不是来救你了吗？放心，有我在，你不会有事的。”

云渺渺气得一时语塞，这个人，自己都小命难保了，居然还敢拍着胸脯说大话。

不过，这大话确实很动听，因为这句话，她整个人都不自觉地开心起来。

等反应过来，她脸上一热，收整了心情，将肩头的纸鹤托在手心问白晏：“话说回来，你是怎么知道我有危险的？”

“你说过，大小雀奴之间可以传信，我就在想它们肯定有什么联系。今日你走后，小雀奴体内的虫铃便一直响，我便想，你是不是遇见了什么危险，一来，果然猜中了。”白晏解释道。

“可是，驱使雀奴要会口诀才行，你怎么会……”

白晏轻描淡写地一笑：“也不是什么难事，之前在逐月居，我见你念过一次口诀，便记住了。”

驱使雀奴的口诀冗长复杂，她当年可是背了三天才记住！

云渺渺强压着心头的一团火，人比人是真的会气死人，这个白晏除了长得好看，脑子也是不同于常人地好。这个记性，也太令人嫉妒了。

白晏似乎没有察觉到云渺渺沉默背后嫉妒的怒火，继续摇着扇子补充道："你肯定很惊异大雀奴没有你的召唤却能自行幻化吧？要说这还是小雀奴的功劳。小雀奴如果离大雀奴近了，此时再念诵口诀，就可以通过小雀奴来唤醒大雀奴。机关术一门的祖师爷竟然留下这样奇妙的东西，当真让我赞叹不已。"

白晏一番行云流水的推断让云渺渺嫉妒的怒火燃烧得更旺了。

为什么白晏不仅能一下子就记住召唤雀奴的口诀，而她就要参悟很久？

白晏看向云渺渺，终于感受到了她眼神中的妒火，便贴心地摸了摸她的脑袋："别担心，老大会的以后都可以慢慢教给你。"

"不过，"他话锋一转，回归正题，"当务之急我们还是赶紧离开这个地方，那些劫匪有可能还会再回来。"

"好，我们先离开。"云渺渺强压着怒火，点头应道。

谁料想，两个人刚转身，便看到巷子口逆着光的地方站了一个人。

三

云渺渺眯着眼，仔细辨认着那个人的轮廓和身形。谁知那个人看到白晏和云渺渺双双回身，一时兴奋，一瘸一拐地跑了起来。

时绿冲云渺渺挥着手：“渺渺，是我，绿儿。”

“你怎么会在这儿？”云渺渺和时绿两人同时问出口。

“说来话长，现在这里很危险，不宜久留，我们还是赶紧离开吧。”云渺渺冲时绿道。

时绿踮着脚尖往两人身后望了一眼，便看到了散落在地的麻绳和麻袋。

“是谁？竟然要绑架你？”时绿掩唇低呼道。

“我方才听那伙绑匪说‘公子’，不知道是哪位公子跟我结了仇要绑我。”云渺渺摇头一笑，自己也觉得不可思议，“若说公子，整个京华城我只认识一位游公子，可日理万机的摄政王该有多无聊才会来绑架我？”

见时绿若有所思，云渺渺拍拍她的肩膀：“绿儿，别瞎想了，说不定就是些谋财害命的恶人，我们先离开吧。”

“你们先走，我来帮你们断后。”时绿突然说道。

白晏和云渺渺闻言都是一愣。

时绿甜甜一笑：“你们为我做了不少事情，我也该为你们做些事情了。渺渺你先走，我在这里等那帮人，若是他们回来了，说不定能知道他们到底是谁。”

“好吧，那绿儿你千万要小心啊！”云渺渺叮嘱了时绿几遍，才一脸担忧地同白晏离开。

眼看云渺渺和白晏走远了，躲在墙角的时绿突然走进巷子里，捡起地上的麻绳将自己绑了起来，然后自己钻进了麻袋里……

她耐心等着，果然，不一会儿，耳边响起几个人的声音，与此同时，她也被人扛了起来，放在一辆马车上。

“刚才吓死我了，那么大的白鹤飞下来，我还以为是天降奇兵，没想到竟然没把这丫头救走。”

“怕就是只疯鸟吧。这次多亏我们运气好，不然就没法向公子交差了。忙了半天，回头我们吃酒去。”

“不过话说回来，公子绑这丫头做什么呢？”

“还能做什么啊，你看过戏吗？八成是公子看上这个姑娘了，打算‘先兵后礼’。”

“不都是先礼后兵吗？这……这样追姑娘，能成吗？”

“有什么不能成的？我看除非是帝师慕容晏跟咱们公子抢，不然……啧，手到擒来。”

马车晃动起来，几人闲谈着，不一会儿就到了地方。那掌柜率先下车指挥几人将麻袋抬下来，一直抬到停芜院才停了下来。

“辛苦几位了。”

东厢房外，一个臃胖的身躯背着手缓缓走来，正是燕叔。他将荷包抖了抖，给五个绑匪一人二十两银子。

那几个人忙不迭地道谢，燕叔却比了个噤声的手势。几人忙道“明白”，迅速退了下去。

宋之游在那几个绑匪退下后姗姗来迟，冲燕叔点点头，便进了厢房。

厢房是刚刚被洒扫过的，还泛着潮湿的气息，时绿闷在麻袋里，热汗黏了一身，可一想到马上就能见到宋之游，她的心就跳得宛如擂鼓。

她……她终于混进宋王府了。

“渺渺姑娘莫怕，这里是我宋王府，非常安全，没人能伤害你。”宋之游给自己斟了一杯茶，缓缓坐下，“以这种方式请姑娘来不是本王的本意，若是唐突了姑娘，姑娘不解气，本王允许你打本王两下。”

打……打两下？

宋之游为了表示自己的诚意，贴近麻袋，将脸凑过去。麻袋里的人却很僵硬，绷着脊背，半晌也不见抬手。

宋之游似乎早有料想，懊恼地叹息：“本王就知道你舍不得下手，不过本王跟你约法三章，就算你喜欢本王，本王也不会喜欢你的。”

麻袋里的人还是没有回应，宋之游想，她应该是听到自己的这番话，伤心了。

于是，他抚着自己的脸颊，遗憾道：“本王就是这样一个温润而又无情的人，渺渺姑娘，希望你能明白，本王对你只有惜才爱才之心。从今日起，你就在本王的停芜院住下，当本王的间谍。本王知道你会纸戏术，所以月钱翻倍，二百两银子一个月。”

麻袋里的人身子似乎在微微颤抖，看来是听到这个喜讯激动的。

宋之游胸有成竹地一笑，上前两步解开麻袋的封口，一边解一边傲然道：“别激动，有点儿出息，要是你做得好，月钱还可以再加倍。”

麻袋解开的一瞬间，一个绿色的身影突然蹿出，牢牢圈住了宋之游的脖子。因为开心，那胳膊的力道比平时大了几倍，差点儿把宋之游勒死。

这不是间谍，是刺客吧？

宋之游喘不上气的时候，耳边响起一个雀跃的声音。

“太好了！你不喜欢渺渺！真是太好了！”

宋之游憋红了脸定睛一看，才发现错拿了人。

被错抓来的时绿连忙松开宋亲王的脖子，转而又是一个熊抱。

“我……我不是故意要勒你的，不过你放心！我一定会当你最得力的女间谍！”

“先松开我再说。”宋之游说。

那一日，宋王府上下动用了七八个壮汉才将八爪鱼似的时绿从宋亲王身上扯下来，而宋亲王也因为颈椎受伤，在榻上安安分分地躺了两天。

不过，现实情况是……狗皮膏药是不会因为被扯下来就自觉走了的。

时绿一直对宋王府上下说，既然游公子需要自己的帮助，那她理应在所不辞。于是时绿工钱也不要，只求在宋王府待着，帮宋之游分忧。

可三日后，有人断定，时绿纯粹是敌方派来的间谍。天资愚钝也就罢了，还在坑害宋亲王的道路上越走越远。

宋王府的水井枯了，没事，再挖一口便好。

于是听曲儿晚归的游公子，精准地掉进了路中间的一个大洞里。

宋王府的亭子漏雨，没事，补一补便好。

于是邀友人来府中赏画的游公子发现，自己的画作都被拿去糊了墙。

宋王府的竹子长得太茂盛了，没事，修一修便好。

于是来后院赏景的游公子发现，他栽培了十年的竹林成了光秃秃的梅花桩。

宋之游很生气，十多年来第一次这么生气，气得差点儿拿刀砍人、掀了屋顶。可罪魁祸首时绿姑娘总是一副虚心接受、任劳任怨的模样。

“请公子再给我一点儿时间，我会学好如何当一个合格的间谍的！”

“你先给我学会不要多管闲事，我就知足了！”

“公子不知，这都是磨炼！我通过挖井学会了如何布置陷阱；通过糊墙学会了如何翻墙逃跑；通过修竹子学会了如何上阵杀敌，连燕叔都说我近日进步很大呢！”

瞧把你能的！歪理还挺多！

宋之游火气上脑，气得连“本王”的自称都忘了用。可人是他命人绑来的，如今赶也赶不走，只能打掉牙齿往肚子里咽。

“你不是想当个合格的间谍吗？”

既然她一心想要为自己卖命，不如就顺水推舟，让她去完成一个任务。

“公子只管吩咐，绿儿赴汤蹈火，在所不辞！”

“本王近日听到有人说，他曾在京华城内见到过慕容晏，看来无忧公主的画像派上了大用场。”宋之游顿了顿，“现在无忧和鸿临都在找慕容晏，你应该知道先下手为强的道理。”

“绿儿明白……”

“那么，你去帮本王找到慕容晏。”

“慕容晏的画像绿儿之前也看见过，总觉得他像一个人。”时绿撑着下巴喃喃道，丝毫没有察觉宋之游倏然间变化的眼神。

“啊对，他长得很像白晏公子。”

“白晏？”

“嗯，就是经常跟渺渺在一起的画师白晏。”

风过叶响，蝉声也忽然寂静。宋之游盯着时绿，眼底第一次换上了正色。

第十一章 宋亲王府

一

两日后，乌衣巷。

那日云渺渺和白晏脱险后，便遇见了出门采办货物的华棠。原来，华棠早已看到云渺渺和那扮作掌柜的绑匪，正打算出手相助时，白晏出现了。

所以等两个人走出小巷时，华棠便迎了上去。一番交谈道清了原委，因为害怕京华城中还有其他未知的势力，华棠便让两人先来自己府中避避风头。

时绿自那日后便与众人失去了联系，云渺渺焦急万分，托翟如将军在全城寻了几次，始终没有发现时绿的踪影。

谁知今日，时绿突然又出现了。

云渺渺拉着时绿问她这些天到底发生了什么事情，时绿只是摇头。接着，告诉了云渺渺一个令她激动不已的消息。

“渺渺，有件事我想告诉你。”时绿犹豫半晌，想起宋之游的话，终于下定决心，“我那日好像见到了你的师父周九问。”

“真的？”云渺渺大喜，“师父现在在哪里？你快带我去见他。”

“他……”时绿嗫嚅着，“我前日遇见的，不知道他还在不在那里了，你愿意跟我走一趟吗？”

“当然可以！”云渺渺激动地拉起时绿的手，“绿儿，这次多亏了你，总算找到师父了！”

时绿囫囵应着，眼神却刻意避开了云渺渺。

如果让渺渺知道她在欺骗自己，会不会……

她连忙晃了晃脑袋，将这个可怕的念头从脑海中赶出去，随后看着满面喜色的云渺渺定了定神，微笑起来：“马车就在外面，我们赶紧走吧。”

云渺渺看了看正趴在案上打瞌睡的白晏，偷偷绕到他的身后，拿华二小姐逗鹦鹉的金稻，在他的耳朵上搔了搔。

“我要出去一趟找师父，你这病耽误不得，快去找大夫看看，听到了吗？”

“我没病。”白晏捂住耳朵，又换了个姿势打瞌睡。

云渺渺不达目的不罢休，又用金稻搔起白晏的另一只耳朵，声音也高了八度：“好不好？”

“不好不好！”笼子里的扁毛畜生多嘴地叫道，“不好不好！”

云渺渺做出一个拔毛的动作，鹦鹉见了果然收起翅膀，闭了嘴开始四处看风景。

“说实话，上次我投河前，有段时间也是这样昏昏欲睡。所以我敢断定，这绝对不是病，而是征兆。”白晏似乎被烦得睡不着，干脆睁开眼睛，冲云渺渺弱弱一笑，话也连珠炮似的说了一堆，“所以你快去快回，可要看好老大我，别让我迷迷糊糊做傻事，不然你身为小弟会捶胸顿足、抱憾终生。”

云渺渺举着金稻无语。

白晏看着云渺渺的傻样，揉了揉眉心叮嘱道：“得了，我没事。你一个人出去，要万分小心，早去早回。”

云渺渺郑重地点头：“嗯，我一定早去早回！”

时绿嘱咐了车夫几句，一回身发现白晏没有跟出来，神色不自然地问：“渺渺，白公子不跟你一起来吗？”

云渺渺大大咧咧道：“他啊，这几日精神不振，就让他歇着吧，我自己去就行了。”

时绿有些犹豫，迟迟不肯上马车：“我觉得，还是白公子跟着你比较好。”

云渺渺先一步上车，向时绿伸出手：“我觉得他不在比较好，我们好久没见面了，我正想和你好好说说话呢，他在会不方便的。”

时绿见实在劝不动云渺渺，只好搭着她的手上了马车。

云渺渺心中急切，心里已经盘算起晚上如何给师父做一桌鸡肉盛宴，正想着如何爆炒葱花时，马车停了下来，窗外正是宋氏钱庄。

见云渺渺狐疑，时绿解释道：“那日我便是在这里遇见周师父的，游公子也知道，我们先进去坐坐吧。”

云渺渺跟着时绿进了钱庄，待客的茶案上早已摆好了各色瓜果点心，屏风轻轻拉开，露出宋之游和气的笑脸。

“两位姑娘过来坐。”

宋之游挥手让丫鬟退下，抿着茶同云渺渺寒暄起来。

“渺渺姑娘跟着周师父学艺有多久了？”

“十一年了。”

“那你的父母可还安好？”

“我小时候他们就不在了。”

宋之游问一句，云渺渺便答一句，你来我往还没几个回合，云渺渺的眼皮就困倦得睁不开了，就好像突然被白晏传染了瞌睡。她盯着桌上的香炉，眼睛都快瞪成了对眼，可那一缕缕香气还是毫不客气地往她的鼻子里钻。

“我……我想睡一会儿。”

没等宋之游回应，云渺渺便脑袋一沉，歪倒在桌案上。不出片刻，宋氏钱庄的雅阁里便响起了此起彼伏的呼噜声。

香里有迷药，而茶里有解药。宋之游端起茶盏，一饮而尽。他看着云渺渺，缓缓地浮起微笑：“睡得可真叫人羡慕。”

时绿看着昏睡的云渺渺，端着茶杯的手一紧。

“不过，让你带来的白晏公子呢？”宋之游看向时绿，“只有云渺渺可不行。”

“白……白公子这几日病了，渺渺不让他来。”时绿一愣神，连忙对宋之游解释道，“不过，依我所见，白公子是牵挂渺渺的。若是渺渺不见了，他肯定会来找渺渺，到时候也是一样的。”

“我倒是没想到云渺渺如此招人喜欢。”云渺渺睡觉的样子有点儿丑，口水挂在唇边，宋之游伸出手，拢了拢她的碎发，仔细打量着她，“不过，丑是丑了些，好像傻得怪有魅力。”

时绿无语。

“多谢时绿姑娘了。”宋之游突然看向时绿，冲她微微一笑，“这是你完成得最出色的一次任务。”

云渺渺醒来的时候发现自己在宋王府，可时绿和宋之游都不在她身边。头隐隐作痛，她使劲儿回忆着在钱庄发生的事情。

就在这时，房间的门被打开了，进来的是一个婢女，看穿着举止，应该是宋府的大丫鬟。

“渺渺姑娘，我叫侍香，以后在宋王府，便由我来服侍你。”

云渺渺朝侍香的身后看去，发现门外守着三四个壮汉。她心里“咯噔”一下，知道自己被宋之游囚禁了。

知道来硬的不行，云渺渺便转而向侍香打听宋府的事情。

“这宋王府除了摄政王，可还住着其他人？”

“除了王爷，西苑还住着老夫人。不过老夫人常年吃斋念佛，潜心苦修，我们很少有机会见到她。”

云渺渺一愣：“宋亲王在大徵如日中天，老夫人为什么要苦修呢？”

侍香谨慎地看了看周围，随后附在云渺渺耳边道："渺渺姑娘有所不知，我们王爷的胞弟在十二岁那年失踪了，王爷一直在想法子寻找。可奇就奇在，老夫人并不记得自己还有个孩子。于是王爷就和老夫人争执不下，两个人渐渐生了嫌隙，从那以后，老夫人便去西苑吃斋念佛了。"

还有这样的事……

云渺渺还想继续打听，侍香却不肯继续往下说了，只是命人帮她梳洗一番。而后说奉王爷之命，要领她在宋王府转一转。

云渺渺从来没有过过大家闺秀的日子，更没有被人寸步不离地跟着过。她看着宋之游给自己安排的四五个服侍的人，只能望天叹息。

果然，她还是更喜欢自由自在的生活。

突然，一个别致的亭台吸引了云渺渺的注意力。

那亭子临水而建，高高飞起的檐角坠着八宝铃铛，和风一过，白色的纱幔就轻轻扬起，露出宋之游临水抚琴的身姿，翩然间，也带了几分俊逸出尘。

可吸引云渺渺目光的不是宋之游，而是这座亭子的名字。

"幽平亭。"

云渺渺默念出声，身旁的侍香便连忙上前两步笑道："渺渺姑娘，这亭子是我们公子亲自取的名。"

"为什么要叫幽平？这是什么意思？"云渺渺小心翼翼地继续问。

"这个啊，奴婢识字不多，公子的意思奴婢也不敢揣摩……"侍香顿了顿，"姑娘怎么问起了这座亭子？"

"嗯……"云渺渺含糊道，"我不过是觉得雅致，好奇而已。"

侍香微笑道："我家公子是很雅致，待人也温和有礼。姑娘与公子多相处，自然会发现公子的好。"

云渺渺一愣。

这话……这语气……怎么好像是说媒的？

不过话说回来，宋之游很得人心，府上的奴仆全都忠心不二，对他非常敬重。

她还想继续打听"幽平亭"的意思，踯躅半晌，却不知该如何问下去。她记得白晏之前告诉过自己的话。

"华二小姐告诉我，先帝陆昶乳名一个'一'字，'一'即代表先帝陆昶。而那镇尺上的诗句'一钟见幽平'其实是个哑谜，它真正的意思应该是'帝终见幽平'。"

幽平若不是赵幽平，又会是什么呢？宋之游府上的这座亭子到底与先帝有没有关系呢？还是说，一切都纯属巧合？

想了半天也想不出个所以然，云渺渺摸着脑袋，一脸愁苦。

宋之游远远看见了，不由得一笑。他按下琴弦，冲云渺渺招手："渺渺姑娘，过来坐。"

云渺渺一个激灵，慢腾腾地挪了过去，在宋之游的对面坐下。

"在王府住得可还习惯？"

"呃……习惯。"

"如果觉得闷，用过午膳，本王带你出去走走。"

"嗯？"云渺渺一愣，她不是阶下囚吗？怎么还享受起座上宾的待遇了？那宋之游抓自己来到底是为了什么？

若是为了纸戏术，好像也说不通。毕竟来宋王府的这几天，宋之游对纸戏术只字未提。

"别怕。"宋之游拍拍手，丫鬟们便端上许多异域瓜果，他微笑道，"渺渺姑娘是本王府上的贵客，本王理应款待。这是西域进贡的瓜果，尝尝看合不合口味。"

云渺渺咽了咽口水，刚想伸手去拿一颗果子来尝，却突然被宋之游按住了手。他修长的手指抢先拿过果盘，三两下将果壳剥了干净，然后把果肉递到她面前："本王剥，你来吃便好。"

云渺渺尴尬地伸手去接，谁知宋之游一晃，她接了个空。

宋之游勾起唇角，冲她摇头道："张嘴，本王来喂你。"

啥……啥？

云渺渺脊背一僵，耳朵里钻进许多窃窃私语。身后的丫鬟们都掩唇交换着神色，语气满是不可置信。

"公子不会对她动心了吧？"

"公子连姬玉公主都不要，会喜欢她？我看就是逗逗她罢了。"

"我看不简单，公子何曾逗过别的女子……"

宋之游充耳不闻，却一语惊人："吃吧，本王喜欢渺渺姑娘，这点儿小事无须紧张。"

二

本王喜欢渺渺姑娘……本王喜欢渺渺姑娘?

不出半日，这句话就在宋王府上下传开了，云渺渺走在路上，随处都能感受到异样的目光，真恨不得背个乌龟壳缩进去算了。

宋之游却坦然得让人生气，哪怕云渺渺与他刻意保持距离。

云渺渺退一步，他就进一步，让人无可奈何。

于是，胆小的云渺渺被宋之游环在马上高调游城，同骑一马的暧昧姿态还被好事者画了画，全城抛售。

终于，云渺渺忍不住了，鼓起勇气向宋之游提议："王……王爷，我长得壮，同乘一匹马挤得慌，不然……我换一匹骑？"

宋之游闻言勒住马，燕叔见状也跳下马来候命。几个人都松了一口气，想着宋亲王总算折腾够了。谁知宋之游一开口，又吓得云渺渺抱紧了马脖子。

"你现在要换马也行，不过本王还是要提醒你，先看看周围再做决定。"

云渺渺环顾一周，芳心破裂的少女们竟然齐齐举起臭鸡蛋瞄准了她，就等她离开宋之游后，砸个痛快。

"我……我不换了。"

"那我们再去城东转转？"

宋之游胁迫着云渺渺高调了整整一天。结果傍晚回府时，两人齐齐败了兴致。

宋之游是因为白晏没有出现，云渺渺也是因为白晏没有出现。

宋之游想：不是说白晏很牵挂云渺渺吗？连脸都不露，懦夫！

云渺渺想：白晏不是应该很担心我吗？连人都不出现，骗子！

于是时绿见到两个人的时候，就见他们一个劲儿地齐声叹气。想到坊间关于两个人的传言，她的心里就堵得慌，看向云渺渺的神情也不自在了。

可随之想到是自己用周师父将云渺渺骗到这里，她又有些过意不去。于是躲在梧桐树后，犹豫着要不要出现。

她以为自己躲得很好，但还是被宋之游发现了。

"累了一天，渺渺姑娘先回去歇息吧。"等云渺渺走远了，宋之游转而看向时绿，"时绿姑娘留步。"

他垂眸看向时绿，眼底依稀有怒气："你不是说白晏最在意云渺渺吗？为什么云渺渺失踪了这么久，今日跟本王高调出行，也不见他出现？"

“我……我不知道，我只是觉得白公子是喜欢渺渺的。”时绿说完，突然垂下头，声音细小，“我觉得王爷你也喜欢渺渺……”

宋之游“出卖色相”，见了一天的花痴，此刻已经生了厌烦，听到时绿的话更是火气上涌。他一拂袖子回身想走，结果腰间一重，又被时绿抱住了。

“王爷你还是不要喜欢渺渺了，她和白公子是一对，你和她没有结果的！”

宋之游无语。

“本王和你也没有结果。”

时绿闭着眼不松手：“精诚所至，金石为开，我们可以有的！”

宋之游道：“你这么说，那本王和云渺渺也可以有的。”

时绿将宋之游勒得更紧了：“你们不可以的！”

行吧……这弯儿要是绕起来，简直没完没了。

宋之游敲敲时绿环在自己腰间的手：“你把本王松开，再离本王远一点儿，本王可以考虑考虑你。”

“好！好！”时绿激动地松开手，连忙一蹦一跳地跑远了。

过了一会儿，宋之游的背后传来一个声音：“王爷，这样远不远？”

“不够远，再远一点儿！”

“那王爷……我什么时候能离你近一点儿？”

宋之游干脆掏出两团棉花，塞住耳朵。

本以为游城的闹剧就此结束了，谁知宋之游带着云渺渺高调游城，没有引来白晏，却引来了两个大麻烦。

一个是大宣的姬玉公主，一个是大徵的无忧公主。两个人皆刁蛮任性，为所欲为。凑在一起出现，想想就让人冒冷汗。

宋王府下人来通报的时候，云渺渺正在岸边的石舫上喝燕窝羹，闻言喷了侍香一身。

宋之游也是眉头一皱，汤盅磕在桌上，语气不善：“就说我身体抱恙，今日不见。”

“可……可是……”通报的小厮一脸难色，“两位公主根本不听劝，现在应该快到了。”

云渺渺缩了缩脖子，恨不得立马消失。

无忧公主的刁蛮她早有耳闻，姬玉公主的任性她更是亲眼所见。这次冲着她来，怕是一个不慎，她就要亲自去拜见仙逝的祖师爷了。

“游哥哥！”不出片刻，姬玉公主便遥遥唤着宋之游的名字。

她一路小跑登上石舫，见到宋之游便眼眶一红，委屈道：“游哥哥好些天没来找玉儿了，昨天的事我都听说了，是不是因为这个人？”

姬玉伸出一根手指，怒气冲冲地指着云渺渺，云渺渺连忙端着燕窝往旁边挪了挪。

“你居然还敢躲！”

姬玉追着云渺渺绕圈子，纤纤十指就像猫爪，一不小心就会被她挠一下。

云渺渺叫苦不迭，宋之游却突然将她拉到身后，挡得严实。他对着姬玉沉声道：“别闹了，你是公主，这样成何体统？”

姬玉的蛮横劲儿一上来，大罗神仙也不怕。她见宋之游护着云渺渺，火气更盛：“你有本事给我出来！躲着算什么好汉？”

我……我本来就不是好汉啊……

云渺渺苦着脸，忽然听见一侧的燕叔咳嗽了两声。

“你就让她打一下，她没力气的，打完她就消气了。”燕叔压低声音，向云渺渺比画道。

好像是这个道理，养尊处优的公主一般都手无缚鸡之力。躲在宋之游背后终究不是办法，不如豁出去，挨她一下好了。

于是云渺渺两手捂着脸，大义凛然地从宋之游背后钻了出来。

“先说好了，不许打脸。”她从指缝里偷偷看着众人，冲姬玉道，“大家也做个证，打完姬玉公主就不许再生气了，行吗？”

燕叔率先带头称好。宋之游见云渺渺走出来，眼神微动，却也让开了身子。

姬玉见状，丝毫没有客气，撸起袖子，就朝云渺渺跑来。

云渺渺自诩是个江湖人士，马马虎虎扎了个马步，打算挨完姬玉那一下就赶紧开溜。

可万万没想到，姬玉公主竟然是个下死手的。而且……力大如牛。

云渺渺只觉得肩头像裂开一般，紧接着身形一个不稳，直接从石舫滚落到宋府的湖里。

“渺渺姑娘！”

“哼，这下你知道我的厉害了吧？”

岸上一片混乱，各种声音嘈杂一片。云渺渺本来是会浮水的，无奈方才被姬玉弄伤了肩膀，此刻一点儿劲也使不上，只有“咕咚咕咚”呛水的份。

“渺渺！”一个焦急而清丽的声音忽然响起。紧接着“扑通”一声，翟如跃入池塘，将云渺渺拉上岸。

翟如本来是护送二位公主出宫的，没想到刚同无忧公主过来，就看到云渺渺落水的那一幕。

云渺渺往外呦着水，湿漉漉的发丝粘在脸上，要多狼狈有多狼狈。

时绿惊慌失措地跑来，顾不上云渺渺会因为之前的事责怪自己，神情焦急：“渺渺！你没事吧？是不是伤到了哪里？”

“肩膀……痛。”半晌，云渺渺总算从牙缝里挤出一句话。

翟如连忙摸了摸云渺渺的肩头，神色一沉：“不好，应该是脱臼了。”

“你且忍忍，我帮你接回去。”翟如拉起云渺渺的胳膊叮嘱道。

“渺渺，要是实在疼你就咬我，没事的。”时绿眼底一热，补充了一句。

云渺渺冲时绿虚弱一笑，然后摇了摇头。

“咯噔”一声，骨头归位的钝响让在场的人脊背一寒，云渺渺却没有发出一声呼喊。

待骨头重新归位，云渺渺的身子慢慢瘫软了下去。

时绿低头看向她，却发现自己的肩头有星星点点的血迹。云渺渺极力忍着疼痛，竟生生咬破了自己的嘴唇。

“好一个硬气的女子。”石舫外响起零星的击掌声，一袭华服的无忧公主勾唇笑着，眼梢挑起，却不带笑意和温度，她看向云渺渺，“你就是云渺渺？”

云渺渺虚弱地点了点头。

无忧公主居高临下地看着狼狈的云渺渺，一字一顿道：“姬玉公主是我大徵的贵客，既然你惹恼了她，今日这一下是你应挨的。”

云渺渺无力反驳，无忧公主继续道：“今日你与姬玉公主两清，以后本宫可保你，不过……你以后不能再出现在宋亲王的身侧，明白吗？”

姬玉公主听了，冷嗤一声：“小妖女，若不是无忧公主为你开脱，你今日就不仅仅一个胳膊脱臼了，还不谢恩？”

话音刚落，时绿忽然站起身来，为云渺渺打抱不平：“渺渺才不是妖女！游公子带她游城，只是为了引出慕容晏！你们不分好歹，小人之心！”

“时绿！”

“绿儿！”

云渺渺和宋之游齐呼出声，想要阻止时绿说下去，却还是晚了。

原本云淡风轻的无忧公主忽然神色大变，一把抓住时绿的手腕紧张道：“你说什么？你们找到了阿晏？”

时绿明白，宋之游和无忧公主是两股截然相反的势力。慕容晏是两方都要寻找的关键人物，自己方才的不慎，相当于将机会拱手让给了无忧公主。

她知道自己说漏嘴坏了大事，所以无论无忧公主再怎么逼问，也不肯开口多说一个字。

见时绿不肯开口，无忧公主气恼地松开手，将她推倒在地，继而转向宋之游，问：“宋亲王，这是怎么回事？”

宋之游冷声道：“今日二位公主来本王府上撒泼搅局，本王无可奉告。”

“游哥哥！”姬玉见宋之游冷言冷语，红着眼睛拉住他的袖子，“你怎么能这么说我？我……我都是因为喜欢你啊！”

“公主的喜欢，本王受之有愧。”宋之游扣住姬玉的手腕，下了逐客令，“两位公主先请回吧。”

燕叔挥挥手，便有几个重甲守卫来到无忧和姬玉的身边。宋之游虽然没有明说，但明眼人都看得出，是将两个公主遣送回宫的意思。

“宋之游，你好大的胆子，竟然敢对本宫下逐客令。”无忧公主怒气更盛，“若不是阿晏失踪，摄政王的位置哪轮得到你来坐？你竟然在此对本宫指手画脚！”

“慕容晏弑帝逃亡，他有什么资格做摄政王？”宋之游垂眸一笑，再抬起头来时，眼里倏然凝起冷意，“本王现在既然是摄政王，按理说公主还要称本王一声皇叔才是。虽然本王宽厚，可公主也不要忘了大徵尊礼，免得让陆氏沦为笑柄。”

“你！”

无忧公主被宋之游的一番话驳了面子，当下怒火中烧。她环顾一周，目光最后落在云渺渺身上，“好，好！既然你们都不说，那本宫从宋王府带走一个奸细总是合情合理的。”

奸细？

无忧公主对左右颔首，便有侍卫向前，架起了云渺渺。

无忧公主朗声道：“奸细云渺渺，行刺姬玉公主，妄图破坏徵、宣交好。来人，将她缉拿入宫！”

什么？众人都有些蒙。

还是云渺渺最先反应过来，扭着肩膀挣扎道：“大家都看见了，我根本不是奸细，你凭什么抓我？”

“公主，云渺渺无心冒犯，还请公主开恩！”翟如也向无忧公主求情。

“这个女子明明知道阿晏的下落，还来蛊惑宋亲王，不是奸细是什么？”无忧冷笑着，“她是不是清白的，要交给大理寺审审才知道。”

姬玉公主附和道：“哼，我看她就是细作。”

“带走！”

云渺渺被推搡着押上马车，翟如尽管焦急，却也只能沉默着跟上。时绿拉着宋之游的袖子，抽泣道：“王爷，渺渺怎么办？你快想办法救救她吧。”

宋之游一拂袖子，挥开时绿的手，冷声道：“你自己闯的祸，自己去想办法，求本王有何用？”

三

云渺渺被强行带上马车，铐上了镣铐，两个守卫一左一右，眼睛一眨不眨地盯着她。

看着眼前的处境，云渺渺叹了口气。

什么是不是清白的，要大理寺审审才知道。大理寺那种吃人不吐骨头的地方，若是真按照无忧公主的授意进去了，白的都能被抹成黑的。到时候罪名一定，她脖子上的这颗脑袋铁定是保不住了。

看来要想活命，只能赶紧想办法脱身才是。

云渺渺睨着眼睛仔细观察着马车内的情况。

无忧公主的马车先行，随后跟着姬玉公主的马车，最后才是押解自己的这辆马车。马车从里面锁了起来，钥匙绑在侍卫的腰带上。而铐着自己的镣铐，似乎只有姬玉公主身上的钥匙才能打开。

马车摇摇晃晃地朝大理寺的方向行进，云渺渺看着窗外，发现不知不觉中闹市街景已经换成了绿树流水。她心下一喜，机会来了！

“守卫大哥，我想跟您商量个事儿。”云渺渺可怜巴巴地望向身边的守卫，“我一个姑娘家，就要进大理寺吃牢饭了，我……我有些害怕。能不能，请您帮我打点打点？”

其中一个守卫看向云渺渺，神色微微动容。

云渺渺见有戏，继续装可怜：“守卫大哥，我身后挂着一个锦囊，里面都是金元宝，您要多少就拿多少，只求进了大理寺，您能多照顾照顾我。”

一个侍卫闻言大喜，连忙向另一个使眼色：“快看看！”

云渺渺虽然手脚被铐着，身体却能自主晃动。随着马车的颠簸，她腰间的铜钱串也刻意有节奏地脆响着，响声催眠，三两下便让两个侍卫晕了头，被云渺渺牵着鼻子走。

云渺渺侧过身，将装满纸偶的锦囊露给身旁的侍卫，趁他解开锦囊的一瞬间，掐起法诀。

“真是金元宝啊！这丫头也太有钱了！”

一个侍卫捧着纸戏术变化出的金元宝，眼里冒光。另外一个侍卫也看着那堆白纸变的金子，贪婪地咽了咽口水。

云渺渺见两个人都被分散了注意力，便从解开的锦囊中悄悄召唤出一只小鸟。这小鸟是她闲来无事时仿照雀奴自己做的玩物，内部也是机关勾连，辅之以纸戏术，可以飞，也可以唱歌，可触可感。平日里被师父骂作没个正经的玩物，没想到此时竟能派上用场。

那机关小鸟浑身金黄，仿佛真金打造，光彩四溢。一双翅膀轻轻扇动，便有不少金粉落下，看得人昏昏欲睡。

“二位大哥，我这金鸟是个无价的宝贝，你们瞧。”

两个守卫直愣愣地盯着来回飞旋的金鸟，眼里尽是倦意。那金鸟不停地在两人的头顶绕圈子，一边绕，一边唱着悠扬的歌。

“梦中自有黄金屋，梦中自有颜如玉，梦中处处都是宝，闭上眼睛快睡着。”

金鸟一曲唱完，两个侍卫齐齐低下头，马车里瞬间响起此起彼伏的鼾声。

“呼，好险。”云渺渺连忙将金鸟召唤回来，开始蹲下身子艰难地搜索侍卫身上的钥匙。

马车的颠簸渐渐慢了下来，云渺渺知道这是快到大理寺了。她额角沁出了汗珠，试了几次才将钥匙插进马车的锁孔里，然后看了一眼不远处的威严高墙，心一横，跳下马车。

大理寺门口，无忧公主和姬玉公主被人搀扶着缓缓踏下马车，正打算将云渺渺遣送进去。谁知一个侍卫慌慌张张地跑来，跪在无忧公主面前，身子抖如筛糠。

“公主，不好了，那……那个云渺渺跑了。”

无忧公主面色一寒，推开守卫，向关押云渺渺的马车走去。

马车的门半敞着，钥匙被扔在一边，而看守云渺渺的两个侍卫正垂头打鼾，嘴角还挂着满足的微笑。

“都是蠢材！”无忧公主怒火中烧，吓得两个侍卫一个激灵醒了过来。

看到眼前的情景，他们反应过来自己中计了，连忙跪下来，向无忧公主磕头认错。

“公主！是那个丫头使诈！我们不幸中计才让她溜了的！”

“对！对！那个丫头会变戏法，她变了一只金鸟在我们眼前飞来飞去地唱歌，我们不知怎么就睡着了！公主恕罪啊！”

姬玉公主也急忙赶来，看着马车里散落的碎纸片，不禁一怔：“这是？”

无忧公主染着丹蔻的手指轻轻拈起马车中的一片碎纸，喃喃出声：“本宫倒是小瞧了这个丫头。”

姬玉公主连忙道："我就说她会巫蛊之术，不然游哥哥怎么会被她这么一个不起眼的丫头迷得晕头转向？"

方才在宋亲王府，那个绿儿就说云渺渺与阿晏有关系。

难道阿晏失踪，也是中了蛊术的缘故？

天空浮来一片阴云，将日光遮蔽，树林沙沙作响，仿佛风雨欲来的前奏。无忧公主望向大理寺外的密林，神色带上一丝狠决。

云渺渺，本宫一定要抓到你。

第十二章 危机四伏

一

云渺渺跌跌撞撞地在树林中前行，方才跳下马车，她的身上已经挂了彩，加上牵动了肩头的伤，此刻一点儿力气也使不上。

她靠在一棵常青松下，看着自己被镣铐勒得青紫的手腕，颓然地望着天空。

距离她跳下马车已经有一炷香的时间了，周围还是没有无忧公主的手下找人的喧闹声，想来应该是安全了。

天空中闪过几道雪亮的光，不多会儿便传来擂鼓般的雷声。

要下雨了。

云渺渺将自己的身子往后缩了缩，瘦小的脊背靠在冰凉的树干上，却只能遮蔽小半个身子，退无可退，连淋雨也如此狼狈。

想想从曹氏夫妇一案后，她便遭遇了绑架、骗局、囚禁和逮捕。云渺渺想自己是不是霉神附体了？不然为什么这些乱七八糟的事情莫名其妙都冲着她来，怎么躲也躲不过？

之前她与白晏好歹还有个照应，可如今，两个人有好几日没有见过面了，不知道白晏还好吗？

雨点如断了线的珠子落下，打湿了云渺渺的鞋袜。一阵寒意从脚底升腾而起，这空无一人的树林突然变成了张着大口的巨兽，吞食着天地间仅剩的光亮。

云渺渺抱着膝，闭起眼，脑海中蓦然闪过几个久远的记忆碎影。

有火光，有刀剑的铮鸣，有同今日一样倾泻的大雨，可是雨再大，也浇不灭冲天的大火。她被阿娘护在怀里，阿娘垂头柔声安慰着她，可下一秒就有利刃刺进阿娘的后背。

云渺渺一个寒战，回忆便戛然而止。

“孩子，可是想家了？”一个沙哑而熟悉的声音从她的头顶落下。

云渺渺抬头望去，对面的树枝上俨然坐着一个身影，还是一贯的黑衣加身。云渺渺惊讶出声：“摇光前辈？”

下一秒她就忘了自己眼前的处境，冲摇光喊道：“摇光前辈你快下来，打雷天不能待在树上，会被雷劈到的！”

摇光不仅不在意，还将一条腿搭在树枝上，她反问道：“你在树下，也一样危险。只要在这密林里，谁都一样。”

轰隆隆一阵雷声响过，云渺渺脊背一僵，赶紧往外挪了挪。

“出了这密林，我便安全，而你……” 摇光看着云渺渺紧张的模样微微一笑，一语落，不知道是关切还是冷嘲，“指不定更危险。”

云渺渺摸不透她话中的意思，便倔强地仰起头，大有破罐子破摔的意味：“前辈来这里到底是为了什么？”

“救你。”摇光倒是回答得爽快，“你这都看不出来？天资如此愚钝，真不知周九问怎么会收你为徒。”

“可前辈看着像是来寻乐子的。”

摇光一勾嘴角：“我既然要救你，拿你寻寻乐子也算不得过分的事情，我只问你，你要不要我救你？”

云渺渺沉默三秒，没骨气道：“要。”

摇光从树枝上跃下，落在她面前，突然笑了起来：“你这没骨气的样子倒是跟你师父一模一样。”

“不许骂我师父。”

“我骂他怎么了？你还要不要我救你了？”

云渺渺能屈能伸：“要……”

摇光从身侧掏出一把削铁如泥的匕首，砍断云渺渺身上的镣铐。

“多谢摇光前辈。”云渺渺转动着酸痛的手腕，好奇道，“前辈可是与我师父认识？怎么从未听师父提起过您。”

“他从来没有提起过我？”

“自我记事起，师父便没有任何亲人朋友，他每日喝酒吃鸡，酒钱不够了就下山卖艺讨酒。师父喝醉了常常说他是个侠士，可甲子村的人都说，师父就是个赖老头。”

“老头？”摇光明显一愣，冷讽道，“你师父不过四十岁，怎么就成了老头？”

“师父看着像。”云渺渺回忆起师父来，满脸嫌弃，“师父总是蓬头垢面，一把大胡子把半张脸都遮住了，难怪他到现在都讨不到一个师娘。”

“你师父至今未娶？”摇光冷哼一声，“明明薄情却要装作深情。”

云渺渺听话头有些不对，转而问道：“摇光前辈难道与师父是故交？”

“他既不认得我，我便也不认得他。”摇光一愣，忽然悟了过来，嗤笑道，“故交谈不上，他既然无暇顾及你，我便帮他照拂你，仅此而已。”

“前辈知道师父在哪里吗？”

“不知。”

摇光似乎不愿再多谈，两指一并吹响了呼哨，不过片刻，一匹马便从密林深处奔腾而来，雨水将它的毛发冲刷得焕然一新。那马很是温驯亲人，俯下身子打着响鼻，等待云渺渺上马。

“这儿有一匹好马，能送你出城。一会儿你便骑着它从小道走，等出了城，一切就要看你自己的造化了。”说着，摇光将缰绳递给云渺渺。

“前辈……”

“可不要谢我。”云渺渺的话还没说完就被摇光打断，“我知道你是纸戏师，也知道周九问只有你一个徒弟。既然他除了你以外再无亲友，所以，我不会让你白白送死的。”

“不过，你的纸戏术实在是差了些。”摇光毫不留情地说，“全是些三脚猫的功夫，根本上不了台面。纸戏术博大精深，真不知是周九问不会教，还是你天资愚笨。若是如此传承，祖师爷的脸面都要被你们师徒二人丢尽了。”

云渺渺脸上热红，无言以对。师父教得懒散，她也学得懒散。的确，她会的三脚猫术法连纸戏术的万分之一都不及。

摇光见云渺渺脸红沉默，将一本书塞给她：“你当下的力量太弱，根本无法跟真正的纸戏师抗衡，甚至无法自保。这书你拿去看看，至少能精进三分。”

“多……多谢前辈。”云渺渺连忙将书收好，揖手道谢。

“去吧。”摇光也不多言，一拍马，那马便抬蹄嘶鸣，飞也似的疾奔起来。

云渺渺骑着马出了密林，继续往京华城外跑去。大雨如注，街市上空无一人，偶尔有三两商贩抱着头逃窜躲雨。朱雀大街两旁的告示被雨水冲刷成一团，画纸上的慕容晏，眉眼湿糊，只剩下微微勾起的唇，似笑非笑。

云渺渺突然拉起缰绳，定定地看着慕容晏的画像。

白晏，你真的是无忧公主口中的阿晏，大徵朝惊才艳艳的慕容晏吗？

可若你是他，我又该如何面对你呢？

朱雀大街上，一名鹅黄衫子的少女停了马，出神地看着慕容晏斑驳的画像。

突然，她掉转马头，有所感应似的，向拥长门的方向疾驰而去……

因为下雨，守卫城门的将士们正在城楼里温酒喝，谁都没有注意到一个白衫公子执了一柄油纸伞，向城门下走去。

突然，斜刺里冲出一匹马，马儿驮着一个鹅黄衫子的姑娘。那姑娘跑到白衣公子面前便走不动了，两个人一个垂头，一个抬首，半晌，相视一笑。

“你来了？”

“我来了。”

两个人在城门下一问一答，丝毫看不出来一个是被指认的细作，一个极像被通缉的逃犯。

“你来拥长门，就不怕吗？”云渺渺眼底亮晶晶的，问。

“你不是也不怕吗？”白晏回答道。

“我不是奸细。”

“我也不是慕容晏。”白晏执拗道。

“我怕你是。”云渺渺向白晏伸出手，“快上马，我们离皇宫远一点儿。”

白晏翻身上马，环着云渺渺先一步夺过缰绳，他一微笑，城门前的冷光尽数消融。

“你不是想去皇宫里闻桂香、赏月亮、吃糖水团子吗？”

云渺渺连忙按住白晏的手，打了个喷嚏：“不不，我还是回去换衣服吧。”

白晏顺着她的手看去，果然发现她脏污的袖口下有几道青紫的瘀痕。

自云渺渺走后，他便昏睡了好几日，华棠告诉他，在他无意识的时候，曾几次想要寻机自尽，多亏华棠机敏，他才得以安然无恙。

时至今日他才醒过来，可醒来后就收到了翟如的消息，得知云渺渺被无忧公主押解审查。

于是，他顾不得大病初愈般虚弱的身体，也顾不得自己贸然出现会被认成是慕容晏。孤身前往皇宫，打算为了云渺渺，认认真真地去叩一叩拥长门。

还好她出现了。

只是，却带了满身的伤痕。

“我没事的。”云渺渺见白晏神情异样，连忙将袖子往下拉了拉，顺便佯装打了个喷嚏，“真冷啊！再磨蹭我就患上风寒了。”

白晏装作被云渺渺蒙混过关的样子，一边驾马一边将她环得紧了点儿：“哦，那这样是不是暖和些？”

“登徒子！”

二

雨断断续续下了一夜，将草木冲刷一新。第二日天气晴朗，难得出了彩虹。从梅芳小院眺望过去，远处的鸢栖山葱茏一片，美不胜收。

拥长门相见后，两个人为了不给华二小姐添麻烦，选择回城郊的梅芳小院落脚。没想到第二日竟然等来了消息灵通的叶夕观。

叶夕观拴了马，一进门就满是嫌弃。

“我说云渺渺，你好歹是我叶小侯爷的师父，住在这种地方，也太丢我脸面了。”

“无忧公主肯定满城通缉我呢，不住在这里住在哪里？”

叶夕观摇摇脑袋：“这你可猜错了，无忧公主并没有通缉你，估计不想打草惊蛇。”

云渺渺闻言一愣：“嗯？”

叶夕观看着白晏继续说：“你是没事了，我看眼下倒霉的是慕容晏。”

白晏波澜不惊，仿佛早已料到。

“刚好昨夜慕容晏的画像都被打湿了，无忧公主今早下令重新张贴了一批。”叶夕观小声道，“你们不知道，那赏金的金额又翻了两番，看来无忧公主是铁了心要找到慕容晏。”

白晏微微笑道：“之前宋之游出十万两赏金都找不到慕容晏，无忧公主的赏金再多，我看也无济于事。”

“白公子怎么如此笃定？”叶夕观微笑道，“让我猜猜……白公子就是慕容晏？”

云渺渺连忙护道：“怎么会呢？要是白公子就是慕容晏，明知道京华城如此危险，他怎么还会出现在这里？”

叶夕观看着云渺渺焦急的模样，一笑：“我就是猜猜，你问白公子好了。”

云渺渺转身使劲儿向白晏摇头，让他否认自己就是慕容晏。谁知白晏不急不躁，开口就让她一惊。

“听闻小侯爷卦术精绝，能否请你为我算上一卦？”

“哦？你要算什么？”

“如果我是慕容晏，前路会如何？”

叶夕观拊掌大笑：“你看，我就说你是慕容晏。”

云渺渺一个眼刀飞过去，冲叶夕观威胁道："你要是敢声张，纸戏术就不要学了。"

"别别，我只对纸戏术感兴趣，那什么帝师慕容晏，什么赏金十万两，我一点儿兴趣都没有。"叶夕观冲云渺渺眨眼，"你放心，若是以前，我说不定会站在无忧公主那一边，但我们相识的这些日子，你们的为人我再清楚不过，我会帮你们保密的。"

见云渺渺松了一口气，叶夕观冲白晏微笑道："不过白公子叫我算卦，叶某爱莫能助。"

"哦？为何？"白晏不解。

"算卦不过是唬人的噱头，人的命运如何，并不是用这些卦象测算的，我之所以能'预见'一些事情，不过是比常人更懂得'知人识物'罢了。"

"原来是这样……"白晏沉吟道，"那通过你的观察，你觉得我接下来的路是怎样的呢？"

叶夕观沉默了一会儿，看向白晏，神情严肃："前路危情四伏，白公子务必要早做打算，至于命运，就掌握在白公子自己手上。"

"掌握在自己手上吗？"白晏喃喃道，忽而一笑，"多谢小侯爷。"

叶夕观摇摇头，提议："无须多谢，要我说，公子不如就去找无忧公主，讲明自己就是慕容晏，无忧公主倾心晏公子，自然会保你平安。何况……宫里还有位鸿总管，也是晏公子的人。"

"谁都保不了我的。"白晏云淡风轻道，"以我的推测，有人用幻术控制了我，每逢十五我便会失去意识，寻机自尽，这已经是第三次了。"

他笑意疲惫："另外，帝师驾崩之事慕容晏无法洗清嫌疑。在明处，有无数人想取慕容晏的性命，所以我躲在暗处，反而是最安全的。"

"幻术？"叶夕观来了兴致，"我倒是看过不少奇书，可似乎没有一种幻术有如此功效。"

"我现在只知道一种幻术，那便是纸戏术。"白晏沉吟道，"说不定有一个精通纸戏术的高人，正在京华城内想方设法地取我性命。"

"那现在该怎么办？"云渺渺焦急道，"进入京华城危机四伏，可离开京华城又不能查明真相。"

"不如去我府上？"叶夕观提议，转而不好意思地摸摸脑袋，"不过……你们也知道，我伯侯府有名无实，要不是有一块祖传的令牌，早就不被人放在眼里了。如果宋之游和无忧公主真的来讨人，怕是……挡不住的。”

白晏点点头：“整个京华城能被显贵们忌惮两分的，便只有华二小姐。华家是先祖钦定的皇商，华二小姐又机敏过人，如果要回京华城，只有华家相对安全。只是华二小姐毕竟还不是华家家主，不知她愿不愿意帮我们这个忙。”

云渺渺换上正色：“不管结果怎么样，总要去试一试才行。”

华家，乌衣巷。

向晚的日光穿过窗棂轻洒在几人肩头，叶夕观向华棠道清原委，云渺渺看着华棠垂眸不语的模样，已经灰心了一半，谁知华棠忽而一抬头，唇角弯起。

“两位就放心地在华府住下吧。”

云渺渺大喜：“真的可以吗？”

华棠微笑：“有何不可？若说到大徵显贵，乌衣巷便只有神龙见首不见尾的慕容晏——晏公子没有光顾过了，若白公子真的是慕容晏，倒也弥补了我的遗憾。”

“多谢二小姐。”白晏向华棠颔首道。

“公子客气了。”华棠握着团扇，端然道，“几位于我有恩，这点儿忙算不得什么。不过还请二位低调行事，这段日子先避避风头。”

白晏点头道：“自然。”

叶夕观随华棠安置好云渺渺与白晏，一吹口哨，马儿便极通人性地奔到他的面前。叶夕观看了一眼乌衣巷，翻身上马。正打算离开时，却感觉身后有一双眼睛紧紧地盯着自己。

只是，这感觉稍纵即逝，似乎是他的错觉。

应该……没有被人盯上吧？

叶夕观疑惑地摸了摸后颈，定了定心，驾起马回伯侯府了。

那蹲伏在乌衣巷屋檐上的黑衣人，眼中闪过一丝狠厉的光芒，朝皇宫飞驰而去……

皇宫深处，华阳宫。

茶盏摔落在地的脆响在偌大的宫殿内清晰可闻，所有服侍的宫女太监都僵着身子，一动也不敢动。

“你说，云渺渺将阿晏带去了乌衣巷？”无忧公主的美目含着怒火，冲那名探查回来的黑衣人道，“好啊，一介草民居然能与华家搭上关系，我倒是小瞧她了！”

“不过，不要以为进了华家我就拿她没有办法，要是不交出阿晏，莫说云渺渺，她皇商华家我也一并将它连根拔了！”

“公主息怒！”无忧公主的心腹老臣鼓起勇气劝阻道，“那华家手握漕运，前些日子还收买了盐商大户王通亨，就……就连阿蛮殿下的养母兰妃也是华家的人。如今大徵动荡，小殿下根基不稳，华家是万万不能动的啊！”

“就没有别的办法了吗？”无忧公主双目泛红，指着华阳宫外，“难道，就让我眼睁睁看着阿晏被奸人挟持，再也回不来吗？”

“公主莫急，臣还有一计。”那老臣呈上一份奏疏，道，“这是已故的翰林院编修，曹康的妾室赵娉婷呈上的奏疏。”

无忧公主接过奏疏，神色微沉，翻看着。那老臣趁机解释道：“赵娉婷因为谋害曹夫人，被宋亲王打入牢狱，赵氏一族被贬往南地。赵娉婷为了将功赎罪，给宋亲王呈上了这份检举华家的奏疏。正巧云渺渺一事过后，宋亲王这几日都被姬玉公主纠缠，无心政事，这份奏疏就被搁置了下来。臣觉得有用，所以拿来给公主过目。”

“华家……与大宣黑市勾结，偷运珍稀药材？”无忧公主一合奏疏，大笑起来，“好一个赵娉婷，好一个和大宣黑市勾结。华棠啊华棠，没想到你也有今日。”

无忧公主向随从一挥手，唇角猛然勾起：“摆驾乌衣巷，我倒要看看，对华棠来说，到底是华家重要，还是她云渺渺重要。”

三

因前日下了雨，乌衣巷的绿池涨了水，日和无风的天气里，一池绿水宛若明镜照着房檐下的燕子窝，几只雏燕啾啾叫着，惹人怜爱。

白晏正仰头看着那一窝嗷嗷待哺的雏燕，却见华府的林管家急匆匆地往里跑。

“林管家，如此慌张，可是出什么事情了？”白晏关切地问。

林管家一跺脚道：“白公子，正巧您在这儿，快去避一避吧，无忧公主来找小姐讨人了！”

“怎么来得这么快？”白晏眉梢微蹙，“二小姐呢？”

“二小姐正在前厅周旋，她叫我先带您和渺渺姑娘从后门离开，我已经叫人去伯侯府报信了，到时候小侯爷会来接应你们。”

白晏眸色一沉，胳膊突然被人拉起，他一看，果然是云渺渺。

云渺渺似乎是跑来的，额角凝了一层薄汗，她上气不接下气地催促道：“快……我们快走吧！”

白晏见到她慌里慌张的样子，反而眯眼一笑：“无忧公主喜欢慕容晏，所以就算她真的抓了我，也不会伤害我，你急什么？”

“我……”云渺渺被白晏问得一梗，再看白晏的神情，知道他在打趣自己。

她气鼓鼓地反问道：“既然如此，你跟着无忧公主去华阳宫好了，还省得我和华二小姐为了藏你劳心劳力。”

白晏用折扇一抵额角，认真地思忖半晌：“可是……去了华阳宫就见不着你了，那样……不太好。”

云渺渺的心底“咔嚓”一声脆响，仿佛有什么东西裹了蜜，破土而出，挠得人又甜又痒。

“毕竟……”白晏话锋一转，笑意更畅了，“没有个小跟班牛皮糖似的跟着，还是不太适应。”

云渺渺挥舞着拳头：“你还真把自己当老大了？”

“你要是有我聪明，老大让给你当。”

好吧，她是真的说不过他。

还是不逞口舌之快了，当务之急是把白晏送去伯侯府。

云渺渺眉梢一竖，故作凶恶道：“走啦！再不走，你的小跟班就要被无忧公主大卸八块了。”

白晏扯住大步向前的云渺渺，将她往后一捞，继续没心没肺地弯着眼睛道："别越礼了，小跟班要走后面。"

云渺渺气绝。

两个人一路斗嘴一路走，林管家劝也劝不住，只能不住地摇头。可到了后门，林管家彻底傻眼了，无忧公主不知何时派了人，将乌衣巷的后门也围了个水泄不通。

三个人躲在假山后进退不得，却听闻无忧公主和华二小姐的交谈声渐渐近了。

"二小姐这乌衣巷当真建得漂亮，比起我的华阳宫是有过之而无不及。"

"公主过奖了。"

"华家乃我大徵开国功勋，百年来家业愈大，福荫子孙，若是二小姐能够审时度势，明白谁才是值得依靠的良木，华家必定福泽百年。可……若是二小姐执意妄为，华家怕是不长久了。"

华棠听到无忧公主话有不善，想起两人方才在前厅的对话。

"公主，这只是一份没头没尾的奏疏，说我华家偷运珍稀药材，还需有证据才行。"

"证据？这份奏疏若是让宋之游拿到了，必然彻查华家，到时候还怕没有证据吗？"无忧公主冷笑道，"我今日前来只是想告诉你，若你与我合作，这份奏疏我可以压下，宋之游也不会知道，华家依然可以高枕无忧。可若你不与我合作，不愿交出云渺渺和阿晏，宋之游的手腕想来你也是知道的。"

华棠垂眸，回应道："公主教诲，华棠谨记。"

渺渺……只好对不住你了。

两个人的脚步声越来越近，林管家已经急得像热锅上的蚂蚁："祖宗啊祖宗，这可如何是好？二位，你们可会什么武艺，可以飞檐走壁的那种？赶紧翻上房檐逃跑吧！"

"我们哪会什么武艺？"云渺渺也十分着急。

白晏用折扇轻轻一敲她的脑袋，温和道："别急，我们不是还有雀奴吗？"

对！雀奴可以飞！

虽然显眼了些，但眼前只剩下这个办法了。

云渺渺伸手去摸雀奴，无意间碰到了眉娘送给自己的骨哨。她未多想，就将骨哨取下来戴在白晏的脖子上。

"你这是做什么？"

“这是眉娘送给我的，说是有危险可以吹响它。”云渺渺粲然一笑，“你拿着吧。”

白晏握着温热的骨哨，深潭似的眼底漾开柔波。

云渺渺将大雀奴拿出来放在手心，默念口诀。一语落，大雀奴蓦然间幻化成一只栩栩如生的白鹤，温驯地低下身子，等待两人上来。

林管家被吓得不轻，跌坐在地上，指着那巨大的白鹤半天说不出一句话来：“好……好大的一只仙鹤。”

云渺渺将林管家拉起，抱歉地一笑：“林管家，下次再跟你解释吧，我们先走一步。”

言罢，两个人一前一后翻上大雀奴。大雀奴引颈长鸣一声，巨大的羽翅倏然展开，一阵旋风惹得绿池荷叶乱贴。

“天！那是什么？”

大雀奴的出现引得不少人仰头观看，守门的侍卫似乎也乱了阵脚，乌衣巷传来一阵又一阵惊呼。

无忧公主推开侍卫，眼见这一幕，美眸也是一怔。可她迅速反应过来，指着雀奴背上的云渺渺和白晏，冲侍卫喊道：“快！将他们射下来，要留活口！谁要是伤到阿晏，诛九族！”

那些侍卫听闻无忧公主的威胁，只敢颤巍巍地放冷箭，谁都不敢真的伤到云渺渺和白晏。偶有几支箭射中了大雀奴，却未见大雀奴受伤流血，一时间侍卫们都不敢轻举妄动。

“都是废物！”无忧公主抢过身旁侍卫的弓箭，对准云渺渺，谁料想臂力不足，根本拉不满弓。

正当无忧公主恼羞成怒之际，突然响起一个清脆的声音：“我来！”

姬玉公主一身劲装，单膝点地，一张弓拉如满月。“嗖”的一声，只见一道劲风划过，那箭头精准无误地射中了云渺渺的肩膀。

钻心的痛感袭来，云渺渺体力不支，从大雀奴上滚落。

“渺渺！”白晏伸手去拉云渺渺，却只捉到了她衣袖的一角。

“别管我，快走。”

“刺啦”一声，衣袖碎裂，云渺渺像折翼的鸟儿一样从空中坠落。白晏想要驱使白鹤回头，云渺渺却先一步催动法诀，让大雀奴带着白晏离开。

一声钝响，水花四溅，云渺渺跌进了池塘。几个侍卫将她捞上来，拖到无忧公主面前。

无忧公主却不去看云渺渺，对姬玉公主拊掌道：“姬玉公主好箭法，比起我大徵的勇士也不遑多让。”

“嘻嘻，我大宣儿女个个都是武艺高手，我这点儿功夫比起大哥还差得远呢。”

华棠立在一侧，闻言神色微不可查地一动。

姬玉公主亲昵地拉住无忧公主的手，瞥向云渺渺：“无忧姐姐快看看这个小妖女吧，别让她死了，我还没欺负够呢。”

无忧公主抬起云渺渺的下巴，眸子里尽是冷意：“说，那扁毛畜生将阿晏带到哪儿去了？”

云渺渺回瞪着无忧，气若游丝，却异常坚定：“我不知道。”

无忧公主冷笑道：“哼，倒是个硬骨头，看你挨不挨得过大理寺的牢狱。”

“公主！这里还发现了云渺渺的同伙！”

两个侍卫高声喊道，一左一右将瑟瑟发抖的林管家架了来。

林管家抖如筛糠，伏在地上不敢抬头：“小人……小人不是同伙，小人只是路过。”

“哦？路过？”无忧公主踱步到林管家面前，“那你倒是说说，你看见了什么？”

“我……”林管家看了看气若游丝的云渺渺，嗫嚅道，“小人只看见渺渺姑娘将一只纸鹤幻化成了一只仙鹤，其他的……小人什么都不知道。”

“纸鹤化成仙鹤？”无忧公主重复道，想起了那日在关押云渺渺的马车上看见的碎屑。

“无忧姐姐，这分明就是巫蛊之术。”姬玉公主在一旁嗔道，“这个小妖女诡计多端，游哥哥和晏公子就是上了她的当！”

“阿晏……”无忧公主望着雀奴离开的方向，手指渐渐收拢。

这个小妖女，她必须除去。

第十三章 重伤别离

一

朱雀大街。

士兵提着糨糊桶马马虎虎糊了一墙告示，来往的行人见状起了八卦之心，都围簇在告示前一看究竟。

“竟然是那日与宋亲王同骑一马的姑娘！”

“我就说宋亲王平日里不拈花惹草，怎么偏偏跟她在一起，看来宋亲王果然被她迷惑了。”

“莫说宋亲王，我听说连失踪的晏公子也被她迷惑了呢！”

“这女子竟然这么厉害，真是人不可貌相。”

几名路人在告示前指指点点，忽然，一名绿衣女子推开人群，钻到最前排。时绿咬着唇，看着那白纸黑字上的条条罪状，最后一句“三日后问斩”，彻底让她身子一软。

怎么办？渺渺要被问斩了……

知道渺渺被无忧公主抓走后，她去找过华二小姐和翟将军，可她们也无能为力。王府内，宋之游对她避而不见已经有七日了，她日日跪在宋之游的书房外，却只能徒劳而返。穷途末路，时绿不知道，她在豪强环伺的京华城，该怎么救出渺渺。

突然，人群的另一头出现了一名负手而立的少年，一双粗眉微微蹙起，也在忧心些什么。时绿心头一喜，连忙挤过人群往那少年身边走去。

“小侯爷！”时绿与叶夕观还差三米远，便激动地向他挥手。

叶夕观眉梢一挑：“绿儿姑娘。”

“小侯爷，求你想办法救救渺渺吧。”时绿红了眼眶，“告示上说，她三日后就要被问斩了！”

叶夕观面露难色，半晌吐出一句话：“办法倒是有一个，只是……”

时绿一听有戏，连忙追问：“什么办法？”

叶夕观的脸上浮现出两团可疑的红晕：“就是……让我娶了云渺渺。”

时绿被叶夕观吓得不轻，打了一个哭嗝。

叶夕观继续补充道：“我伯侯府有一块先祖钦赐的免罪令牌，凡叶氏族人，均可免罪。所以……如果我娶了云渺渺，她变成我叶家的人，自然可以安然无恙。”

“不过！”叶夕观突然神情严肃，嘴上结巴起来，“我……我已经有心上人了，云渺渺只能当妾室。”

时绿闻言愤怒道："渺渺才不要当你的妾室呢！"

"那云渺渺只能被问斩了，眼下只有这一个办法。"叶夕观无奈地说。

时绿垂眸思索了半晌，很艰难地当了云渺渺的媒人。她拍拍叶夕观的肩膀，苦口婆心地说："那还是把渺渺托付给小侯爷吧，虽然渺渺是妾室，你也一定要对她好。"

叶夕观也被自己舍己为人的觉悟感动到了，他同样拍了拍时绿的肩膀道："放心吧，既然我愿意牺牲，一定会对她好的。"

"那就这样办，三日后，八抬大轿迎渺渺过门！"

"不能八抬……那是正妻之礼。"

"那你说几抬？"

"只有我一个人，我爹不许的，我只能先斩后奏。"

时绿一时语塞。

渺渺，绿儿对不住你……

正在大理寺吃着牢饭的云渺渺，莫名其妙地打了个喷嚏。她只觉得这喷嚏来得奇怪，浑然不知叶夕观和时绿已经自作主张地将她许配了出去。

"云渺渺！出来受审！"

"哗啦"几声钥匙响，大理寺司狱将牢门打开，还不等云渺渺将最后一口饭咽下，就指使左右衙役将她架出了牢房。

"你今日有福气了，无忧公主和少卿大人亲自审讯。"那司狱不怀好意地笑着，打量着云渺渺，"你这小妮子的细皮嫩肉怕是保不住了。"

"少卿大人？"云渺渺一寒，"可是那位董友元，董少卿？"

"哟，你知道得不少。"司狱将钥匙挂在腰上，回应道，"正是董大人。"

云渺渺是知道大理寺少卿董友元的，这位董大人以严刑酷吏出名，谁进大理寺若是落到他的手里，必然要脱一层皮。

云渺渺挪不动步子，冲司狱讪笑道："大人，能不能换个人审？寺卿大人呢？我这么大的案子，不是得由寺卿大人来审吗？"

"你想得倒是美，寺卿大人都快到告老还乡的年纪了，哪能天天往大理寺跑？这案子当然是少卿大人主持了。快走！别磨叽！"

云渺渺苦着脸，被司狱押进了审厅。无忧公主屈着手指，摩挲着丹蔻，旁边立着的少卿大人正翻看着卷宗。

审厅里火光跃动，谁也不说话，只有烛火“哔剥”的声音依稀传来。

突然，董友元向身边的衙役颔首，衙役突然将云渺渺绑起，不分青红皂白，鞭子便落在她身上。

十几声鞭响后，云渺渺已经脸色煞白，额角渗出豆大的汗珠。

可她只是咬着唇，一声不吭。

“云渺渺，今日告示已发，你三日后问斩。”无忧公主盯着云渺渺，冷笑，“你若是告诉我阿晏在哪里，我说不定能留你一命，不然不但逃不了酷刑，还没了性命。”

“公主唬我呢。”云渺渺勉力抬起脑袋，笑道，“皇榜既然已经发了，我就必死无疑，哪还有将功赎罪的道理？”

“你的机灵能用对地方就好了。”无忧公主见云渺渺不上当，眸色一寒，“怎么，这是宁死也不告诉我阿晏的下落了？”

她说完，向董友元使了个眼色，董友元便亲自拿了长鞭，狠狠地抽在云渺渺的背上。董友元的力气比衙役要大得多，几番鞭刑下来，云渺渺已经彻底瘫软。

“泼醒！”

无忧公主却不打算作罢，一声令下，便有衙役拿来水桶，朝云渺渺兜头浇下。

“我问你，阿晏到底在哪里？”无忧公主发了狠，钳起云渺渺的下巴，强迫她抬起头来。

“你……你这样真是好笑。”云渺渺染血的唇角突然勾起，冲无忧公主道，“你心心念念的阿晏，根本不想回到你身边，你费什么劲呢？”

“一派胡言！”无忧公主气极，指甲都仿佛嵌进了云渺渺的皮肉里，“若不是你迷惑了阿晏，他怎么会认不得我？”

“我没有，”云渺渺虚弱地笑着，真心实意道，“迷惑人总要有办法吧，我既不会用药，也不会用毒……我拿什么迷惑白晏？”

云渺渺也曾告诉狱卒自己只是个平常的纸戏师，可没有人愿意相信她，无忧公主已经认定了她是妖女，对她起了杀心，那便无人再敢辩解反驳。

果然，无忧公主根本不理睬云渺渺，自顾自道：“就是你！阿晏从前在宫里待我是极好的，他与皇兄也情同手足，若不是你迷惑了阿晏，阿晏怎么会不认得我？”

“可是，他们都说慕容晏杀了先帝，他是你陆氏的仇人，他就算回宫也是死路一条。公主，你保得了他吗？”

“阿晏不可能杀害皇兄，我不信！”无忧公主突然扯住云渺渺的头发，一字一句尽是冷意，“倒是你，你和我讲这些做什么？你以为说了这些，就能让我放弃寻找阿晏吗？痴心妄想！”

“董少卿。”

“臣在！”

“好好审讯，撬开她的嘴！我就不信审不出阿晏的下落。”

“是！”

董少卿接过衙役递上来的长鞭和火盆，面色阴郁，朝云渺渺走来。

长鞭一下接一下地落在云渺渺的身上，她的衣衫已然被染成了血色，云渺渺忍不住疼痛，终于喊出了声。

只是，她不是喊疼，而是冲无忧公主喊话。她的声音高昂，一字一句都让无忧公主觉得怒火中烧，如坠冰窟。

“无忧公主！若想见慕容晏，不妨就在三日后的刑场上等着！”

嗬，你还以为阿晏会为了你来劫法场吗？简直是不知斤两，痴人说梦！

“给我狠狠地打！”

无忧公主拂袖而去，只留下云渺渺在暗无天日的审厅里遭受酷刑。方才一逞口舌之快，此刻便是皮肉受罪。可云渺渺不知为何，昨日在牢房中，真的梦见了三日后白晏出现在自己眼前。

可梦还是梦，终究会醒来。云渺渺苦笑着，若白晏真的出现了，自己做的一切不就前功尽弃了吗？

所以，还是不要再见了。

白晏，有大雀奴，有骨哨，你一定要平平安安的。

你是帝师慕容晏，云渺渺，本不该妄想的。

就此，别过吧。

二

三日后，云台山法场，天降冷雨。

大理寺外，押解的队伍依次列出，向云台山逶迤而行，潮湿的冷风迎面扑来，吹得队伍中的旌旗猎猎作响，开道的锣鼓声渐渐将道路两旁的人聚拢而来。

人群中传来一阵又一阵的议论和骚动，无数道目光盯着囚笼中的云渺渺，有好奇，有恐惧，有厌恶，也有怜惜。大家都听说了，今日有一个巫女要在云台山问斩。

可谁都没想到，那个所谓的巫女，竟然是如此瘦小和普通。

云渺渺的鹅黄衫子上布满血污，冷雨将乱发拍在她的额角。她的眸子空洞地望着天空，半晌，才眨一眨。

“阿娘，这个姐姐不像是坏人。”

人群中传来一声细小的质疑，骑马在前的董少卿冷厉的眼风扫过，那孩子的阿娘连忙捂住了稚儿的嘴。

“别瞎说，大理寺断案，错不了的。”

云渺渺也回头冲那孩童微笑。

那孩子葡萄似的圆眼睛直愣愣盯着云渺渺，仿佛看懂了她笑容里的含义。

“姐姐……”

车马行得缓慢，却也终究到了云台山。法场内早有侍卫列队，远处的行刑台上放着两把太师椅，一把上坐着无忧公主，一把上坐着宋之游。

云渺渺和宋之游遥遥对望，只一瞬，宋之游便侧过目光不再去看云渺渺。

他，竟然也来了。

董少卿翻身下马，冲高台上的两个人一拜，将罪帖呈了上来。

无忧公主不再过目，转手将罪帖递给宋之游。宋之游的目光扫过那白纸黑字的几句话，也不再多言，挥挥手，让董少卿退下。

刽子手举着鬼头刀在一旁候命，雨声淅沥，云台山的雪松上凝了透白的雾气，看上去漫山缟素，异常肃杀。

同来的鸿临看着被押上刑场的云渺渺犯了犹豫。一方面，眉娘是极袒护这个丫头的；另一方面，这丫头说不定真的迷惑了晏公子，才导致晏公子失踪。

鸿总管内心天人交战，半晌还是叹了口气，在宋之游的耳边确认道：“王爷，证据不足，确定要将这丫头问斩吗？”

宋之游轻扣着太师椅的扶手，眼神遥遥不知望向何处：“斩。”

鸿临心下一沉，终是翻开告示，在众人面前朗声宣读罪状，明正典刑。

他宣读完毕，一块令牌砸下，无忧公主即刻站起身来，冲云渺渺勾唇一笑。

“你看看，阿晏来了吗？”

“没来也好。”云渺渺苍白的唇角噙着笑意，“他不来，便是安全的，我做的一切也没有白费。”

“你！”

无忧公主拂袖，对着一旁候着的刽子手下令道：“斩立决！”

刽子手饮一大口酒，对着鬼头刀一喷。刀刃泛着冷冷的寒光，刀尖已然抬起，眼看就要落下。

云渺渺紧闭着眼睛，出乎意料，痛感却没有袭来。

“铮”的一声，翟如指尖一弹，一枚石子精准地将刽子手手中的鬼头刀弹开。

“慢着！”

一辆马车从云台山下疾驰而来。驾车的叶夕观一身大红喜服，正狠狠甩动着缰绳，驱车赶来。

鸿总管冲刽子手比了个手势，向前来的几人迎上去。

时绿率先一步跳下马车，抚着胸口，惊魂未定：“还好华二小姐借了华家的令牌给我们，不然这百来个皇城守卫守着法场，我们还真的进不来。”

翟如一个轻身，拉起时绿向刑场飞驰起来：“快走，时间不等人！”

最后爬下车的叶夕观抱着喜服冗长的衣角挥手道：“哎！等等我啊！没我你们怎么救云渺渺？”

鸿临站在高台之上，一挥拂尘，看着慌张狼狈的几个人朗声道：“几位，这里是行刑重地，若是再上前一步，咱家可就不客气了。”

一排侍卫向前一步，霎时间，响起一片抽刀之声。

“我乃伯侯府小侯爷叶夕观，今日同云渺渺还有几句话想说。”叶夕观上前一步，凛然道。

无忧公主冷笑道：“看你穿着一身喜服，难不成是要与这小妖女成婚？”

叶夕观回望无忧公主，毫无惧色：“正是。”

“又来了一个被下蛊的。”无忧公主一声冷哼，“云渺渺果真害人不浅啊！”

“绿儿，小侯爷，你们怎么来了？”云渺渺抬起眼，无比惊讶。

“快别管那么多了，到时候小侯爷怎么做，你就怎么做，明白了吗？”时绿急忙摆着酒盏，倾身给云渺渺披上大红喜服。

宋之游望向行刑台上披着嫁衣的云渺渺，手指微不可察地一紧。

叶夕观环顾四周，手执合卺酒，眸色沉定，他高声道：“天地为媒，风雨为聘，我叶夕观愿娶云渺渺为妻，从此白首相携，恩爱无移。”

“我……”云渺渺端着合卺酒，脑海中不知为何浮现出白晏清俊的身影。

“渺渺，快！快跟着小侯爷一起说啊！”时绿看着焦急，在一旁不住催促着。

雨势渐收，乌云微开，天空中渐渐落下几缕光华，云渺渺心尖微疼，怎么也说不出话来。

“若要我说，渺渺姑娘与叶小侯爷，不是良缘。”

一声落，宛若玉碎，惊得众人都循声看去。

巨大的白鹤盘桓而下，鹤背上坐着一袭白衣的清冷公子，远远看去宛若谪仙。他长身玉立，对襟衫子的盘扣自腰间扣到了瘦削的下巴，广袖轻飘露出一截白玉佩剑。那张容色天成的脸，那抹神采飞扬的微笑，是云渺渺再熟悉不过的。

来人，正是白晏。

“渺渺，我来了。”白晏弯起眼，向云渺渺微笑道。

“慕容晏！”

“竟然是晏公子！”

“晏公子回来了！”

在场的百官见到白晏均是一惊，一时间，云台山上骚动难平，所有人的目光都被那身白衣吸引。

“阿晏！”无忧公主拎起裙裾，向白晏跑去，她眼眶微湿，唤道，“你终于回来了。”

谁知无忧公主还未跑到白晏面前，便被几名侍卫长刀一横，拦了下来。

“你们好大的胆子，竟然敢拦我！”

“王爷下令，还请公主回去吧。”那几名侍卫垂首道。

无忧公主抬眸望去，宋之游立于高台，不知何时已经召集了百余守卫，将刑场围得水泄不通。

宋之游早有准备。

假意处决云渺渺，只为了引出慕容晏罢了。

白晏神色一凛，将云渺渺护在身后，腰间的白玉长剑被他握在掌心，气势天成，一时间无人敢近身。

云渺渺与白晏背靠着背，见白晏拿出长剑，惊讶道："你还会武功？"

"不会。"

云渺渺惊异道："那你拿着剑？"

"吓唬人的。"

云渺渺彻底没脾气了。

一时间双方成了僵局，宋之游望着高台下困兽般的几个人，声音高昂："慕容晏，你可知罪？"

白晏抬眸望向宋之游："我何罪之有？"

云渺渺急了，低声对白晏道："你傻了，这样回答不就承认你是慕容晏了吗？"

"现在就算我否认，他们也是不信的。"白晏一笑，"而且，这几日我想起了一些以前的事情，无一例外都是在皇宫里发生的，我想……或许我就是慕容晏。"

虽然云渺渺早有心理准备，但是听到他这样说还是心下一紧。

宋之游却不给两人继续交流的时间，一挥手，包围圈便越来越小。他一语落，云台山上的百官突然如梦初醒，看向白晏的神情里带了犹疑和戒备。

"慕容晏，你弑帝杀君，妄图独揽大权，颠覆大徵，你还不知罪？"

"不，不是的！"云渺渺高声辩解，"无忧公主都说慕容晏与先帝情同手足，他怎么会谋害先帝？"

白晏将云渺渺揽向身后，清冷的眸子看向宋之游，分毫不让："敢问王爷，证据呢？"

宋之游冷笑："证据？你畏罪逃亡就是铁打的证据！还不快快伏诛！"

宋之游话音一落，数十根长矛便逼近几人。叶夕观眉峰一竖，将婚服扯了下来，他身上穿着护心甲，两侧装着不少奇门遁甲的小玩意儿。见到那些包围的士兵，气不打一处来："挨这么近！我阵都布不开了。"

说完，他灵光一现，反手扔出几个小球。包围的侍卫们往脚下一看，发现竟是几个不起眼的小球滴溜溜滚来。

那些侍卫面面相觑，还没来得及散开便被小球蓦然炸开的烟雾眯了眼睛。

"这是什么玩意儿？"

"我什么都看不到了。"

"别让他们跑了！"

侍卫堆里乱成一团，翟如因碍于身份不能帮忙而着急，忽然听到叶夕观的声音。

“喂，翟将军。”叶夕观红着脸低声唤着翟如，“帮个忙。”

翟如会意，装作抬头望天，手指屈起。几个石子弹出，东边的守卫们一个个跪倒在地，竟让出一条通路来。

“快走！”叶夕观将处在旋涡中心的两个人一推，白晏立马会意，拉着云渺渺乘上了雀奴。

“绿儿，小侯爷，你们怎么办？”云渺渺回身焦急道。

“你忘了我有免罪金牌了？别管我们了，快走！”

白晏点头驱使雀奴，雀奴一展翅，扶摇直上。巨大的羽翅仿若垂天之云，将白晏和云渺渺高高托起。劲风中飞来的弓箭几次与他们擦肩而过，都被一旁保护着二人的小雀奴挡掉了。

云渺渺靠在白晏的背上，虚弱地感叹：“你当真有天赋，驱使雀奴已经如此熟练了。”

白晏小心躲避着身后的箭镞，朗声笑道：“大雀奴认主，若不是你，它也不会如此亲近我。”

云渺渺听得脸颊一红，不自然地咳嗽起来。

谁知一咳便牵动了肺腑，直直咳出一手心血来，她体力不支，险些从雀奴上栽了下去。

白晏心下一揪，拉住云渺渺，将她的手环在自己腰上：“快别说话了，我们马上就安全了。”

云台山的另一面绿意葱茏，流水潺潺，仿若人间仙境。只要两个人飞过横亘在两山之间的一道峡谷，他们就安全了。

高台上的宋之游仰头看着雀奴上的二人，神色阴鸷。

突然，云渺渺灵台一凛，瞳色蓦然变得漆黑异常。

仿佛有无形的丝线牵动着她的手，她机械地抬起手，不受控制地握住白晏身侧的佩剑。

“唰”的一声，长剑被拔出剑鞘，下一秒便毫不留情地刺进了白晏的后背。

“渺渺，你……”白晏负伤回身，难以置信地看着云渺渺，呕出一口血来。

云渺渺眼神空洞，仿若一潭死水。不等白晏阻拦，下一剑便向他的心口刺去。

雀奴正飞至峡谷之上，云渺渺第二剑刺来的瞬间，白晏体力不支，从雀奴背上跌落，掉进了深不见底的峡谷。

一声尖厉的哨响刺透云霄，随之传来无忧公主悲恸异常的哭喊之声。

“不！阿晏！阿晏！”

峡谷之上，大雀奴停滞不前。云渺渺两眼无神地望着峡谷之下腾起的水雾，纯黑无底的眼里不知怎么也凝起了雾气。

狂风卷落，垂云尽散。数道天光从云层之上倾落而下，乘鹤的少女浴血而立，脸上毫无波澜，仿若没有生命的纸偶。

“阿晏。”

她只会喃喃着一个名字。

她在风中问起，却再也无人回应……

（第一册完）